地海彼岸

The Farthest Shore

娥蘇拉·勒瑰恩

Ursula K. Le Guin

地海六部曲｜第三部

蔡美玲——譯

娥蘇拉．勒瑰恩的文字非常優美豐富，是我最喜歡的女作家之一。

——村上春樹，日本當代作家

想像力豐富，風格上乘，超越托爾金，更遠勝多麗絲．萊辛。勒瑰恩在當代奇幻與科幻文學界中，實已樹立無人可及的範例。

——哈洛．卜倫，西洋文學評論家，
《西方正典》作者

太初之道即為「言」：言說是魔法最始初的形式與真名。在這套作品出現之前，從來沒有任何一部奇幻文學將此意念闡述得淋漓盡致。藉著娥蘇拉．勒瑰恩的書寫，還原回鮮明面目的語言、真實，以及聖邪兩極之間的無數微妙地帶。此套奇幻小說所再現的事物，是渾然互涉的陰陽魔力，也是比現實更真切的「真實」。

——洪凌，作家

勒瑰恩是科幻小說界的重量級作家之一。她的這部作品同時具有經典及入門的意義，值得細細品讀。

——廖咸浩，台大外文系教授

同樣寫巫師、談法術、論人性，看「哈利波特」乃知其然，而讀「地海傳說」則知其所以然。「地海傳說」情節緊湊，意喻深玄悠遠，搓揉東方哲思，兼及譯文流暢，讀來彷入武俠之境，令人沈陷迴盪。這部二十世紀美國青少年幻想小說經典作品，你不能擦身而過。

——劉鳳芯，中興大學外文系副教授

地海世界的奇幻之旅，在無限的想像力中蘊含深意，只要你還保有童心，都應該先睹為快！

——幾米，繪本作家

關於事物的精確真言，必同步投影出其所未言。勒瑰恩透過地海世界的傳奇言說，投影出榮格與道家的思想神髓，引領我們重新思考自然、想像、年齡與個體轉化的形變過程。當代讀者的冥思之海中，將因地海傳奇而重塑勇氣、正義的形象，感受語言魔力與俗民神話的力量。

——龔卓軍，南藝大造形藝術所副教授

勒瑰恩在這部優異的三部曲中創造了充滿龍與魔法的「地海世界」，已然取代托爾金的「中土」，成為異世界冒險的最佳場所。

——倫敦週日時報

一如所有偉大的小說家，娥蘇拉·勒瑰恩創造的幻想世界重建了我們自身，釋放了心靈。

——波士頓全球報

她的人物複雜，令人難忘；文筆以堅韌優雅著稱。

——時代雜誌

「地海」的魔法乃作者本身魔力的隱喻……勒瑰恩填補地海歷史空缺的手法，令已熟悉地海世界的讀者感到欣喜；初次接觸地海的讀者則發現，儘管書中人物似乎只是面對個人衝突，其抉擇往往影響整個世界的命運……令人難忘。

——紐約時報（《地海故事集》推薦）

【推薦導讀】

如何知曉海中每一滴水的真名？

幾年前我應邀到柏克萊大學演講，安德魯．瓊斯（Andrew F. Jones）教授與台灣的研究生楊子樵，帶著我到舊金山灣的秘境散步。那是一處填海造陸所形成的小半島，被當地人暱稱為"bulb"。海邊住著一些「無家者」和藝術家，他們用撿來的材料搭建簡易房舍，並以廢棄物創作。我們看著和太平洋截然不同的水色，幾隻帶著金屬感的綠色蜂鳥在花叢穿梭，灘地上鷸鳥和鴴鳥成群覓食，冠鸕鶿悠然划水而過。突然間不知道是誰喊了一聲，我們順勢望去，一隻加州海獺游過眼前。在那一刻，我想起入口處有一個簡陋的石牌，用油漆寫著library，箭頭像是指向這片海灘，也像是指向大海。

瓊斯教授本身是研究中國與臺灣流行音樂的專家，談天中提到日前邀請了長期為客家歌手林生祥作詞的鍾永豐先生演講，當時帶他一起去見了一位小說家。這位小說家正是當代奇幻、科幻文學大家勒瑰恩（Ursula K. Le Guin）。後來直到我見到鍾永豐，才知道勒瑰恩的詩也深深影響了他的創作。去年臺灣樂壇極精彩的一張專輯《圍庄》，其中〈慢〉的歌詞，靈感就是來自勒瑰恩的詩句。勒瑰恩的詩在台灣雖沒有翻譯，但她本來在我心目中就是一位詩人。能把幻奇小說寫得詩意且具有高度哲理，當世作家能與之比肩的只有少數幾人。不久之後我的版權代理人譚光磊先生傳來勒瑰恩在plurk上評論了我的小說《複眼人》，我看著這位以作品導航我的作者所寫的字句，眼前又再次出現當日舊金山灣的美麗景象。

由於自己也寫作近似科幻或奇幻的作品，常有讀者會問及兩者的差別何在？事實上不僅是中文存在著翻譯上的差異，在其它語文的國度，向來也存在著不同的意見與立場。

東華大學英美系的陳鏡羽教授曾在〈幻奇文學初窺〉裡提到英、法語在相關用詞的互譯。她認為「fantastic literature」（Phantastischen Literatur）與「literature of the fantastic」（littérature fantastique）在考量發音、歷史與文類等理由下，應該譯為「幻奇文學」，而臺灣書市常用的「奇幻文學」對應的是“fantasy literature”。

隨著時代流轉更迭，近年法國學界提出的專有名詞“la littérature de l'imaginaire”，指涉的是較廣義的「幻奇文學」，它包含了：奇幻（Fantasy）、恐怖（Fantastique）與科幻（Science-Fiction）三種次文類（最廣義的幻奇文學也包含魔幻寫實小說）。陳鏡羽教授說，法文「l'imaginaire」，多譯為「the imaginary」，意指虛幻的、非真實的想像或幻想。但翻成中文就麻煩許多，因為如果譯為「想像」，會和「imagination」造成混淆；但若譯成「虛幻想像」又有可能被誤解幻奇小說是「不合邏輯」（illogical）的。但好的幻奇文學並不是不合邏輯，而是它會建立一個特定或與真實世界交疊的時空，在那裡，自有專屬的運作邏輯。

時至今日，人類創造出的l'imaginaire，已不再限於文字作品，而是遍及詩歌、戲劇、電影、漫畫、電視、電子遊戲中。那被造出的各種異世界（如納尼亞、金剛、地心、太空）與異生命（如吸血鬼、僵屍、精靈、外星人……），正如托爾金在他的〈論仙境故事〉（"On Fairy-Stories"）裡提到的，存在著奇幻（Fantasy）、再發現（Recovery）、脫逃（Escape）與慰藉（Consolation）四大元素。創作者以人類心靈創造出各式各樣的外宇宙，最終要呈現的是心靈這個內宇宙。

與現在臺灣一般出版會把「奇幻」當成一種通俗文類來思考不同，西方的幻奇文學論述者，會從古老的文學傳統談起。包括阿普列尤斯（Lucius Apuleius）、歌德、王爾德、卡夫卡，都曾寫過幻奇文學。因此，陳鏡羽教授說，幻奇文學的討論是「立足於詩學修辭傳統，來探討幻奇敘事與想像的文學性及其詮釋學目的性和語文的歷史性」。透過這個過程，得以窺伺「跨語言文化虛幻想像的美學，與再現神話創造的共通性」。

其中法籍理論家托多洛夫（Tzvetan Todorov）的說法影響了許多人對幻奇文學的定義，他認為幻奇文學會讓主人翁在「超自然」以及「理性」之間產生猶疑，讀者也會在閱讀時，猶豫於小說裡所描述的現象，究竟是出自神怪？還是怪異卻只是一時難以理性解釋的自然現象？也就是說，作者以各種迷人、奇巧的「幻奇修辭」修辭與敘事，造成了讀者閱讀時恍惚狀態，才得以產生獨特的「幻奇美學」，以及那些存活於文字裡，讓我們不可自拔的「第二自然」（Artificial Nature）。

娥蘇拉・勒瑰恩在世界文壇的地位不只建立在通俗小說上，也立足於「詩學修辭傳統」，以及她無與倫比的「幻奇修辭」與「跨文化的想像」中。那個獨特、專屬於勒瑰恩的文本第二自然，既立足於科幻陸地，也根植於奇幻之海。

一九六九年勒瑰恩以《黑暗的左手》（*The Left Hand of Darkness*）獲得星雲獎與雨果獎，這本科幻小說透過格森（Gethen）這個星球裡兩個國度的爭戰，展現了一個奇異冰原世界的故事，直到現在都仍被視為以科幻討論性別意識的重要文本——因為格森星人是一種「無性別」，或者說「跨性別」的生命體，因此他們的文化與社會制度自然也就與我們認知的大相逕庭。

這本傑作和《一無所有》（*The Dispossessed*, 1974），以及《世界的名字是森林》（*The Word for World Is Forest*, 1976）等系列作品，都與「伊庫盟」（Ekumen）這個虛構的星際聯盟組織有關。在短篇小說集《世界誕生之日》（*The Birthday of the World*, 2002）的序裡，勒瑰恩自己說明了這個字是她在父親的人類學書籍裡所遇到的一個希臘字彙「oikumene」，意思是「不同教派的合一體」（in ecumenical）。她以數本中長篇小說與短篇小說的聯綴，建立了一個隱隱相聯結的世界。這是勒瑰恩的努力——用自己一生創作的時間，來對應一個更大時間跨度的故事星雲。這是長時間勉力經營，不斷補遺上個故事空缺，承接前行敘事線索的寫作方式。

與那個太空航行、烏托邦社會、星際戰爭的世界不同，從一九六八年起的「地海系列」，則是一個由法師、術士、龍與神的子民共存的奇幻世界。從《地海巫師》（1968）開始，直到二〇〇一年出版的《地海奇風》與《地海故事集》，創作時間長達三十餘年，地海群島典故繁多，傳說千絲萬縷卻齊整細膩，沒有一條線索未收拾妥切。與「伊庫盟」系列不同的是，這裡的人物彼此相倚，互為情人、師徒、仇敵……，它雖然「奇幻」，卻不是在遠方的星際間穿梭，而是伸手觸摸可得似的。法師們似乎就在我們生活的某處，開啟一道沒有人知道的暗門進入的時空裡，而不是幾千光年以外。

在這一系列故事裡，我們看到「雀鷹」格得如何面對「黑影」成長為法師、「被食者阿兒哈」如何以勇氣讓自己自由而恢復為「恬娜」；我們目睹了英拉德王子「亞刃」追隨格得去尋覓世界失序的秘密，和龍族族女「瑟魯」一同渡過逐步了解自己身世的時光，並且親見術士「赤楊」與格得等人聯手修補遠祖犯下的錯誤……。地海故事就像一部奇幻史書，裡頭每一個人的來歷如此清楚徵信，且都不是天生的異能英雄，而是靠著修煉與人生經驗換取成長。

學者在論及勒瑰恩的作品，往往都聚焦於性別與烏托邦及反烏托邦寓意。但近年漸漸有學者發現，勒瑰恩作品無論是科幻奇幻，毫無例外充滿了細緻的自然環境描寫，即使故事發生在遙遠的異星。

蔡淑芬教授曾寫過一篇題為〈深層生態學的綠色言說：勒瑰恩奇幻小說中的虛擬奇觀和環境想像〉的論文，探討勒瑰恩幾部小說裡的環境描述（她舉的例子部分學者會歸納為科幻小說），以生態批評來切入勒瑰恩小說，發掘裡頭充滿了綠色生態哲學。她說勒瑰恩的小說雖然套用外太空之旅的套路，但卻與高科技戰爭或異形入侵的「刺激、懸疑、動作」小說大異其趣，勒瑰恩描繪的異境是她「對自然的觀察、歷史事實的重組，以及對文明的觀察」。這一點都沒錯。特別是對「自然的觀察」這部分，勒瑰恩顯然是一位具備生物、生態知識，並且常以此做為隱喻的寫作者。

在勒瑰恩的巫師術士的奇幻世界裡，施法者必須知道施法對象的「真名」。但這些事物本然「賦名」卻與讀者所處的世界並無差異……或許勒瑰恩的意思是，在我們現今所知的「名字」背後，萬物另有其存在的真意。

比方說青年格得冒險所乘坐的船原名為「三趾鷗」，這是被他治好白內障的老船主贈送給他的。不過老船主希望他將船改名為「瞻遠」，並在船首兩側畫上眼睛，彷彿一隻海上飛行的鳥。老船主說，如此一來：「我的感激就會透過那雙眼睛，為你留意海面下的岩石和暗礁。因為在你讓我重見光明以前，我都忘了這世界有多明亮。」

而法術雖然能造風、求雨、召喚雲霧，卻沒辦法造出讓人吃得飽的東西，因為真正承載萬物的是生物循環，是無機體、有機體共構的生態系，不是幻術。在《地海巫師》裡，學藝的格得曾問專門教導技藝的「手師傅」，要如何把從石頭變出的鑽石維持住？老師傅回答他說：「它是柔克島製造出來的一小顆石頭，也是一小撮可以讓人類在上頭生活的乾泥土。但它就是它自身，是天地的一部分。藉由幻術的變換，你可以使『拓』（石頭的真名）看起來像鑽石、或是花、蒼蠅、眼睛、火焰」，但這都只是「形似」而已，物的本質並未被改變。另一位「變換師傅」雖然擁有將物變換為另一物的能力，這法門卻不能隨意使用，因為「即使只是一樣物品、一顆小卵石、一粒小砂子，也千萬不要變換。宇宙是平衡的，處在『一體至衡』的狀態。一塊石頭本身就是好的東西。」這裡頭不僅有微言大義，也充滿了深層生態學與生態中心論述的精神。

而在地海世界裡，施用法術還得依靠知識與語言文字。知識存在於書本（別忘了格得就靠書本而知曉龍的真名），也會隨著經驗、教導與外在現實而改變，法師一生都在找尋事物真正的名字。一片海不只是一片海，它是無數魚族、海岸、海潮、礁石、聲響……的名字所組構成的。唯有通曉這些事物的所有真名，才能領略世界是如何從太古演變至今，而法術也才有施展的可能性。

所以，「欲成為海洋大師，必知曉海中每一滴水的真名。」從太古留下的書籍與繁衍不息的生態世界，即是地海傳說裡的大法師們的「圖書館」與見習處。

在勒瑰恩的作品裡，有一篇收錄在《風的十二方位》（*The Wind's Twelve Quarters*）裡的短篇故事〈比帝國緩慢且遼闊〉（1971），描述一支太空探險隊登陸了編號為「world 4470」的星球。這支隊伍裡有數學家、「硬」科學家（物理、天文、地理）、「軟」科學家（心理學、人類學、生態學），生物家以及一位女性的「協調者」（Coordinator）。最特別的角色是一位童年時曾是自閉症患者的「歐思登先生」（Mr. Osden）。他是因為具有極為強大的「神入能力」（power of empathy），才被派上船的。因為人類對外星生物的形貌一無所知，歐思登的神入能力就像一個生命探測器。

World 4470是一個只有植物，沒有動物的世界，彼處沒有殺戮、沒有心智，只有一片寧靜的沉寂。但一次歐思登在林中被攻擊的事件後，他們開始認為這個星球的所有植物聯構成一個整體，「一個巨大的綠色思維」。人類的出現，造成了它們的恐懼，這恐懼就像鏡子一樣，反射回所有人的心底。

這支太空隊伍的組成，不就是一個「人類文明的有機體」？硬科學、軟科學、管理與工作聯構成知識體系各司其職，然而歐思登的神入（或移情）能力，最終才是與陌生文明溝通的關鍵鎖匙。這篇小說的標題"Vaster than empires and more slow"出自英國詩人馬韋爾（Andrew Marvell, 1621-1678）的知名情詩〈致羞赧的情人〉（"To His Coy Mistress"），裡頭有一句是「我植物般的愛會不斷生長／比帝國還要遼闊，還要緩慢（My vegetable love should grow/Vaster than empires, and more slow）。勒瑰恩將這詩句化為故事，讀來動人心魄，也堪稱是理解她小說核心的重要注解。

在勒瑰恩的小說世界裡，對各個星球伸出善意之手的「伊庫盟」（Ekumen）文明存在了數百萬年，背後有一個更古老巨大的宇宙；而地海世界裡的諸島文明雖不知年歲，但絕對遠遠不及大海與天地。自然存在先於任何文明，比任何文明都「還要遼闊，還要緩慢」，至今仍以無意識的「愛」包裹眾生。

當科學不斷拓展它的領地，真正的科學家，當能更深地領略人類的有限與未知的無限。而真正的作家，也不能再以純粹臆度、感性與「神入」為本，以粗糙的修辭去滿足於膚廓的幻奇了。

勒瑰恩的小說世界，既強調生命對世界的知識理解，也不斷思辨存在的意義，她所展示的是一個連「烏托邦」也充滿歧義的世界。（《一無所有》一書的副標題正是「一個歧義的烏托邦」〔An Ambiguous Utopia〕）閱讀勒瑰恩如同被「變換師父」施咒變成蒼鷹、水族、龍、異星人或遺世者，思想貧弱的作家雖然也可以寫出這般天馬行空的想像，但那些想像卻無法打動歷經世事的讀者。

但勒瑰恩的文字不同，它好像永遠比你要蒼老、世故、天真，而且洞悉人世，那是太古而來的音響，存有知曉海裡的每一滴水不可能被一一喚出真名的智慧。

——本文作者為國立東華大學華文系教授　吳明益

【目錄】

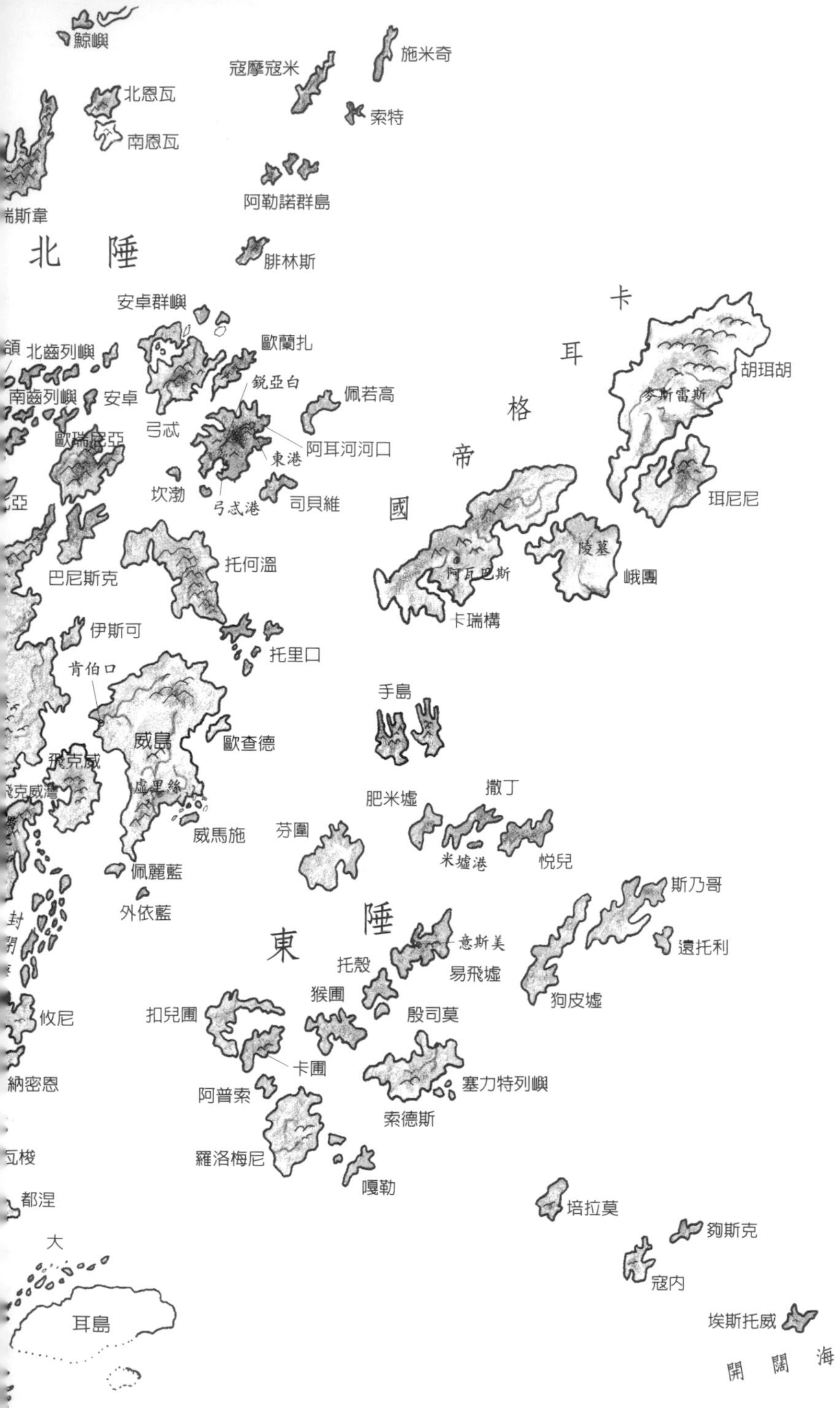

鯨嶼
寇摩寇米
施米奇
北恩瓦
南恩瓦
索特
阿勒諾群島
北 陲
腓林斯
安卓群嶼
卡 耳 格 帝 國
歐蘭扎
北齒列嶼
銳亞白
佩若高
胡珥胡
參斯雷斯
南齒列嶼
安卓
弓忒
歐瑞尼亞
阿耳河河口
東港
坎渤
弓忒港
司貝維
珥尼尼
陵墓
托何溫
巴尼斯克
阿瓦巴斯
峨團
卡瑞構
伊斯可
托里口
青伯口
手島
威島
歐查德
飛克威
虛里絲
撒丁
肥米墟
芬圍
威馬施
米墟港
悅兒
佩麗藍
斯乃哥
外依藍
東 陲
意斯美
遠托利
托殼
易飛墟
猴圍
狗皮墟
扣兒圍
殷司莫
攸尼
卡圍
納密恩
阿普索
塞力特列嶼
索德斯
羅洛梅尼
嘎勒
都涅
培拉莫
大
夠斯克
寇內
耳島
埃斯托威
開 闊 海

厚堅
博茨
羅格密
梭瑞司克
甌司可
挪斯特
依波司可
突普
德群島
偕梅
道恩
安丹登山
彼西
伊彼西
帕恩
革梅
貝茨
帕恩海
婁叟
艾伯恩
斜辟墟
托寧
下托寧
厚斯克
蟠多
奈墟
九十嶼
卓干
柔克
安絲摩
吉斯
瑟得
帕迪
瓦梭
西勒
德黑門
納維墩
偕勒多
歐農
龍居諸嶼
烏里
烏西翟洛
黎斯克
耶遜
托林峽
印嘎特
昂圖哥
西陲
開爾突
阿林思
鄰開爾突
法爾突
西姆利
阿巴
節西濟
沙島
洛拔納瑞
歐貝侯
南陲
威勒吉
長砂丘
遠叟

獻給　伊莉莎白、卡洛琳與提奧多

【第一章】

山梨樹
The Rowan Tree

湧泉庭內，三月煦陽穿透白楊樹及榆樹的嫩葉，怡人眼目。泉水在陰影與光亮之間噴湧淌漾。這露天內庭的周圍是四面高聳的石牆，石牆之外有諸多廳室、院落、甬道、穿堂、塔樓，以及柔克學院「宏軒館」的厚重外壁。這層厚壁耐得住任何戰火、地震與海潮的侵襲，因為它除了以石材打造之外，還明顯添注魔法。柔克學院是「智者之島」，是傳授魔法技藝的地方。因此，宏軒館等於是巫藝學院，也是巫術中心所在。至於宏軒館的中心，就是這個遠離外牆的小內庭。這裡，噴泉恆湧，樹木終年昂立於晴日、雨水或星光之下。

距離噴泉最近的樹是株壯碩的山梨樹，它的根柢隆茂，甚至迸裂了大理石地面。裂縫被鮮綠苔蘚填滿，一條條一縷縷，由密草滋長的噴泉池周圍向四方伸展。有個男孩坐在低矮的大理石與苔蘚隆起處，他的目光跟隨噴泉最中心的水柱起落。這男孩幾乎已成人，但究竟是少年。他身材頎瘦，衣著富貴。他的面貌可能讓金色古銅鎔鑄過，才會顯得那麼模塑精良、那麼安定穩靜。

他背後大約十五步距離，在內庭中心那塊小草坪的另一頭，有個男人彷彿「站」在樹下，由於光影躍動，很難確定。但可確定的是，那裡有個文風不動的白衣男人。男孩凝望噴泉時，這男人凝望男孩。四下悄然靜定，只有樹葉輕舞、流水戲躍、以及噴泉不歇的歌唱。

男人上前，徐風輕拂山梨樹初發的嫩葉。男孩敏捷跳起來站好，向男人鞠躬行禮，尊稱一聲：「大法師。」

男人在他面前停步。這男人不高，但軀幹挺直有力。他披了一件有帽兜的羊毛白斗篷，斗篷帽兜垂肩，露出臉龐，面色赭紅，鷹勾鼻，一邊臉頰有疤，雙目炯炯，說話卻和煦：「這湧泉庭是個宜人的歇腳處。」男孩沒來得及道歉，他又接著說：「你遠道而來，尚未休息，就繼續坐吧。」

他跪在白色的池緣，伸手碰觸由噴泉高盆流下來的一圈水滴，讓泉水由指間向下流。男孩坐回隆起的大理石上。兩人片刻無語。

「你是英拉德島與英拉德群島親王的公子，莫瑞德領主的後裔。」大法師說：「地海群島最悠久、最磊落的世襲傳承，就屬你們家族了。我見過英拉德島的春季果園、貝里拉的金色屋頂……大家都是怎麼叫你的？」

「他們叫我『亞刃』。」

「那應該是你們島上的方言用語。你們平常說到這兩字時，指的是什麼？」

男孩回答：「是『劍』。」

大法師點頭。兩人再度靜默不語。後來是男孩先開口，既非無禮也無膽怯：「我以為大法師通曉所有語言。」

男人注視噴泉，搖頭。

「也知道所有名字……」

「所有名字？惟有說『太初語』，從深海舉升諸島的兮果乙，才知道所有名字。」男人炯亮銳利的目光盯著亞刃的臉龐。「當然，假如有必要知道你的真名，我自然會知道。但目前沒有必要。所以現在起，我就叫你『亞刃』。而我是『雀鷹』。你搭船來，旅途如何，告訴我一下。」

「太漫長了。」

「海風惡劣嗎？」

「海風倒平靜，是我背負的消息惡劣，雀鷹大人。」

「不妨說說看。」大法師鄭重其事說著，神情像是對孩子的沒耐心抱予寬容。亞刃述說時，他再度注視由高盆往低盆滴落的透明水簾，倒非沒在聽，而是彷彿聆聽的不只是男孩的話語。

「大人，您知道，我父王是巫師，他是莫瑞德的後代，年輕時曾在柔克學院這裡研習一年，所以擁有一些力量與知識，只是由於專心統轄領地、管理城鎮與貿易事務，因而很少使用巫藝。我們島嶼的船隊代代西航，甚至遠達西陲，從事藍寶石、牛皮、錫礦等交易。今年初冬，一位船長回到貝里拉城，帶回一些見聞，家父得知一二，便派人請這位船長來詳細說明。」男孩說話俐落自信，他從小接受宮廷式的嚴謹教導，完全沒有一般少年的羞怯。「那位船長說，在我們島嶼以西，大船航程約五百哩的納維墩島上，已經沒有魔法存在了。他說，法術在那裡沒有力量，施展巫術的字詞也遭遺忘。家父問他，是不是術士和女巫都離開了島嶼？他答說不是，因為島上仍有些人曾是術士，但他們施不出法術，連用來修補鍋壺或尋找遺失針線的咒語也不會了。家父又問：納維墩島的島民沒有驚慌失措嗎？船長再度否定：島民好像滿不在乎。他說，島上情況真的很怪異，秋收不好，但大家覺得無所謂。我在場親耳聽見他說：『他們一個個像病人。情況好比有人告訴他說，不出今年，他一定會死；但他卻告訴自己：那不是真的，他會永遠活下去。他們四處晃蕩，個個摀起眼睛不看世界真貌。』別的商人回來，也敘述相同狀況，都說納維墩島已成一座窮島，而且喪失了巫藝。但這些都只是陲區的傳聞，而陲區一向富於奇聞異事，這回只有家父加以深思。

「後來，我們島上每逢新年舉行的『羔羊節』來臨，各地牧羊人的妻子把飼養的初生羔羊帶來都城，家父指示巫師魯特去為那些羔羊施增產術。但事後，魯特很洩氣地回到殿內，放下巫杖，說：『大王，我講不出法咒。』家父問他詳情，他只能答覆：『我記不起咒語及形意。』家父於是去市場親自施咒，節慶才得以完備。

但那天傍晚他回到宮中，神情頹乏向我表示：『雖然我念了咒語，但我不知道那些咒語有沒有意義。』今年春天，羊群狀況果然悽慘：母羊生產時死亡，很多羔羊是死胎，而有的……是畸形。」男孩原本自在熱切的語調陡然滑落，講到「畸形」一詞時，他眨眨眼、嚥嚥口水。「我親眼看到其中一些。」他說完後沈默半晌。

「家父相信，這個跡象還有納維墩島的情況，顯示我們這區域有某種邪惡在作怪。他渴望聽取智者建言。」

「令尊派你來，就證明他的渴望相當迫切。」大法師說：「你是令尊的獨生子，何況，英拉德島到柔克島的航程並不短。你還有事要說嗎？」

「只是一些山區老婦的傳言。」

「那些老婦說了什麼？」

「她們說，所有的算命女巫都在煙霧和池水中看到厄運，而她們調配出來的春藥都出差錯。不過，她們不是那種會道地巫術的人。」

「算命和春藥雖然不太值得重視，但老婦人的話倒值得一聽。好，你捎來的這些信息，柔克師傅確實會集合共商。不過，亞刃，我不曉得他們能給令尊什麼建言，因為英拉德島不是頭一個傳來類似消息的島嶼。」

亞刃這趟旅程，由北而南途經黑弗諾大島、穿越內極海，才抵達柔克島。這是他生平第一次遠行，出生到現在，只有這幾星期他才終於見識到別於家鄉的土地，才頭一回覺察到「距離」與「差異」，也才明瞭：在英拉德島宜人的丘陵之外，還有浩瀚世界與眾多居民。他尚未習慣把世界想得宏大，所以聽了大法師的話好一會兒，才領會了意思。

「還有哪些地方傳來類似消息？」他有點驚愕受挫，因為他原本抱持的希望是，馬上為英拉德家鄉帶回立竿見影的對策。

「頭一個是南陲。後來連群島王國南邊的瓦梭島也出現類似情況。人們傳說，瓦梭島已經完全不能施行法術了。但事實如何，很難確定，因為那島嶼一向不服管束，而且海盜橫行為時已久。一般人常說，聽南方商人講話，無異於聽騙子講話。但無論如何，各地傳說都相同，就是：巫術的泉源乾涸了。」

「但柔克島這裡……」

「我們柔克島完全沒有感受到這樣的狀況。這裡有防衛，不至於受暴風雨、任何變動和各種災厄侵襲。恐怕是保衛得過於周密了。王子，你現在有什麼打算呢？」

「一等有了確鑿的結論可以帶回去稟告家父，讓他明瞭這個邪惡的性質及對應之策，我立刻動身返回英拉德。」

大法師再度打量男孩，但這一回，儘管有過去的諸多訓練，亞刃仍移開了目光。他不明白為什麼會這樣，因為大法師那對黑眼睛的凝視中毫無不善的成分，既公平寧靜、又慈悲憐恤。

全英拉德的島民都翹首仰望他父親，而他是他父親的兒子，所以，假如有人注視他，也是把他看成堂堂英拉德島的亞刃王子、掌權親王之子。從來沒有人像這樣注視他：單單純純當他是「亞刃」而已。他不喜歡認為自己畏懼大法師的凝視，但他就是無法迎視。那凝視好像把他周圍的世界擴大了，於是乎，不但英拉德島沈落至微不足道，連他也不能免。因此，在大法師眼中，他變成僅是一個渺小形體，處於四面環海、黑影遮天的群島大背景中，真的非常渺小。

他坐著，一邊拉扯大理石裂縫的新鮮青苔。不久，他聽見自己這兩年剛轉為低沈的聲音，微弱沙啞地說：「我會遵從您的吩咐。」

「你該遵從令尊，不是我。」大法師說。

他兩眼仍定在亞刃身上。這時，男孩舉目回望了。因為，完成了歸順之舉，也就忘卻自身渺小，而能目視大法師：這位是全地海最顯赫的巫師，曾為方鐸墨井安妥井蓋，自峨團陵墓取回厄瑞亞拜之環，建造內普島地基深厚的防坡堤；亦是熟諳東自埃斯托威島，西至偕勒多島各水域的水手；更是當今碩果僅存的龍主。他，正跪在噴泉旁邊，個子矮、年紀大、語音沈靜、兩眼深邃如夜空。

亞刃匆促躍起，雙膝下跪，叩行大禮，有點口吃地說：「大師，容我服效於您。」

他的自信消失了，臉頰泛紅，聲音打顫。

他腰際配掛一把寶劍，安插在一副有紅金鑲飾的嶄新皮鞘內，寶劍本身樸實無華，劍柄是古舊而泛銀色的青銅十字柄。他迅速拔劍，獻給大法師，如同家臣向親王效忠。

大法師沒伸手碰劍，只向它注目，然後注視亞刃。「那是你的劍，不是我的，」他說：「而且你不是任何人的奴僕。」

「但家父說過，我可能得待在柔克學院，直到弄清楚這邪惡是什麼。說不定也學點法術，因為我一點技藝也不會。我不認為自己有任何力量，但我的祖先曾有人是法師。假如我設法學一點，或許能幫助您——」

「你的祖先在成為法師之前，都是君王。」大法師說。

他站起來走向亞刃，步伐無聲但矯健，然後拉了男孩的手讓他起來。「我感謝你提議為我效勞，雖然我現在沒有接受，但等我和眾師傅商討完畢，說不定會接受。慷慨心靈的奉獻，任誰也不能輕率拒絕；莫瑞德子嗣之劍，同樣也不能輕率撇開！……好了，你去吧，剛才帶你進來的少年會照料你用餐、洗浴、安歇。去吧。」他輕推亞刃後背肩胛中央，流露一份不曾有人向亞刃表示過的親密，此舉倘若出自別人，這位年少王子必感嫌惡，但大法師的碰觸則有如給與獎賞，因為他已滿心傾慕。

亞刃是個活潑好動的少年，喜好各種遊戲競賽，須運用身體和腦筋的技巧，他都擅長而且表現優異。各項禮儀和指揮責任，他都得心應手，縱然那些責任一點兒也不輕鬆、一點兒也不簡單。但至今為止，他倒還不曾把自己完全交付給任何人事物。對他來說，事事都容易，而他也都能輕鬆完成。所以，凡事都如遊戲，他也玩得起勁。只是此時此刻，他內心深處被喚醒了，卻不是被遊戲或夢境喚醒，而是被榮譽、危險、智慧喚醒，被一張有疤的臉、一個沈靜的聲音、一隻握著巫杖的手所喚醒。大法師悠哉握持的那枝紫杉巫杖，靠近手握之處，黑木之上凸顯著銀色印記，是歷代君王的失落符文。這樣的巫杖蘊含力量，但大法師不以之自恃。

於是，亞刃告別童年的第一步就在這一瞬間完成：既不瞻望、亦無返顧；沒有提防、且毫無保留。

他連禮貌的告辭都忘了，只顧快步走向門廊，神色樸拙、煥發、順服。格得大法師目送他離去。

格得在白楊樹下的噴泉邊靜立片刻後，仰面遙望一碧如洗的藍天。「和順的信使帶來惡劣的消息。」他聲音半大不小，有如對噴泉說話。但噴泉沒聽，照舊用銀色水舌發聲，側耳細聽的，反倒是格得。一會兒，他走向另一道門廊。剛才亞刃沒看到那道門廊，事實上，不管怎麼靠近觀看，很少有人能憑肉眼看出那門廊。格得喚道：「守門師傅。」

看不出多大年紀的小個子男人現身。這男人不年輕，所以只能說他年事已高；但「年事已高」這個詞對他也不適合，因為他面貌爽利，色如象牙，愉悅的笑容使兩頰現出長弧。「什麼事，格得？」他問。

現場只有他們兩人，所以互相直呼真名。全世界知道大法師真名的僅有七人，守門師傅是其一，其餘六人分別是：柔克學院的名字師傅；銳亞白鎮的巫師「緘默者」歐吉安，很久以前，是他在弓忒島的山上賦與「格得」這個真名；弓忒島的「雪白女士」，攜回臂環的恬娜；易飛墟島一位名叫費蕖的村鎮巫師；同樣在易飛墟島上一位名叫雅柔的女子，家具木匠之妻，三個女兒的母親，不通巫術，但對巫術以外的事務非常在行；最後則是地海另一邊，極西之地的兩條龍，歐姆安霸與凱拉辛。

「我們今晚要集會一下，」大法師說：「我會去通知形意師傅，也會派人去請坷瑞卡墨瑞坷，他就算沒親自來，也可以暫時擱下名字清單，與我們會合，讓徒弟休息一晚。你可以去通知別的師傅嗎？」

「行。」守門人微笑說著時已消失不見，大法師接著也消失不見。只剩噴泉在早春的陽光中自說自話，沈著凝定而永不停歇。

在柔克學院宏軒館的西邊某處——或南邊某處——總可以瞧見心成林。心成林在地圖上找不到，也沒有通路可達。只有知道通路何在的人才可能去。但是，學院的一般見習生，或島民、農夫，都可以見到它就在不遠處。那是座林木高聳入天的樹林，即便在春天，翠綠的樹葉也都含帶一抹金色。而那些見習生、島民與農夫，都認為那片神祕樹林會不可思議地移動。其實那種看法是錯的，樹林根本不會移動，因為它的根柢就是「存在」的根柢。移動的，是根柢之外的一切。

格得由宏軒館步行橫越曠野。正午驕陽當頭，他脫掉白色斗篷。一位正在一片棕土山腳耕作的農夫舉手向他敬禮，格得同樣舉手回禮。許多隻小鳥飛上天空，吱吱喳喳；休耕地與路旁的星草花含苞待放。高空一隻老鷹在天上畫了個大弧，格得仰頭觀望，再度舉手，那隻老鷹風馳電掣般筆直撲向格得伸出的手腕，以黃爪緊扣。牠不是雀鷹，而是柔克島的一種大型獵鷹，白色與褐色條紋相雜、善獵魚。牠先用一隻圓滾金亮的眼睛側看大法師，兩喙互碰一下，再以兩隻圓滾金亮的眼睛同時直視大法師。「無畏，」這男人用「創生語」對老鷹說：「無畏。」

大老鷹扣爪鼓翼，凝視他。

「那麼，無畏的兄弟，你去吧。」

遠處，藍天下山腳旁那位農夫早就停止耕作，專心觀看這一幕。去年秋天他也看見大法師腕際停了一隻野鳥，但一轉眼已不見大法師人影，倒是目送兩隻老鷹在風中向高空飛旋而去。

這一回，農夫定睛觀看他們分開：老鷹飛回高空，男人步行越過泥土曠野。

他步上通往心成林的小徑。不管時代和世俗如何在它周遭扭曲變遷，這條小徑永遠直通，只要循路直行，不久就可走入林蔭。

有些樹木的樹幹粗大無比，只要看見這種樹幹，誰都會相信心成林永遠不動，因為它們簡直像太古巨塔，雖不免因歲月而灰黯，但它們的樹根好比山根。其中有些最古老的樹已是葉稀枝枯，可見它們並非永存不朽。但是，在這些參天巨木中卻也見到一些新生樹木：有的高大遒勁，翠葉環生如冠冕；有的是瘦小幼苗，剛長了點葉子，高如女童。

樹下的柔軟土地，被經年積累的落葉鋪滿，而且長了蕨類或小株林地植物。但這裡的巨樹全屬一個種類，地海赫語中沒有這種樹的名字。樹枝下的空氣，聞起來有泥土味卻清新無比，嚐起來宛如潺流的泉水。

格得與形意師傅在林中某處會面。這個會面的所在是多年前利用一棵倒下的巨樹造成。形意師傅長年蟄居心成林，很少或根本不曾走出樹林。他的髮色呈奶油黃，可見不是群島區的人。自從厄瑞亞拜之環尋回後，卡耳格帝國的蠻族就不再襲劫群島，並且開始與內環諸島和平貿易。卡耳格帝國人民天性高傲，不是友好的族群，但偶爾會有年輕戰士或商人之子基於喜愛冒險或性好學習巫術，獨自西來。形意師傅就是十年前這樣來的。他從卡瑞構島來時是個「配劍有紅羽裝飾」的蠻人，當他抵達柔克學院時是個落雨的早晨，他二話不說，只用赫語向守門師傅表示：「我來學藝！」此刻，他正站在樹下金翠交錯的光線中，身形偉岸，淡色長髮、白面綠眼，是地海的形意師傅。

他可能也知道格得的真名，但並未說出口。兩人默然相迎。

「你在那裡看什麼東西？」大法師問。另一人回答：「蜘蛛。」

林地上，兩株高挺的葉片中間，有隻蜘蛛正在織網，一個精巧的圓已經懸構而成，銀灰網線捕捉了陽光，蜘蛛在圓心等待，牠僅是瞳仁大小的灰黑色小東西而已。

「她也是個形意家。」格得一邊研究精巧的蛛網，一邊說。

「何為邪惡？」較年輕的男子問。

圓形的蛛網外加黑色的中心，好像一同向兩人注目。

「我們人類織造的網。」格得回答。

樹林內沒有小鳥啁啾，正午的陽光下，萬物靜寂而燠熱，樹木和樹蔭環繞。

「納維墩島和英拉德島都捎來消息，內容相同。」

「南方與西南方。北方與東北方。」形意師傅說著，眼睛始終沒離開那個圓形蛛網。

「今晚我們要來這裡集合，這裡是商議的最佳地點。」

「我沒有什麼建議好提供。」形意師傅這時才正視格得，那雙泛綠的眼睛倒是冷靜。「這裡的根柢流露出畏怖，」他說：「是畏怖，我很擔心。」

「說得是，」格得說：「所以我想，我們務必深入查看根源。我們浸沐在臂環復原所帶來的和平中，享受陽光太久了。這段期間所完成的，都是小事；所追求的，則是空泛。今晚我們務必探究深源。」格得講完便離開，留下形意師傅獨自凝視陽光綠草中的蜘蛛。

格得到了心成林邊緣。這裡的巨木樹葉向外伸展，亭亭如蓋，超乎尋常。他背靠一棵遒勁的老樹根坐下，巫杖橫置膝頭，雙目閉合，狀如休息，但其實暗傳一份心靈密訊。這份密訊向北傳經柔克島的山丘與曠野，直抵浪濤拍岸的岬角，「孤立塔」所在。

「坷瑞卡墨瑞坷。」他在心靈密訊中呼喚道。受呼召的名字師傅本來正向徒弟誦念樹根、藥草、葉子、種子、花瓣等名字，中途從厚厚的名字書冊中抬頭回應：「大師，我在這裡。」

語畢，他細心聆聽。暗色的帽兜底下，只見得一位高大瘦削的白髮老者。塔房內寫字桌旁的徒弟，個個舉目看他，面面相覷。

「時候一到，我就來。」坷瑞卡墨瑞坷說完，再度低頭看書，說：「好了。野生蒜的花瓣有個名字，叫『伊貝拉』；萼片也有個名字，叫『帕托拿』；花梗、葉子、根，都各有名字……」

野生蒜的各部位名字，坐在樹下的格得大法師全知道。他收起密訊，舒展雙腿，雙眼仍闔。不久，便在葉影重重的陽光中沈沈入睡了。

【第二章】

柔克眾師傅
The Masters of Roke

地海內環諸島各領地的男孩，如果自幼顯露巫術潛能，都會送到柔克學院進一步鑽研法術的高超技藝。在學院裡，他們學習名字、符文、技藝、咒語；也學習分辨該為與不該為之事及其中道理。如此日益精熟各種巫術，經過長久練習，等到身心靈三者步調合一，就可能獲授「巫師」之名，並接受代表力量的「巫杖」。只有柔克學院能造就真正的巫師。

由於術士與女巫遍布王國各島嶼，而且對各島居民而言，魔法的應用如同麵包一樣必要，也像音樂一樣宜人，因此，這所巫師學院自然成為王國內備受尊崇之地。在學院擔任師傅的九位法師，公認等同於群島各領地的親王大公。而九位法師共同的師傅，即柔克學院的護持，人稱「大法師」者，當然被尊為萬人之上、一人之下，僅次於「諸島之王」。但這種屈居一人之下的狀況，也僅是一種效忠行為、一種心意。畢竟，像大法師這麼超絕的法師，要是他另執歧見，即使貴為諸島之王，也無法勉強他去執行大家共守的法律。可是，雖然群島區已數百年無王在位，柔克學院的大法師依舊保持效忠，並代為執法。在柔克島，一切行事與之前的數百年期間一樣，看來是個一無紛爭煩擾的安全所在。男孩的笑聲經常在庭院中迴盪，還傳到宏軒館寬闊涼爽的走廊。

帶領亞刃參觀學院的嚮導是個結實少年，他的斗篷領口別著銀環，表示他已通過見習階段，是個合格術士，正繼續鑽研以期獲授巫杖。他名叫阿賭。「因為，」他說：「我父母連生了六個女兒，要生第七個孩子時，我父親說，這是一場與命運相抗的賭博。」他是討人喜歡的同伴，腦筋和談鋒都敏捷。倘若在別的時候，亞刃肯定會喜歡這位嚮導的幽默感，但今天他的腦子太滿了，所以一直沒怎麼留意聆聽阿賭講話。至於阿賭呢，由於天生希冀獲得讚賞，便利用起這位客人的心不在焉：先是對他談起學院各種不可思議的事實，繼而吹噓學院各種欺人耳目的異聞。亞刃聽著，一概以「是啊」或「我明白」相應，到後來，阿賭認定這位客人是個皇家白痴。

「當然，他們不在這裡煮東西，」經過石造大廚房時，嚮導讓客人見識閃亮的紅銅大鍋、聽聞剁刀起落的劈啪聲、嗅嗅刺激眼睛的洋蔥氣味，一邊說：「這間廚房純粹是供人參觀用的。進餐時，我們齊集膳房，想吃什麼都自己變，清洗碗盤的工作也省啦。」

「喔，我明白。」亞刃禮貌相應。

「當然，還沒學會法術的見習生，頭一個月常常體重大減，但他們遲早能學會。有個黑弗諾大島來的男孩，一直希望變出烤雞，結果總是得到粟粥，他似乎始終沒辦法使法術超越粟粥層級。還好，昨天除了粟粥以外，還變出黑線鱈魚肉來。」阿賭一直想讓客人產生「難以置信」的驚嘆印象，講到聲音沙啞，最後還是頹然住口了。

「唔……大法師……他……是哪裡人？」客人問道，看也不看他們正行經的宏偉迴廊，迴廊牆壁和拱形屋頂盡是千葉樹的雕刻。

「弓忒島人。」阿賭答：「他以前是山村牧羊童。」

這會兒，一聽到這個直截了當而眾所皆知的事實，英拉德島這位少年立刻轉頭，神情錯愕、難以置信地望向阿賭：「牧羊童？」

「弓忒島民大都是牧羊人呀，除非海盜或術士。但我沒說他現在是牧羊童呀，你可搞清楚喔！」

「但，牧羊童怎麼會變成大法師？」

「與王子變成大法師一樣啊。就是來柔克學院，然後超越所有師傅，去峨團島盜取『和平之環』，航行到龍居諸嶼，成為厄瑞亞拜以來最了不起的巫師啦，等等……此外還能怎麼辦？」

他們由北門步出迴廊。近晚時分溫熱明亮的陽光照著山丘犁溝、綏爾鎮與鎮外的海灣，兩人就站在陽光下交談。阿賭說：「當然，現在看起來，那些都是很久以前的事了。自從被尊為大法師之後，他沒做多少事。法師們不必做很多事，依我看，他們只要坐在柔克學院看守『一體至衡』就好了。何況，他現在已相當老了。」

「老？多老？」

「噢，四十或五十吧。」

「你見過他嗎？」

「當然見過。」阿賭厲聲回答。這個皇家白痴好像還是個皇家勢利鬼呢。

「能常見到他嗎？」

「不常。他獨處的時候多。我剛到柔克學院時，在湧泉庭見過他。」

「今天我也在那裡跟他說話。」亞刃說。

聽這口氣，阿賭不由得打量他，然後才完整答覆亞刃的疑問：「那是三年前的事了。當時我很害怕，一直沒真的正眼瞧他。當然，那時候年紀小。不過，在湧泉庭那裡，很難看清事物。我大概只記得他說話的聲音、還有噴泉的流水聲。」一會兒他又補充道：「他說話確實有弓忒口音。」

「我要是能用龍語與龍交談，」亞刃說：「我才不在乎說話有口音呢。」

聽亞刃這麼說，阿賭帶著讚賞的目光看他，並說：「王子，你來學院是為了學藝嗎？」

「不是。我是替家父帶訊息來給大法師。」

「英拉德島是王權的領地之一，不是嗎？」

「英拉德島、伊里安島、威島、黑弗諾島、伊亞島等等，都曾是王權領地，但是到今天，這些島嶼的王室傳承都消亡了。伊里安家系源自『海生格瑪』與馬哈仁安，馬哈仁安曾是諸島之王。威族家系源自阿肯巴與虛里絲世家。最古老的英拉德家系源自莫瑞德及其子瑟利耳與英拉德世家。」

亞刃背誦這些系譜時，流露如夢似幻的神情，像一位訓練有素的學者，卻心不在此。

「你認為，我們這輩子能親眼目睹君王在黑弗諾登基嗎？」

「我沒仔細想過這個問題。」

「我家鄉阿爾克島的島民會想這問題。你曉得，自從和平實現以來，我們一直是威島領地的一部分。厄瑞亞拜之環重返黑弗諾的歷王塔有多久了？十七或十八年吧。復原之初，世局好轉一段時期，但現在反而不如以前。地海的君王寶座該有新王坐鎮，以便行使和平之符。百姓厭倦了戰爭侵襲、厭倦了商人哄抬物價、厭倦了親王課徵重稅、也厭倦了各種不法的權力亂局。柔克島雖然立於引導地位，但不能出面統治。『至衡』儘管安定於此，但統領的權力仍應在君王手中。」

阿賭講得興致勃勃，別的愚言戲語也就擱在一旁，但亞刃的注意力反而受吸引了。「英拉德島物阜民豐，太平無事。」他緩言道：「我們只聽說其他島嶼災厄連連，本身倒從未陷入你所說的種種紛亂。不過，自從馬哈仁安駕崩，黑弗諾的王位便空虛至今，前後已經八百年。王國各領島真的會接納新王登基嗎？」

「要是新王愛好和平又英明有為，能讓柔克島和黑弗諾島認可，怎麼會不接納呢？」

「何況早有一個預言等待應驗，不是嗎？馬哈仁安說過，下一代君王必定是法師之尊。」

「誦唱師傅是黑弗諾島的人，對此預言特別感興趣。到現在為止，他已經連續三年用相關的歌詞反覆告訴我們。據說，馬哈仁安曾表示：『**將繼承吾之御座者，乃跨越暗土仍存活，且舟行至當世諸多遠岸者。**』」

「所以，非靠法師不可。」

「對，因為只有巫師或法師才有能力置身幽黑的亡者之域，而後安返。雖然他們未必跨越那亡者之域，但他們至少常談起，說什麼……那死域只有一個界限，一旦越過那界限，便了無盡頭。這麼說來，『**當世諸多遠岸**』指的是什麼呢？無論如何，那位末代君王的預言確實是這麼說的，因此，將來必有一人降世來實現預言。而且柔克學院會認出那人，然後，船艦軍隊與所有種族都會向他齊集，到時候，世界中心黑弗諾的歷王塔就會再有君王掌權。要是有這麼一位王者出現，我會前去投效，盡心盡力為如假包換的君王效命。」阿賭說完，自己先聳聳肩笑起來，以免讓亞刃認為他說話太濫情。沒想到亞刃卻和善地注視他，心想：「他對那位君王的感受，一如我對大法師的感受。」但他嘴裡說出來的卻是：「來日君王御前，需要你這種人才。」

他們站著，雖然各想各的，但內容相近。未幾，便聽見身後的宏軒館響起宏亮鑼聲。

「哇！」阿賭說：「今天晚上吃小扁豆煮洋蔥湯。快。」

「記得你說他們不煮三餐呀。」亞刃邊說邊跟隨，依舊恍惚如夢。

「噢，有時候……難免搞錯。」

膳房儘管糧食充足，但完全不涉魔法巫道。餐畢，他們步行外出至曠野，置身柔藍的暮色。開始爬坡時，阿賭說：「這裡是『柔克圓丘』。」沾帶水氣的青草拂掠他們雙腿，綏爾河沼澤地帶傳來小蟾蜍的合唱，歡迎星夜到來——暖和且為時漸短的春季星夜。

這地帶有股神秘氛圍，阿賭輕聲說：「『太初語』甫行世時，是這山丘最先挺立於海水之上。」

「等到萬事萬物消亡時，這山丘也將是最後沈落的土地。」

「所以是一塊可以安心立足之處。」阿賭抖落內心敬畏，這麼說道。但他馬上又敬畏地高喊：「看！那片樹林！」

圓丘南方的地表出現一抹強光，那抹強光看似月升，但此時薄月已西滑至丘頂上方天空；而且，這抹光照之中，還摻雜著閃爍，很像樹葉在風中搖曳。

「那是什麼？」

「從心成林放射出來的——師傅們一定在樹林裡。聽說五年前，眾師傅集會遴選大法師時，心成林也像這樣放射宛如月光的照明。可是，他們今天為了什麼原因集會呢？是緣於你帶來的訊息嗎？」

「可能是喔。」亞刃說。

阿賭馬上興奮躁動起來，想回宏軒館打聽有無任何謠傳，以便知道師傅們此番集會預示什麼。亞刃與他同行時，仍頻頻回顧那抹奇特的光照，直到斜坡將之遮去，只剩新月與春季星辰。

亞刃獨自躺在客房石室的黑暗中，張著兩眼。在此之前，他一向有床鋪睡覺，也有軟毛蓋被；即便搭乘二十槳長船由英拉德島航行來柔克，他們也為少年王子準備了較這石床舒服的寢具。不像這裡，石地板上方鋪就的草褥，外加一條破毛氈。但他倒沒留意這些。「此時此刻，我置身世界中心，」他心想：「師傅們正在神聖地點密談。他們打算怎麼辦呢？會編構一個大法術來拯救魔法嗎？巫藝正從世界消亡是真的嗎？連柔克島都面臨危險了嗎？我不回家了，要待在這裡。我寧願打掃大法師的房間，也不要回去當英拉德島的王子。他會讓我留下來當見習生嗎？說不定今後不會再有法術技藝傳授了，也不會再有事物真名的研習。父王具備巫術天賦，我卻沒有。也許巫術真的正在消失吧。但無論如何，就算大法師喪失了力量和技藝，我也要待在靠近他的地方。就算永遠見不到他的面，就算他永遠不再對我說話，都沒關係。」然而，熱切的想像力進一步將他席捲，以至轉念間他便瞧見自己又與大法師一同站在山梨樹下的湧泉庭，天空卻是黑的，樹木沒有葉子，噴泉寂靜；而他開口道：「大師，暴風雨來襲了，但我要留在您身旁效忠您。」大法師聽了，對他微笑……不過，想像力至此受挫——因為，實際上他未見大法師那張黝黑的臉孔曾片刻展露笑容。

晨起時，他感覺昨天自己還是個男孩，今天已然成年。不管什麼事，他隨時可以投入。只是沒想到，事情真的來時，他竟瞠目結舌，不知所措。「亞刃王子，大法師想與你談話。」一個年幼的見習生在門口對他這麼說。說完，候了一會，沒等亞刃回神答覆，一溜煙就跑了。

他步下塔樓的階梯，穿越石造走廊，朝湧泉庭走去，但不確定該到哪裡找大法師才對。

一位老者在走廊與他相迎。老者面帶微笑，深深的皺紋從鼻子延伸到下巴。這位老者與昨天在宏軒館大門見到的老者是同一人。記得昨天由港口初抵學院，老者要他說出真名，才讓他入內。

「這邊走。」守門師傅說。

學院建築之內，這一帶的廳堂與甬道很安靜，完全沒有男孩們在別處活絡所產生的那種奔忙與喧嘩。在這裡，只會感受到牆壁所經歷的悠久歲月。建造當初用來安置並保護這許多古老岩石的那道魔法，依然明顯可感。石壁間或出現符文雕刻，鏤紋深切，有的地方還嵌入銀箔。亞刃曾由父親那裡學過一些赫語符文，但眼前牆上的符文，他卻一個也不認識。雖然某幾個符文的意義好像幾乎知道、或曾經知道，卻不是記得很清楚。

「孩子，到了。」守門人對他說，一點也沒有使用「少爺」或「王子」等銜稱。

亞刃跟隨他步入一個椽梁低懸的長形房間，房間一側的石造壁爐燃著爐火，火焰映照橡木地板。另一側，顯眼的窗戶將外頭曉霧瀰漫的凝重天光納入室內。壁爐前方站了幾個男人，他進來時，一群人的目光全投向他。但在這群人當中，他只看見一個人——就是大法師。亞刃停步行禮後，便沈默肅立。

「亞刃，這幾位是柔克學院的師傅，」大法師說：「是九位師傅中的七位。形意師傅不離開他的心成林，名字師傅在北方三十哩外的塔內。大家已經知道你此行的任務。各位大師，這位是莫瑞德的子孫。」

「莫瑞德的子孫」這稱謂，沒有引起亞刃的驕傲，反倒引起一陣恐慌。他雖然對自己的血統感到自豪，但充其量只認為自己是親王的繼承人，是英拉德世系的一員。至於世系傳承的源頭莫瑞德，早已作古兩千載。他當年的事蹟已成傳說，不屬於現今世界。所以，那種稱謂乍聽起來，好像大法師稱他是「神話之子」、「夢想繼承人」。

他不敢舉目迎視這八名男子，只好盯著大法師巫杖的鐵製尾套，感覺血脈在耳內迴繞。

「來，讓我們同進早餐。」大法師說著引導大家在窗下桌邊落坐。食物有牛奶、酸啤酒、麵包、新鮮奶油、乳酪。亞刃與大家同桌而食。

這輩子，他曾經夾在權貴、地主、富商中間。貝里拉城內，他父王的殿堂裡，多的是那些家道豐厚、買賣闊綽，且富於世俗物質的人。他們吃喝講究，說話大氣，爭辯者多、逢迎者眾，人多數畢生尋求個人目的。所以，亞刃儘管年少，對人性的伎倆和虛假卻早有認識。但是他不曾置身眼前這種人當中。這些人只吃麵包，寡言少語、容貌沈靜。他們若有尋求，並非為了個人目的。但他們都具備超卓力量——這一點亞刃看得出來。

雀鷹大法師坐於桌首，看來是在聆聽席間交談，但他周身一派沈靜，而且沒有人同他說話。也沒有人同亞刃說話，亞刃因而有時間鎮定自己。他左邊坐的是守門師傅，右邊是灰髮且容貌親切的男子，這人總算開口對他說：「亞刃王子，我們是同鄉。我在英拉德島西部出生，鄰近阿歐森林。」

「我曾經在那座森林打獵。」亞刃應道。兩人於是稍微聊起那座「神話之島」的森林和城鎮。由於喚起家鄉回憶，亞刃才感覺自在些。

餐畢，大夥兒再度集聚壁爐前。有的坐、有的站，一時無話。

「昨天，」大法師說：「我們集會商議很久，但沒有結論。現在有晨光照射，我想再聽聽各位發表看法，說說你們對自己昨晚的判斷，是繼續維護、或改為否定。」

「沒有結論本身，就是一種判斷，」說話者是藥草師傅，他身量結實，膚色深，目光平靜。「心成林本是發現形意的所在，但我們在那裡只獲得『爭議』。」

「原因是我們沒辦法看清形意。」英拉德出生的灰髮法師變換師傅說：「我們所知實在不足。瓦梭島傳來的風聲、英拉德島捎來的訊息，都是奇異的消息，都應該留意。但是，為基礎這麼薄弱的事情而掀起大恐懼，則實在沒有必要。我們的力量不會只因少數術士遺忘法術而岌岌可危。」

「我也抱持相同看法，」說話者是清瘦但目光銳利的風鑰師傅：「我們大家不是都還保有個人力量嗎？心成林的樹木不是照舊成長並擺動枝葉嗎？天界的暴風雨不是都聽從我們的咒語嗎？巫藝乃人間最古老的技藝，誰可能為這樣的巫藝憂心？」

「沒有人，」聲音低沈，高大年輕，容貌黝黑但高貴的召喚師傅說：「沒有人、也沒有力量能束縛巫術的操作，或妄想抹平蘊含力量的字句。因為那些字句是創生所用的字句，誰若能泯除這種字句，那麼他也能消滅世界。」

「對，有能力做到的人，不會在瓦梭島或納維墩島。」變換師傅說：「這人必定就在柔克學院。要是有這麼一個人，那麼，世界末日就快到了！但現今形勢還沒糟到那個地步。」

「不過，形勢確實有蹊蹺。」另一位坐在爐火邊的師傅發話，全體都望向他。此人胸膛寬厚，身量穩固如橡木桶，聲音低實如宏鐘，他是誦唱師傅。「應當高坐黑弗諾的君王，如今安在？柔克不是世界中心，黑弗諾之塔才是，厄瑞亞拜之劍高懸塔上，瑟利耳、阿肯巴、馬哈仁安等歷代帝王都出自那裡，但那世界中心已經空虛八百年了！我們有王冠，但沒有君王可戴。我們已尋回失落的符文、君王的符文、和平的符文，但既然復原，和平安在？讓王座有君，我們就會有和平，屆時，連最遠的陲區，術士的技藝都能放心操作自如。屆時會有秩序，而且萬物合時。」

「對。」瘦小敏捷，態度溫和但雙目清澈、洞悉一切的手師傅說：「誦唱師傅，我贊同你的看法。萬事既偏離正道，巫道偏離有何奇怪？假如禽畜都四散漫遊，害群之馬又怎會獨留在畜欄內？」

守門師傅聽了笑起來，但沒說什麼。

「如此聽來，」大法師說：「各位似乎認為沒有相當蹊蹺之處。或者說，假如有蹊蹺，原因在於我們各島無人治理或治理不良，才導致高深技藝遭到忽視。這結論我大抵同意。的確，就因為南方失卻和平貿易，我們才不得不仰賴傳言。至於西陲，除了納維墩島以外，誰曾聽說什麼可靠的消息？假如船隻出航都能安返，假如我們地海群島結合緊密，就算是最偏遠的地區，我們也可能知悉其情況，然後就可以採取適當行動。但，各位大師，我認為我們應該採取行動！因為英拉德親王說，他在施法時口誦創生字句，卻不明白字句意義；因為形意師傅只說根柢含帶畏怖，就不再多言。這些事或許微不足道，難道不足以憂心嗎？暴風雨來襲，起初都只是地平線一小片雲朵而已。」

「雀鷹，你對幽暗的事物頗敏感，」守門師傅說：「你一向如此。說說看，你認為何處有蹊蹺。」

「我不知道。力量正漸漸減弱，問題亟待解決，太陽慢慢變暗。各位大師，我感覺……我感覺，坐在這裡聚談的我們，都承受致命傷。我們講話時，血液從血管徐徐流出去……」

「所以你打算採取行動。」

「對。」大法師說。

「哦，」守門師傅說：「老鷹要展翼高飛，貓頭鷹有辦法阻止嗎？」

「但你要飛去哪兒呢？」變換師傅問，誦唱師傅答：「去尋找我們的君王，把他帶回來登上王位。」

大法師銳利地瞧一眼誦唱師傅，回應道：「凡是出問題的地方，我就去。」

「南方，或者西方。」風鑰師傅說。

「必要的話，也包括北方，和東方。」守門師傅說。

「但是，大師，我們這裡需要您呀。」變換師傅說：「與其去到陌生海域的生疏人群中盲目瞎尋，留在這裡不是比較明智嗎？這裡有強大法術，您可以運用自己的技藝，找出到底是什麼邪惡或騷亂在作怪。」

「我的技藝幫不了忙，」大法師嚴肅的聲音讓大家不由得目光齊聚於他，他眼神焦灼：「我是柔克學院的護持，不率然離開。本來我期望各位的建言能夠與我的建言相同，但現在看起來，這項期待是不成了，只好我自己下決定。我的決定是：非出去不可。」

「我們服從這項決定。」召喚師傅說。

「而且我要單獨行動。各位是柔克學院的諮議團，千萬不能打散。但我會帶一人同行——要是他願意。」大法師轉眼望向亞刃。「你昨天提議願出力服效。形意師傅昨晚曾說：『登上柔克島海岸的人，無一是偶然前來。自然，捎遞信息的莫瑞德子孫也不是偶然來的。』除了這幾句話，整個晚上，他沒再提供意見。因此，亞刃，我要問你：你願意和我一起去嗎？」

「大師，我願意。」亞刃回答，感覺喉嚨乾澀。

「身為親王的令尊，肯定不會讓你投入這種危險。」變換師傅話中帶著幾分銳利，說完又對大法師說：「這孩子年紀尚輕，也沒受過巫藝訓練。」

「我受過的訓練與受訓所花費的時間，已夠我們兩人運用。」雀鷹淡然說道。

「亞刃，令尊看法如何？」

「他會讓我去。」

「你怎麼知道？」召喚師傅問。

亞刃不曉得大法師要帶他去哪裡、什麼時候出發，也不曉得為什麼要帶他一起去。他疑惑不解，而且在場這幾位嚴肅真誠、但也很恐怖的大男人，實在讓他侷促難安。假如有足夠時間思考，他一定完全沒辦法表示什麼。但現在根本沒有充分時間多考慮，就聽見大法師再度問他：「你願意和我一起去嗎？」

「家父派我來時，曾對我說：『我擔心黑暗時代就要降臨世界，那將是一段危險時期。所以我不派別人充當信使，而派你去，因為到時候你能判斷，我們是應該就此事向智者之島尋求協助呢，還是反過來，將英拉德島可提供的協助交予他們。』所以，假如情況需要我，我隨時候命。」

亞刃看見大法師聽了這話，莞爾一笑。他的微笑儘管倏忽即逝，但相當愉快。「各位聽見了嗎？」他向七位法師說：「就算年齡再大、巫藝再深，又能為這份決心增添什麼？」

亞刃覺得大家都對他投來讚賞的目光，但讚賞之餘也不無躊躇或詫異。召喚師傅圓弧狀的眉毛緊蹙起來，說：「大師，我實在不明瞭。您一心一意要出去探查，我能理解，畢竟您已在這裡閉關五年。但過去您都是獨來獨往，個別行動。這回，為什麼要人陪伴呢？」

「過去我不需要協助，」雀鷹回答的聲音跡近威嚇或嘲諷。「而且這回，我找到一個合適的同伴。」他周身有種不安全的氣氛，高大的召喚師傅沒再多問，但蹙眉依舊。

但是藥草師傅——他目光冷靜、黝黑如一頭有智慧、有耐性的公牛——從椅子上起身，四平八穩地站好，說：「去吧，大師，帶這少年一起去。並帶著我們全部的信賴，出發去吧。」

眾師傅一個個無言默許，而後三三兩兩離開，剩下召喚師傅。「雀鷹，」他說：「我無意質疑您的決定，只想說：假如您判斷正確，假如當真有個危險的大邪惡在作怪，而造成失衡，那麼，僅是去瓦梭島、或深入西陲、甚至遠赴天涯海角地極都不夠遠。但，你所必須去的不管什麼地方，都帶這位同伴一同前往，對他公平嗎？」

兩人這時所站立的位置與亞刃稍有距離，召喚師傅也特別壓低聲音說話。但大法師卻大方說：「公平。」

「那一定是你沒把所知的全告訴我。」召喚師傅說。

「要是知道，我就會講出來。事實上我什麼也不知道，猜測成分居多。」

「讓我陪你去。」

「學院的門戶得有人看守。」

「守門師傅會負責——」

「需要看守的不僅是柔克學院的門戶。你留在這裡，留意日出，看太陽是否明亮。也要注意石牆，看有誰翻牆、看翻牆者的面孔朝向哪裡。索理安，有個破洞、有個傷口，那就是我要去探查的目標。要是我沒找著，你們日後可以繼續。但目前最好留在這裡靜候，我命令你們都在這裡等我。」這時他改用「太古語」，也就是「創生語」——那是操作所有道地法術使用的語言，也是所有超絕魔法所依賴的語言；但除了龍族以外，很少人在交談時使用。召喚師傅沒再爭議或反對，向大法師與亞刃默默頷首後，離開了。

除了爐火劈啪聲外萬籟俱寂。屋外，晨霧壓窗，無形但沈黯。大法師注視爐火，彷彿忘了亞刃在場。那男孩站在壁爐稍遠處，不曉得該逕自離開或開口告退。由於拿不定主意、加上有幾分孤單，他再次感覺自己像是個渺小的形體，置身令人慌亂的黑暗無邊空間。

「我們要先去霍特鎮，」雀鷹轉身背對爐火，說：「南陲所有消息都在那裡聚集，說不定我們可以找到一個起頭的線索。你的船還在港灣等候，你去向船長說一聲，讓他帶話回去給令尊。我們要儘快啟程，時間就定在明天破曉吧。到時候你來船庫的臺階會合。」

「大師，您……」亞刃的聲音頓了一下。「您要找尋的是什麼東西？」

「我不知道，亞刃。」

「那——」

「那我要怎麼找，是不是？這一點我也不曉得。說不定它會來找我。」他對亞刃怡然一笑。但在窗戶透進來的迷濛光線中，他的面孔看起來灰茫如鐵。

「大師，」這時亞刃的聲音已經穩定，「若追溯最古老的血統不至有誤，我確實是莫瑞德的子孫。但是，假如能為您效命，我會把那份效勞看成是這輩子千載難逢最光榮的機會，其餘事都寧可放棄不做。只是，我擔心您判斷錯誤而高估我了。」

「說不定。」大法師說。

「我沒有出色的天賦或技巧。我會使用短劍和寶劍打鬥，我會駕船，我會宮廷舞和鄉村舞。我能安撫朝臣間的爭吵，我會角力，我箭術不精，但會射箭，我擅長足籃球競賽，我會唱歌，也會彈豎琴和魯特琴。全部只會這些，沒有別的了。我對您有什麼用處呢？召喚師傅說得對……」

「啊，你剛才見到我們說話，是吧？他是在嫉妒，他希望有機會發揮，表現忠心。」

「同時表現高強的技巧，大師。」

「這麼說來，你寧願他跟我去，而你留著？」

「不是！但我擔心……」

「擔心什麼？」

淚水湧上男孩雙眼。「擔心辜負您的期望。」他說。

大法師再度轉身面向爐火。「亞刃，你坐下，」他說。男孩走到壁爐角邊的石座坐下。「我沒有把你錯看成巫師、戰士、或任何完備的事物。我清楚你是什麼人——雖然現在我知道你會駕船很是高興……日後你會成為什麼，沒有人知道。但有一點我很明白：你是莫瑞德與瑟利耳的子孫。」

亞刃沈默，最後才說：「大師，這雖然沒錯，但……」大法師沒說什麼，而他總得把話講完：「但我不是莫瑞德，我只是我自己。」

「你對自己的血統不感到自豪？」

「不，我對自己的血統感到自豪，因為是這血統讓我成為王子，它是一種責任，而責任是需要去符合、去踐履的——」

大法師用力點頭。「我的意思也是這樣。否認過去就是否認未來。一個人要麼接受命運，要麼拒斥，但命運不是自己創造來的。山梨樹的樹根如果空洞，便根本長不出樹冠。」

聽到這裡，亞刃吃驚地抬眼，因為他的真名「黎白南」意思就是山梨樹，但大法師沒有說出他的名字。「你的根，深而有力，」大法師繼續說：「但是必須給你空間，成長的空間。所以我提供你的，不是安穩返回英拉德島，而是前往未知盡頭的一趟危險旅程。你不一定要接受，選擇權在你。但我提供你選擇的機會。因為我厭膩環繞在我四周這些安穩的所在、安穩的屋頂、安穩的牆壁。」他突然住口，以甚具穿透力的眼光環顧四周。亞刃看得出這男人內在深切的躁動，那份躁動甚至讓他害怕。然而，恐懼只讓興奮更為銳利，所以他答話時心頭怦怦跳：「大師，我選擇與你一起去。」

亞刃離開宏軒館，腦子和心頭都充塞神奇感。他告訴自己，他覺得快樂。但「快樂」兩字好像不夠貼切。他告訴自己，大法師認為他有力，是支配命運的人，聽到這種讚賞，他應該感到自豪——但他卻不，為什麼呢？舉世最卓越的巫師已經對他說：「明天我們就啟程航向命運邊緣。」他聽了，立即點頭追隨，這樣，難道不該感到自豪嗎？但他卻不，只感到神奇。

他穿越綏爾鎮陡斜彎曲的街道，在碼頭找到船長，對他說：「明天我要跟隨大法師出海去霍特鎮與南陲，你回去告訴我父王，等我任務完成，就會返回貝里拉的家。」

船長看起來頗為難。他知道帶這種訊息回去給英拉德親王會受到什麼對待，便說：「王子，我必須帶著您親筆寫的信才行。」這個要求有道理，亞刃於是趕緊離開——他覺得每件事都要立即辦好。他找到一家奇特的小店，買了硯臺、毛筆與一張柔軟但觸感厚實的紙，快步返回碼頭，坐在埠頭邊上寫信給雙親。他想到母親握著同一張紙展讀他寫的這封信，心頭一陣難過。她是個爽朗而有耐性的女子，但亞刃知道，他是母親滿足的根源，也知道她期望兒子早歸。現在要長久離開，他不曉得該怎麼安慰母親。他的信簡短，沒什麼修飾。寫好，蓋上劍柄的符印當作簽名，再用附近船舶拿來防漏的瀝青封口，然後把它交給船長。但他突然又說：「等一下！」好像船已齊備，馬上要開航了一樣。他跑回圓石街道那家奇特小店——不太好找，因為綏爾鎮的街道有點打迷糊，每個轉彎好像都變來變去。最後，他終於走對了街道，便衝進那家用成串紅色陶珠裝飾門口的小店。他剛才來購買筆硯時有注意到，在一個盛裝扣環與胸針的盤子裡，有個做成玫瑰狀的銀色胸針，他母親的名字就叫「玫瑰」。「我要買那樣。」他匆忙而豪氣地說。

「這是偶島製作的古代銀製品。我看得出你對古代工藝深具慧眼，」店家主人說著，注視亞刃寶劍的劍柄——倒不是看那副精緻的劍鞘。「價錢是四枚象牙。」

亞刃二話不說，爽快付了昂貴的價錢。他皮包裡有很多象牙代幣，內環諸島都用這當錢幣使用。送禮物給母親的主意讓他很開心，購買也讓他很開心。他離開小店時，一隻手擱在寶劍的柄頭上，昂首闊步，頗為神氣。

他離開英拉德島的前夕，父親將這把劍交給他。他莊重地收下並配掛，在船上時也一直配掛，彷彿那是一種責任。他很自豪於腰際多了這份重量，但寶劍悠遠歲月所代表的重量覆蓋他的心靈，因為這把劍是莫瑞德與葉芙阮之子瑟利耳的寶劍。當今之世，除了高懸於黑弗諾歷王塔的厄瑞亞拜之劍以外，再也沒有比之更古老的寶劍了。但這把劍一直沒有收起來或藏起來，而一直有人配掛，雖然歷經數世紀，卻沒有磨損或變鈍，是因為當初它曾以強大魔法鍛鑄。這劍的歷史言明，除了生死交關的情況，它不曾出鞘——也一直出不了鞘。它不會順服於血腥、復仇、或貪念的目的，也不會順服於為掠奪而起的戰役。亞刃這個通名，就是從他們家族的這個至寶而來，小時候，大家叫他「亞刃迪」，是「小寶劍」的意思。

他自己還不曾使用這把劍，他父親不曾使用，他祖父也不曾使用，因為英拉德島安享太平已久。

但此刻置身巫師之島這個奇特城鎮的街道，他碰觸劍柄，感覺也奇特不已，摸起來只覺劍柄怪彆扭的，而且冰冷。這把劍沈甸甸的重量拖負著他，妨礙他行走，也使本來的神奇感冷卻了些。

他返回碼頭，把胸針交給船長代轉母親，並向他道別、祝航行平安。轉身離開時，他拉拉斗篷蓋住劍鞘，劍鞘承裝的，是那把年代悠久但不輕易順服，而今傳承給他的致命武器。這時，他不再覺得神氣活現，也不趕時間了。「我在做什麼？」他爬上狹窄街道時對自己說。窄道通往城鎮上方那座巨大城堡似的宏軒館。「我怎麼沒打算回家？為什麼我要與一個我不了解的人，去尋找某種我根本不知道的東西？」

他沒有答案可以回答自己的問題。

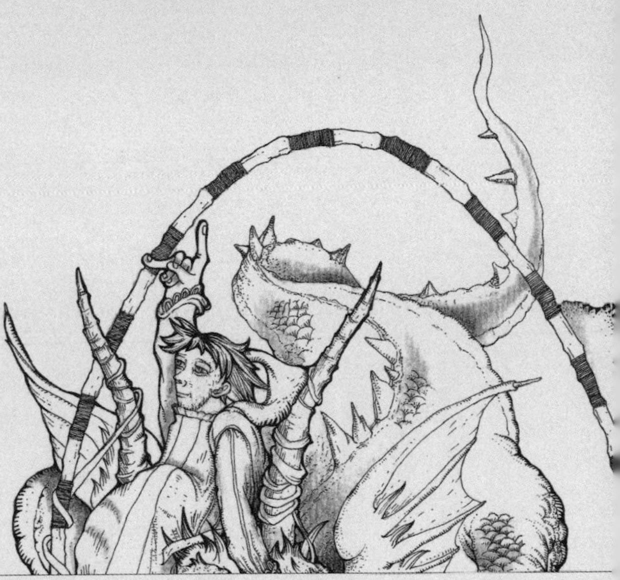

【第三章】

霍特鎮

Hort Town

在天明前的黑暗中，亞刃穿上為他預備的衣物，是全套水手裝，相當舊，但乾淨。他一穿妥便快步行經宏軒館闃靜的廳堂，走到龍角與整顆龍牙雕成的東門。守門師傅略帶微笑讓他出門，並指示路徑。他先走全鎮最高的一條街，再轉入一條小徑。小徑在港灣海岸的南邊，與綏爾港的碼頭平行，可通往學院下方那幾座船庫。他勉強認出該走的路。樹木、屋頂、山丘等都還是黑暗中的龐大黑團，漆黑的空間完全寂靜，而且很冷。萬物寂然不動，瑟縮朦朧。只有東邊仍然晦暗的大海，可以見到一條淡淡的清楚線條，那是海平線，輕拍著尚未露臉的太陽。

他來到船庫臺階處，那兒沒人，也沒有任何動靜。身上那套寬大的水手服和羊毛軟便帽相當保暖，但他仍然佇立石階，在一片漆黑中等待，全身發抖。

那幾座船庫隱約浮在黑水之上。突然由其中冒出一個空洸洸的聲響，是隆隆的敲撞聲，重複三次。亞刃感到毛髮直豎。一條長影子溜了出來，靜靜浮在海水之上——原來是一條船，輕輕滑向碼頭。亞刃跑下階梯，上了碼頭，躍進那條船。

「握好舵柄，」船首出現一個陰暗柔軟的身影，是大法師，他說：「穩住船身，我要升帆了。」

他們這時已經出了碼頭，船帆由船桅展開宛如白翼，迎向漸強的曙光。「西風讓我們省得划船出海灣，一定是風鑰師傅送給我們的出航禮。孩子，看看這條船，她行進得多輕鬆！嗯，西風外加晴朗破曉，真是風和景明的春季『平衡日』。」

「這條船是『瞻遠』嗎？」亞刃聽過一些歌謠和傳說提起大法師的船。

「嗳。」另一人一邊回答，一邊忙著拉繩子。風力變強時，這條船猛衝了一下並轉向。亞刃咬緊牙，努力讓船平穩下來。

「大師，她行進是很輕鬆，但有點任性。」

大法師笑起來。「讓她隨性去吧，她也很有智慧呢。」說完停了一下，跪在船梁之上，面向亞刃。「亞刃，聽好，現在起，我不是什麼大師，你也不是王子。我是商人，名叫侯鷹，你是我姪子，名叫亞刃，跟在我身邊學習海事。我們是英拉德島來的。什麼城鎮呢？最好是大城鎮，免得湊巧碰到同鎮的人。」

「南部海岸的特密耳鎮如何？他們跟每個陲區都有生意往來。」

大法師點頭。

「不過，」亞刃謹慎道：「您說話不太有英拉德口音。」

「我知道，我說話有弓忒島口音。」他同伴說著笑起來，同時舉目觀望漸亮的東方：「但必要時，我猜我有辦法模仿你。就這麼講定了：我們從特密耳來，這條船叫『海豚』，我不是大師，也不是法師，也不叫雀鷹，那……我叫什麼名字呢？」

「侯鷹，大師。」

亞刃咬了咬嘴唇。

「姪子，多多練習。」大法師說：「練習就會。你以前除了是王子，不曾扮演別的角色。而我，倒是以很多樣態出現過，最少扮演的角色——可能也是最微不足道的，就是擔任大法師……我們要往南去找艾摩石，就是大家用來刻成護身符的藍礦石。我知道英拉德人很看重那種礦石，都把它當護身符，用來避免著涼、扭傷、落枕，還有失言。」

亞刃笑了起來。過一會兒，他抬起頭，船剛好懸在一波長浪上，他瞧見太陽邊緣抵著海平面。一轉眼，熊熊金光在他們面前放射。

由於海浪滔滔，小船隨之起伏，雀鷹站著時必須一手扶住船桅。他面向春分時刻的日出唱起歌來，亞刃不懂太古語那種巫師和龍族所講的話，但他聽得出歌詞中含有讚美與歡悅的成分，而且節奏強烈。那強烈的節奏，正如浪潮起落或日夜交替那種銜續的永恆節奏。綏爾灣的海岸先是在他們右邊、繼而在左邊，接著又漸漸落在後方，他們乘風破浪，披戴陽光，進入內極海。

由柔克島到霍特鎮，不是什麼大航程。但他們仍在海上度過三個夜晚。大法師本來急於出發，但一出航，倒是耐性十足。他們一離開柔克島受法術制衡的天候，風向就整個相反了。碰到這種情況，任何一位風候師傅都會立即召喚法術風注入船帆，但大法師沒那樣做，反而一連數小時藉機教導亞刃，如何在頑強的逆風狀態駕船行駛於伊瑟耳島東岩石狀如犬齒的海域。出海第二天，下雨，是三月冷颼颼的勁雨，但他沒有運用任何法術驅雨。次日夜裡，他們在霍特港的入口外，躺在安靜寒冷多霧的黑暗中過夜。亞刃思前想後，認為經過短短這兩三天，他已經了解大法師了：大法師根本不操作法術。

不過，他是無可匹敵的水手。與他行船三天，所學的駕駛技術超過在貝里拉灣操船競賽十年。法師與水手差堪比擬，兩者都與穹蒼和大海的力量打交道，有時也屈折大風為己用，以便轉遠為近。所以，是「大法師」也罷，是海上商人侯鷹也罷，實在沒什麼差異。

他雖然十分幽默，但相當沈靜。不管亞刃怎麼笨拙，他都不煩躁，非常有容忍力。亞刃心裡想，再也沒有比他更棒的船伴了。不過，這位大法師會一連數小時陷入個人思想天地，等到不得不開口時，聲音雖然粗嘎沙啞，卻能一眼看穿亞刃。這些情形雖沒減弱男孩對他的愛，但恐怕多少緩和了對他的喜歡，使那份愛含了幾分敬畏。

雀鷹可能有所感覺吧，所以在瓦梭海岸外那個多霧之夜，他零零星星向亞刃談起自己。「明天，我不想立刻又投入人群，」他說：「我一直假裝自己很自由……

假裝天下太平無事，假裝我不是大法師，甚至不是術士。假裝我是特密耳來的侯鷹，沒有背負責任或特權，也不欠任何人什麼……」他停頓一會兒，才繼續：「亞刃，碰到重大的選擇和決定時，要盡量小心。年少時，我曾經面對兩種選擇：『有所不為』與『有所為』的人生抉擇。結果，好像鱒魚躍向蒼蠅，我莽莽撞撞投入後者。可是，每項行為舉動都把你與它、與它的結果，緊緊捆縛在一起，促使你不斷行動。很少有機會像現在這樣，碰到行動與行動之間的一個空檔，可以停下來，只單純地存在，或是徹底想一想：你是誰。」

亞刃心裡想，這人既然貴為大法師，怎麼可能對「他是誰」、「他的人生作為」還有疑惑？亞刃一向認定，這種疑惑是專屬於尚未涉世的年輕人。

他們的船在寒冷的巨大黑暗中搖晃著。

「所以，我喜歡海。」黑暗中響起雀鷹的聲音。

亞刃理解，但他的思緒一如這幾個日夜的情形，又跳前去思考他們此番出航的目的。眼見同伴談興正酣，他終於逮住機會問：「您認為我們能在霍特鎮找到我們要尋查的東西嗎？」

雀鷹搖頭，意思也許是不能找到，也許是他不曉得。

「可不可能是一種瘟疫、一種傳染病，由一座島嶼流傳到另一座島嶼，摧殘農牧與人類心靈？」

「瘟疫是『一體至衡』的一種運轉。但現在情況不同，它含有邪惡的腥臭。萬物的均衡自行回正時，可能需要我們吃點苦頭，但還不至於教人喪失希望，或棄絕技藝、遺忘創生語。『自然』不會這樣違背情理。目前的情況不是至衡的『回正』，而是至衡的『翻覆』。只有一種生物可能做到。」

「是某個人做的嗎？」亞刃試探著問。

「是我們人類做的。」

「怎麼做到的？」

「藉由無節制的生存欲望。」

「生存？但是，冀求生存有錯嗎？」

「沒有錯。然而，我們要是渴求掌控生存，就不免盼望無盡的財富、盼望無懈可擊的安穩、盼望長生不老等等。這樣一來，生存就變成貪欲了。要是再讓知識與這種貪欲結盟，邪惡即告產生，天下的均衡也隨之動搖。到那種地步，破壞程度就可觀了。」

亞刃仔細思索一下，才說：「那麼，您認為我們是在查訪一個人？」

「對，我認為是這麼一個人，一個法師。」

「可是，根據家父與其他師長的教導，我一向以為巫道的高強技藝是依賴『大化平衡』，也就是囊括萬事萬物的『一體至衡』。既然如此，它是不可能被人拿來做為邪惡用途的。」

「這是備受爭議的一個問題點。」雀鷹帶了幾分譏刺說：「『法師的爭論永無止境』……地海諸島都知道，有的女巫會施持不潔的法術咒語，有的術士會利用技藝獲取財富。還不只這樣。當年曾企圖泯除黑暗，令正午太陽停駐的『火爺』，也是高強的法師，連厄瑞亞拜都險些打不過他。至於莫瑞德之敵，又是另一位高強的法師。只要那位法師出現，全城民眾都向他下跪，軍隊為他捨命作戰。他用來對抗莫瑞德的法術實在太強大，以致他被殺死時，法力竟然終止不了，最後，索利亞島因無法承受而沈入海底，島上一切盡悉毀滅。這是具備巨大力量與知識的人為邪惡效命並藉之壯大的例證。因此，服膺善道的巫術是否能證明永遠是較強的一方，我們實在也不知道，頂多只能懷抱這樣的希望而已。」

抱著獲得肯定答案的希望，結果總是破滅。亞刃發覺，自己很不甘願接受這種教人心寒的事實，過一會兒便說：「我猜我可以明白，為什麼您說只有人類會行邪惡。畢竟，就連鯊魚也是必要時才殺戮。牠們生性單純無知。」

「這也是為什麼世上沒有什麼能抵擋我們行惡。滔滔人世，只有一樣東西能抵抗心懷邪惡的人——那就是另一個人。我們的光榮隱藏在我們的恥辱中；我們的心靈能為惡，但也惟有我們自己的心靈能克服惡。」

「但龍族呢？」亞刃說：「牠們不是行大惡嗎？牠們單純無辜嗎？」

「龍！龍性貪、不知足、叛逆，沒有憐憫，沒有慈悲。但牠們邪惡嗎？我是何等人，怎有資格評判龍的行為？……亞刃，牠們比人類睿智，與牠們相處，宛如與夢相處。人類做夢、施法、行善，但也為惡。龍卻不做夢，牠們本身就是夢。牠們不施魔法，魔法就是牠們的本質、牠們的存在。牠們無所作為：牠們僅是存在。」

「巴歐斯的龍皮棄置在榭里隆，」亞刃說：「那條龍是三百年前英拉德島的柯渥親王殺死的。從那天起，就沒有龍再到英拉德島逞兇了。我見過巴歐斯的皮，像鐵那麼厚重，非常巨大，據說要是整個展開，可以遮蓋整個榭里隆市場。僅一顆牙就有我的手臂那麼長，但他們說，巴歐斯是隻幼龍，還沒發育完全。」

「聽起來，你很想見到龍。」雀鷹說。

「是呀。」

「牠們的血是冷的，而且有毒。你千萬不要注視牠們的眼睛。牠們比人類古老……」大法師沈默片刻，接著說：「我過去的作為，雖然有的已忘記、有的至今仍感遺憾，但我永遠記得，有一回曾親睹龍群在西方島嶼上空的夕陽風中飛舞。我已知足。」

說完，兩人都沈默了，除了海水拍船的呢喃聲外一無聲響，四周也沒有光亮。末了，在那片深海之上，他們終於入睡了。

早晨明亮的薄霧中，他們駛進霍特港。港內有上百船隻停泊或正要啟航，有漁船、捕蟹舟、拖網捕魚船、商船、兩艘二十槳的大船、一艘待修的六十槳大船，還有一些狹長型的帆船。那種帆船配備特別設計的三角帆，利於在南陲這一帶的燠熱靜浪中捕捉上風。「那是戰船嗎？」駛經其中一艘二十槳大船時，亞刃問。他同伴回答：「根據船艙中的鏈閂來看，我判斷那是奴隸船。南陲這一帶，有人從事販奴。」

亞刃想了一下，便走去輪機箱取出他的劍。上船時，他將寶劍包得密密的，收起來放在輪機箱內，預備離船時才拿。這時，他打開包裹，入鞘的寶劍握在手中，配掛的帶子懸垂著，但他站在那裡拿不定主意。

「這不像海上商人的用劍，」他說：「劍鞘太精緻了。」

忙著操作舵柄的雀鷹看了他一眼。「你如果想配戴，就配戴。」

「我原來是想，它可能有智慧。」

「以天下寶劍而言，它的確是一把有智慧的劍。」他同伴說著，提高警覺，留意正在穿越的擁擠灣道。「它不就是那把不情願讓人使用的劍嗎？」

亞刃點頭。「傳說是那樣。但它已開殺戒，殺過人了。」他低頭注視寶劍細長但被握舊了的劍柄。「它殺過人，但我沒有，這讓我覺得自己實在少不更事。它的年歲大我太多……我還是帶刀好了。」說完，他將寶劍重新包好，塞在輪機箱底下，神情快然。雀鷹沒說什麼，過了好一會兒才說：「孩子，你能幫忙把槳拿好嗎？我們要向臺階旁的碼頭駛去了。」

霍特鎮是群島全境的七大港口之一。港市起自喧嘩的岸邊向上延伸至三座丘陵陡坡，整個市容好比一大團奇色異彩。住屋的泥牆有紅色、橘色、黃色、白色；屋頂瓦片是紫紅色；潘第可樹沿著高處街道開了一簇簇暗紅色花朵。俗麗的條紋雨篷一張接著一張為狹窄的市場遮蔭。碼頭陽光明豔，岸邊後頭的街道好像一個個暗色塊，充滿陰影、人群與市聲。

等他們繫好船，雀鷹彎腰好像在檢查繩結，同時對旁邊的亞刃說：「亞刃，瓦梭島有很多人認得我，所以你現在注意看一看，好確定你認得我。」他直起腰桿時，臉上傷疤不見了，頭髮相當灰白，鼻子厚大而且有點上翻，與他同高的紫杉巫杖變成一支象牙細棒，插在上衣裡。「汝識得吾否？」他咧開嘴巴笑著問，而且說話帶了英拉德口音：「前此未得面晤汝伯乎？」

亞刃在貝里拉的宮殿見過巫師變臉，那是在演出《莫瑞德行誼》默劇的時候。所以，他曉得「變臉」僅是一種幻術，也就能冷靜回應道：「噢，認得，侯鷹伯父！」

不過，大法師與港口民兵在為船隻停泊費及看守費議價時，亞刃一直注意看他，希望能確實記清他的長相。但在這段觀察時間內，大法師的易容反倒讓他愈來愈覺頭疼，而不是愈來愈看清楚，因為實在變得太徹底了，根本不是大法師本人，不是那個智慧的導師及領袖……民兵索取的費用很高，雀鷹付錢時一邊抱怨；付完錢與亞刃一同離開時，仍繼續抱怨。「真是考驗我的耐性，」他說：「竟然付錢給那吃人的偷兒來看管我的船！我用半套法術就能完成他的兩倍工作哩！唉，這就是喬裝易容的代價……啊，我忘記該有的講話腔調了，不是嗎，姪兒？」

他們爬坡經過一條擁擠發臭、虛華不實的街道，街上排列許多家只比攤子大一點的商店，店主人都站在堆置貨品的門口，高聲廣告他們販售的東西價廉物美，包括鍋盆、襪子、帽子、鏟子、別針、皮包、水壺、籃子、刀子、繩子、螺釘、床單等五金與服飾用品。「這是市集嗎？」

「啊？」獅鼻灰髮的男人低頭問道。

「伯父，這裡是市集嗎？」

「市集？不是，不是。他們整年在這裡賣東西。小姐，我吃過早餐啦，別向我兜售魚餅！」亞刃也努力擺脫一個捧著一盤黃銅小容器的男人。那男人一直跟在他腳後跟，小聲兜售：「買啦，買啦，俊少爺，這東西不會讓你失望的，氣味好聞得像努米馬的玫瑰，可以迷惑女人，讓她們投懷送抱，試試看嘛，少年船爺，少年王子……」

雀鷹突然一個箭步站到亞刃與小販中間，說：「這東西下了什麼魔咒？」

「沒有魔咒！」那男子瑟縮著退開。「我不賣咒語，船主！這只是楓糖而已。喝完酒或吸了迷幻草根以後，可以用來使口氣清新宜人。只是楓糖，大爺！」他一直倒退，直到跌坐在石板上，整盤容器匡噹掉了一地，其中有些傾倒，裡面盛裝的黏糊液體由容器蓋子滲出來，液體顏色接近粉紅或粉紫。

雀鷹沒再說什麼，掉頭轉身與亞刃繼續行走。不久，人群稀疏了，商店也寒酸起來。商品陳列於破舊的狗舍內，全部不過是彎釘一把、破杵一根、舊梳一把。這種寒酸相倒不是最讓亞刃不舒服的；剛才在較富裕的街道那頭，販售品堆疊起來的壓力與貨物叫賣聲，才讓他感到窒息。小販的落魄相也令他震驚，心中不免憶起北方家鄉涼爽敞亮的街道。他心想，貝里拉絕不會有誰像這個樣子緊纏陌生人，低聲下氣求售商品。「這鎮上的居民真教人作嘔！」他說。

他同伴只回答：「走這邊，姪兒。」他們轉彎走進一條巷道，巷道夾在高大無窗的住家紅牆間，紅牆沿山腳伸展。接著，穿過一個裝飾了破舊旗幟的拱形出入口，便步入一處陡斜廣場的陽光中。這裡是另外一個市場，搭了很多棚子和攤子，擠滿人群與蒼蠅。

廣場周邊有些男男女女，或坐或躺，個個木然不動。他們的嘴巴奇怪地帶黑，有如瘀血；嘴唇周圍有蒼蠅聚集，竟像一串串葡萄乾。

「居然這麼多。」是雀鷹的聲音在說話，又低又急，彷彿他也嚇了一大跳。但亞刃注意看他時，他依舊是健壯商人侯鷹那張粗率和氣的面孔，一點也沒有操心掛慮的表情。

「那些人怎麼了？」

「吸食迷幻草根。它有鎮定及麻木功效，可以讓身體脫離大腦，讓大腦自在漫遊。可是漫遊回來之後，身體會需要更多迷幻草……而且吸食的渴望持續擴增，人生就相對短暫，因為那東西是有毒害的：一開始只是發抖，進而癱瘓，最後死亡。」

亞刃打量一位坐著的女子，她背靠一面有陽光的牆壁，舉著手好像要把臉上的蒼蠅揮走，可是那隻手只在空中抽搐著畫弧，彷彿它早已被忘掉，只由肌肉內重複湧現的麻痺或顫抖狀態所移動。那動作宛若沒有目的的咒語、沒有意義的法術。

侯鷹也在看她，但面無表情。「快走！」他說。

他帶路穿越市場，走到一個有遮陽篷的攤子。陽光透過遮陽篷畫出條紋，有綠色、橘色、檸檬黃、棗紅、淡青。色彩投射在展示的衣服、披肩、和織帶上，連商婦羽毛頭飾上當作點綴的小鏡中也呈現繽紛顏色。這個身材肥胖的商婦拉開大嗓門重複叫賣：「絲、緞、帆布、皮毛、毛氈、羊毛、弓忒島出產的羊毛、肖爾島的蘿紗、洛拔那瑞島的絲！嘿，兩位北方來的，脫下你們的粗呢外套吧，難道沒看見太陽出來了嗎？瞧瞧，這是南方的道地絲料，柔細得有如昆蟲翅！帶回遙遠的黑弗諾島，送給女孩怎麼樣？」說著，她靈巧的手抖開一捲薄如蟬翼、粉紅色摻銀線的絲料。

「不要，太太，我們娶的老婆不是王后。」一聽侯鷹說完，商婦提高嗓門：「那你們都讓老婆穿什麼，粗麻布？帆布？可憐哪，老婆在北方大風雪裡發抖，居然不肯替她買點絲料，真是吝嗇鬼呀！吶，這個怎麼樣？弓忒島的羊絨毛皮，冬夜裡讓她保暖！」她往檯面抛展，現出米褐色的方塊料子，是東北島嶼所產，細絲般的羊毛織成。喬裝的商人伸手去摸，微笑起來。

「嗳，你是弓忒島人？」那拔高的嗓門問道，搖晃的頭飾隨之在雨篷和布匹上投射出千百個七彩色點。

「這是安卓島的製品，妳曉得嗎？因為它每個指寬都只有四條經線，弓忒島人會用六條或更多經線去織。不過，說說為什麼妳會從表演魔術轉業到販賣服飾呢？幾年前我來時，看到妳會從人的耳朵裡變出火焰來，然後再把火焰變成小鳥和金鈴。那種生意比這個好呀。」

「那根本不是生意。」胖女人答話的瞬間，亞刃注意到她的眼睛像瑪瑙般強硬地直視他與侯鷹，而頭上的羽飾飄飄晃晃，不停顫動；亮花花的小鏡頻頻放光。

「能從耳朵引出火焰是很高明的，」侯鷹的口吻聽來嚴冷卻純樸：「我本來希望我姪兒能見識見識。」

「兩位仔細聽好，」商婦的聲音不那麼刺耳了，她把兩隻肥胖手臂和厚重胸部一齊擱在檯面上。「我們已經不玩那種把戲了。因為大家早就看穿，不想再看了。我知道，你還能記得我，多虧這些鏡子——你是對這些小鏡子有記憶。」說著，她故意搖頭晃腦起來，使得他們周圍斑斕光點不停迴旋。「噢，僅憑這些小鏡子的閃光和幾句話，就可以迷惑一個人的頭腦。至於其餘把戲，我不會告訴你們——除非有人認為他見到了肉眼看不到、而且實際上不在那裡的東西。比如火焰和金鈴，或是我以前用來替水手打扮的那種服裝：金布配上杏仁大小的鑽石。打扮後，他們都像諸島之王那麼神氣……可是，那是把戲，掩人眼目的東西。人是會被愚弄的，有如雞被一條勾在指頭上的蛇所蠱惑。對，人像雞。只不過，他們要到末了才明白，他們被愚弄、被搞糊塗了，所以事後都很生氣，對這種事就不再覺得好玩了。所以啦，我才改行賣這些東西。也許，所有這些絲料都不是絲料，弓忒羊絨毛皮也不是弓忒羊絨毛皮，但大家到底會買回去穿——他們會穿！這些東西是真的，不像金布裁製的套裝，說穿了不過是詐欺和空氣。」

「噢，噢，」侯鷹說：「這麼看來，全霍特鎮再也找不到以前那種從耳朵變出火焰的魔術了？」

聽到最後這句話，商婦皺眉。她挺直上身，開始小心摺疊羊絨毛皮。「希望看到謊言和異象的人就去嚼迷幻草，」她說：「要是有興趣，你去找他們聊聊呀！」她朝廣場四周那些木然不動的形體點點頭。

「但以前有些術士會幫水手對風施咒，並為他們的船貨添注好運術。他們全都改行了嗎？」

商婦突然對侯鷹講的話大為光火：「你一定要找術士的話，倒還剩一個，一個擁有去他的巫杖的出色巫師——看見那邊那個人嗎？他自己說，他曾經與埃格船長一同出海，負責為埃格造風、為他尋找大船。但那根本是瞎說。所以埃格船長最後才會付他公平的回報：把他的右手砍掉。所以現在他就坐在那兒。瞧他，滿嘴迷幻草，但肚子裡全是空氣。空氣和謊言！空氣和瞎編！你要找的魔術全在那邊，山羊船長！」

「噢，噢，太太，」雀鷹依舊溫和淡然道：「我只是問問而已。」

她一個轉身，肥碩的背部向外，頭飾上的旋轉鏡面亮點讓人一陣眩目。雀鷹緩步離開，亞刃跟在他旁邊。

他故意緩步徐行，以便慢慢靠近商婦所指的那個人。他背靠牆坐著，呆滯凝視的眼睛沒看見什麼。留鬍子的黑臉孔，看得出以前相當俊秀。那隻起皺的右腕殘肢橫在地面鋪石上，讓燠熱明亮的陽光照著。

他們後頭的攤子起了點騷動，但亞刃發覺自己很難不盯著那個男人看，而且油然興起一股嫌惡的困惑。「他真的是巫師嗎？」他很低聲問道。

「他可能是那個叫做賀爾的，當過海盜埃格的天候師。他們是一幫名氣響亮的竊賊。啊，亞刃，快閃開！」一名男子由攤子中間全速跑出來，差點與他們兩人撞個滿懷。另一人從旁邊快步半跑經過，一邊吃力捧著一個可摺疊的平盤，盤內裝著線、繩、花邊等等。有個攤子嘩啦一聲潰倒，遮陽篷在這麼拉扯之餘，翻面倒下。

群眾在市場推來擠去，雜沓的人聲喊叫不已。那個頭戴鏡飾的商婦聲音最高、最突出，亞刃瞥見她舉著一根柱子或棍棒，像個身陷重圍的劍士，正大刀闊斧驅趕群眾。這到底是一場爭吵擴大成的暴動，或是一幫竊賊設計的襲擊，誰也搞不清楚。只見群眾一個個懷抱貨品，可能是掠奪來的，也可能是保護著以防掠奪。廣場混亂中，有刀戰、拳鬥、毆架。

「走那邊。」亞刃手指最近的一條側街，從那裡可以走出廣場，看這情況，馬上離開最好。他正準備要走時，被同伴拉住手臂。亞刃回頭，看見那個叫賀爾的男子正拚命要站起來。等他站直，身子搖晃一會兒，沒稍微看看四周，便逕自循著廣場邊緣走去。他那隻獨臂始終貼著房屋圍牆，好像做為指引或支撐。「看住他。」雀鷹說著，兩人開始跟蹤。沒有人來攔他們或攔這個被跟蹤的男子。

不出一分鐘，他們就走出市集廣場，然後是狹窄曲繞的下坡街道，很安靜。頭頂上，街道兩旁住屋的閣樓幾乎交會，遮蔽了日光；腳底下，鋪石路因堆積污水和垃圾而濕滑。賀爾雖然有如盲人扶牆而行，但步調不慢。他們跟在後頭必須亦步亦趨，才免得在岔路跟丟。亞刃內心突然起了一陣追蹤的刺激感，全身知覺都處於精警狀態，宛如以前在英拉德的森林獵捕雄鹿。他清楚看見擦身而過的每張臉孔，呼吸著這城鎮混合了垃圾、焚香、腐肉、花香的親切穢氣。他們跟蹤穿越一條寬闊擁擠的街道時，他聽見鼓擊聲，並瞧見一排赤身露體的男女經過，他們的手腕和腰都被串鏈，蓬亂的頭髮遮頭蓋臉。但只驚鴻一瞥，就不見了這整排男女的蹤影，因為當時他們正在賀爾的後面，巧妙閃躲著走下一段階梯，步入一處較窄的廣場，廣場只有幾個女人在噴水池邊閒聊。

雀鷹在這裡追上賀爾，伸手搭在他肩上。賀爾彷彿燙著般驚得縮身後退，一直退到一扇大門的陰影中。他站在那裡發抖，睜著被捕獵的獵物般視而不見的兩眼呆望他們。

「你叫賀爾嗎？」雀鷹問道。他問話的聲音是用他本人的聲音，嚴冷但音調溫和。男子沒回答，好像沒回神、或是沒聽見。「我要向你打聽一點事，」雀鷹說道，對方仍然沒回覆。「我會付錢。」

慢吞吞才反應：「象牙或黃金？」

「黃金。」

「多少？」

「法術有多少價值，巫師最清楚。」

賀爾的面孔瑟縮一下，而且神色一轉，變得精神起來。但那轉變快得好像火焰晃動片刻，馬上又回復陰霾的木然表情。「法術全部不見了，」他說：「都不見了。」一陣咳嗽使他彎了腰，吐出黑痰。等到挺直腰桿，精神已相當不濟，單顧著發抖，好像忘了剛才在說什麼。

亞刃再次出神觀看他。這男子站立的所在，是大門兩側兩尊雕像的中間。那兩尊雕像的頸子傾斜頂住建築的山形牆，肌肉虯結的身軀只有一部分突出牆壁，看來彷彿一直想從岩石掙扎出來，進入有生命的人間，但中途失敗了。它們所守護的這扇門，絞鏈已經腐朽；這棟原為宮殿的房子已然人去樓空。大石像凸出的沈鬱臉孔被削去一些，長了苔蘚。那名男子站在這兩尊壯碩的雕像中間，萎頓而脆弱，兩眼有如空屋的暗窗。他向雀鷹舉起那隻殘廢的手，低聲乞討：「施捨一點給可憐的殘廢人吧，大爺……」

法師蹙眉，像是痛苦又像慚愧；亞刃感覺自己霎時見到法師喬裝背後的真實面孔。法師再度將手搭在賀爾肩頭，輕輕說了幾個字，是亞刃聽不懂的巫師語言。

但賀爾懂。他單手緊抓雀鷹，口吃道：「你還能講……講……跟我來，來……」

法師瞥一眼亞刃，點點頭。

他們走下陡斜的街道，進入霍特鎮三座山丘之間的谷地。一路經過的下坡街道愈來愈窄、暗、靜。懸翹的屋簷使天空縮小成一條灰色帶，兩旁的住屋都陰冷潮濕。谷底有條溪河，臭得好像未加蓋的陰溝。在幾座拱橋之間，住家沿溪岸集中。

到了其中一間屋子，賀爾轉身進入陰暗的大門，有如一支蠟燭突然吹熄般消失不見。他們跟著入內。

沒有燃燈照明的階梯，他們踩上去不但發出吱嘎聲，還會搖晃。到了梯頂，由於賀爾推開一扇門，他們才看清置身之處：一個空房間，角落有草褥，房內有一扇沒上漆的素面板窗，射進些許朦朧光線。

賀爾轉身面向雀鷹，再度抓緊雀鷹的手臂。他的嘴唇在動，但老半天才支支吾吾說：「龍……龍……」

雀鷹以安定的眼神看著賀爾，沒說話。

「我不能施法了。」賀爾說著，放開雀鷹手臂，蹲伏在地上哭泣。

法師在他身邊跪下，輕輕用太古語對他說話。亞刃站在關著的門邊，一手放在刀柄上。迷濛的光線、積塵的房裡，兩個跪著的形體，法師使用龍語小聲說話的奇異聲音，這種種宛若夢境，與屋外世界或流逝的時間一無關連。

賀爾緩緩起身，單手拍拍膝蓋灰塵，把殘肢移到背後，看看四周，看看亞刃；現在，他總算「視而可見」了。不久，他轉身走去坐在草褥上。亞刃依舊站著保持警戒；但雀鷹由於童年家境也是這麼四壁蕭然，泰然自若地直接疊腿坐在一無鋪墊的地上，說：「告訴我，你怎麼喪失你的技藝，怎麼遺忘技藝所使用的語言。」

賀爾良久沒回話。只不停用斷肢拚命打大腿，最後才突然把心裡的話逼出來：「他們砍去我的手，害我不能織構法術。他們砍了我的手，血流出來，流乾了。」

「但那是你喪失力量以後的事，賀爾，不然他們根本砍不了你的手。」

「力量……」

「就是操控風、浪、與人的力量。藉由叫出它們的名字，你可以使它們服從你。」

「沒錯。我記得自己曾活著，」男子啞著嗓子輕道：「而且我也會那些語言，那些名字……」

「你現在死了嗎？」

「不，活著，活著。我曾經是一條龍……我沒死。只是偶爾睡著了。每個人都曉得，睡眠與死亡相似。每個人都曉得，亡者步行於夢中，他們活生生地來找你，對你說話。他們脫離死域，進入夢境。有條通路可以去。要是你走得夠遠，還有路可以回來，沒問題。只要知道去哪裡找，就找得到——要是你願意付代價。」

「付什麼代價？」雀鷹的聲音飄浮在幽暗的空中，宛如落葉影子。

「生命呀！還會有什麼代價。除了用生命，你還能用什麼去買生命？」賀爾坐在草褥上前後搖晃，露出狡猾詭詐的目光。「你瞧，」他說：「他們可以砍去我的手，他們可以砍去我的頭。無所謂，我能找到回來的路，我曉得到哪裡找。有力量的人才可能去那裡。」

「你是指——巫師？」

「對。」賀爾遲疑道，樣子好像曾嘗試幾次，卻沒辦法說出「巫師」兩字。「有力量的男人，」他重複道：「而且他們必須——他們必須放棄力量，做為代價。」

說完，他變得不高興起來，彷彿「代價」兩個字終於引發某些聯想，也才使他明白，他這麼做只是在提供資訊，而不是交易。所以，他們再也無法從賀爾那裡獲得更多訊息。雀鷹認為「回來的路」特具意義，便暗示著、討好著想多套點東西出來，賀爾卻不肯再說什麼。不久，法師放棄，站了起來。「唉，只得一半答案，還不如都沒有。」他說：「但是，錢仍照付。」說著，他丟了一錠金子到賀爾面前的褥子上，動作如魔法師般靈巧。

賀爾把金子撿起來，望望金子、望望雀鷹、還有亞刃，甩甩頭。「等等。」他咕嚕道。然而情勢這麼一變，害他頓失掌控，只得狼狽苦思原本想講的話。「今天夜裡，」他終於說：「等等……今天夜裡。我有迷幻草。」

「我不需要迷幻草。」

「為了帶你……為了帶你看路。今天夜裡，我帶你去，我會帶你去看。你能去那裡，因為你……你是……」他苦思那個字，雀鷹替他說：「我是巫師。」

「對了！所以我們……能……我們能去那裡。去那條路。等我做夢的時候，在夢中，懂嗎？我會帶你，你跟我去，去……去那條路。」

雀鷹在這間陰暗的房內立定深思。「或許吧，」他好久才說：「如果要來，我們天黑以前就會來。」說完，他轉身面向亞刃，亞刃馬上打開房門，急於離開。

相較於賀爾的房間，那條陰暗潮濕的街道好像花園般明亮。他們抄捷徑，往城鎮上方走。捷徑是一道陡梯，夾在長著藤蔓的住屋牆壁間。亞刃爬得氣喘如牛——

「呼！您打算再回去那裡嗎？」

「噯，我會去的。要是不能從一個比較不冒險的來源獲得相同資訊，我就要去。但，到時候他可能會設埋伏。」

「您不是有做點防衛，防備竊賊之類的傷害嗎？」

「防衛？」雀鷹說：「你指什麼？是不是你認為，我隨時用法術包裹著，像老婆婆怕風濕那樣嗎？我根本沒有時間那樣做。我隱藏面孔，以便掩飾我們的查訪，這就行了。我們可以互相為對方留神提防。但事實上，這趟旅程絕沒辦法避免危險。」

「那當然，」亞刃僵硬地說著，因拉不下臉而暗中生怒。「我才沒那樣期望。」

「那就好。」法師說道，雖無轉圜餘地但態度和悅，倒也平息了亞刃的怒火。老實說，亞刃為自己的怒意感到震驚，他從沒想過這樣子對大法師說話。不過，這個人既是大法師、也不是大法師，他是侯鷹，長了獅子鼻、方頰亂鬚，聲音忽兒像這個人、忽兒像那個人，變來變去，是個不可靠的陌生人。

「那男人剛才對你說的事，你聽起來有意義嗎？」亞刃問道，因為他不希望重回那個在臭溪上方的陰暗房間。「什麼……活呀、死呀，回來時被砍了頭等等的。」

「我不曉得那些話有沒有意義，我當時只是想跟一個喪失力量的巫師談一談。他說他沒有喪失力量，而是把力量交了出去——做為交換。交換什麼呢？他說，用生命交換生命，用力量交換力量。不，我不懂他的話，但值得聽一聽。」

雀鷹沈著推斷的理性，讓亞刃益感慚愧。他覺得自己像小孩一樣使性子，像小孩一樣雀躁不安。自從碰到賀爾之後，他就感覺恍惚出神，但現在，那股出神感中斷了，變得十分嫌惡，好像吃了什麼髒東西。他於是決定，除非等到控制好自己的情緒，否則不再說話。但決定後的下一刻，老舊平滑的階梯害他沒踩好步伐，溜了一下，趕緊靠兩手抓住旁邊岩石才穩住自己。「噢，詛咒這個齷齪的城鎮！」他氣得大叫。法師淡然答道：「大概沒必要吧。」

霍特鎮真的有什麼地方不對勁，連空氣本身都不對勁，糟到這種地步，恐怕會讓人以為它真的受了詛咒。問題是，它的不對勁並非「存在」什麼質感，而是「缺乏」什麼質感所致——因為所有質感都日益薄弱，變成有如一種疾病，即使到訪未幾的旅客也會受感染。連午後太陽也沈重燠熱得讓人不舒服，一點也不像三月天。各廣場和街道熙來攘往，一派生意興隆的樣子，但論秩序和繁榮，則一點也談不上。商品質地差，價格高，竊賊充斥、幫派出沒，對小販和往來買客都不安全。街上少見婦人，若有，也都結伴而行。這是個沒有法治的城鎮。亞刃與雀鷹同鎮民交談幾回下來，已知霍特鎮沒有議會、鎮長或領主。以前治理該鎮的人，有的已作古，有的退隱，有的遭暗殺；現在是不同的首領在不同的地區畫地稱王，港口則由港口衛兵一手管理，中飽私囊；諸多現象不一而足。總之，鎮上沒有中心，鎮民往來奔忙，似乎毫無目的。工人好像普遍缺乏工作意願；強盜搶劫，因為他們只知這種生存方式。大港市特有的喧嚷與明燦，霍特鎮都具備，但只流於表面；城鎮邊緣有一大堆嚼食迷幻草的人，呆滯不動。這樣的表面底下，一切都好像不真實，包括臉孔、聲音、氣味都一樣。那個漫長炎熱的下午，雀鷹與亞刃沿街漫步，偶爾與人交談，一直覺得景物漸漸退隱——包括條紋遮陽篷、骯髒的圓石街道、塗顏色的牆壁。所有鮮活的存在，行將消逝，僅餘空泛沈寂的夢幻城市留置於氤氳迷濛的陽光中。

接近傍晚時，他們走到城鎮最高處略事休息，才稍微打破那種罹病似的白日夢之感。「這不是個招好運的城鎮。」好幾個時辰以前雀鷹就這麼表示，在這個城裡漫無目的步行數小時、與陌生人隨意交談下來，他已顯得疲乏而寡情。他的喬裝易容稍微敗露了：海上商人的方臉上，已可見到幾分本有的嚴峻與黝黑。亞刃一直還無法卸除早上的興奮躁動之感。他們坐在山頂粗草鋪地的潘第可樹林蔭下，那些樹有深綠色葉子和紅色花苞，有的已綻放花朵。他們坐在那高處，所見的城鎮只是無數屋頂櫛比鱗次沿山坡層層降至海灣。開展雙臂的海灣在春天霧靄中呈藍灰色，上接天際，兩相交融，無間無際。他們坐觀那片無盡的藍，亞刃心門大敞，迎會並讚美這世界，感覺心清智澄。

他們在附近一條小溪喝水，小溪源頭在山後頭某大戶人家的花園裡，溪水清澈地流越土褐色的岩石。亞刃不但大口喝水，還把整個頭浸入涼水中，起身時，不由得誇張地朗誦《莫瑞德行誼》中的詞句：

虛里絲之泉，銀色水琴弦，深讚美兮；
溪水止我渴，吾名永祝頌，恆久遠兮。

雀鷹笑他，亞刃也跟著笑，並學小狗用力甩頭，燦亮的水珠在最後一抹金色暮光中四散飛濺。

他們得離開樹林，再度下坡走回街道。在一個賣油膩魚餅的攤子吃了晚餐之後，已是夜色籠罩。狹窄街道暗得特別快。「孩子，我們差不多該走了。」雀鷹說。亞刃應道：「回船上？」但他知道雀鷹不是指回船，而是要去那間位在溪河之上，一無陳設、骯髒煩人的小屋。

賀爾正在門口等他們。

他點燃油燈，好讓他們看見階梯。他掌燈時，油燈微細的火焰一直抖動，牆壁投射出巨大陰影。

他已為兩位客人多準備一處草堆，但亞刃決定坐在門邊沒鋪草的地板上。這扇門是向外開的，若要守衛，其實應該坐在門外才對，但他無法忍受門外漆黑的穿堂，何況他還想留意著賀爾。雀鷹的注意力——說不定還包括他的巫力——會專注在賀爾告訴他、或帶他去看的事情上；所以，保持警覺以防詭詐的責任，都得靠亞刃。

賀爾比早上坐直了些，也不那麼發抖，而且洗了嘴巴和牙齒。起初講話時，雖然仍有點興奮，但還算清醒。他注視油燈的那雙眼睛很黑，看起來像動物的眼睛，不見眼白。他拚命跟雀鷹爭論，一直鼓吹雀鷹嚼食迷幻草。「我要帶你去，帶你和我一起去。我們必須同路，等一下不管你準備好沒有，我都要去，所以你得吃點迷幻草，以便跟隨我。」

「我可以跟隨，沒問題。」

「你到不了我要去的地方。這不是……施法術。」他好像沒辦法說出「巫師」或「巫藝」兩個字。「我曉得你能去到那……那個地方，噯，就是那道牆。但你要看的東西不在那裡，要走另外一條路。」

「只要你去了，我就能跟隨。」

賀爾搖頭，他原本俊秀而今不復的臉龐紅了一下，並不時瞥瞥亞刃——雖然他只對雀鷹講話：「你看，世上有兩種人，不是嗎？我們這種，以及其他人。那些……龍，以及其餘的。沒有力量的人只是半死半活，他們不算數，他們不清楚自己的夢，他們怕黑。但他們以外那些人中之貴，就不怕進入黑暗。我們有力量。」

「只要我們知道事物的名字就不會害怕。」

「可是，名字在那邊一點也不關緊要——這是要點所在，這是要點所在！你需要的不是『作為』，不是『所知』。法術沒有用。你必須忘記全部法術，隨它去。迷幻草可以幫點忙，吃了它就會忘記名字，就會放掉事物的形式，直接進入真實。

我很快就要去了，要是你想去我所說的那裡探看，以便知道該怎麼做的話，就留神嘍。像我，都遵照他所說的去做。要成為生命的主人之前，必須先成為凡人的主人。你必須去發現其中的奧祕。我雖然能告訴你它的名字，但名字有什麼用呢？名字不真實，它不是永恆的真實。連龍都沒辦法去那裡，龍已經死了，全死了。今晚我吃了這麼多迷幻草，你一定跟不上我，差太遠了。你可以指出我在哪裡迷失。記得那個奧祕嗎？記得嗎？沒有死亡，沒有死亡。沒有！沒有汗臭的床鋪和腐爛的棺木，沒有了，永遠不再有了。鮮血如乾河床枯涸，而且不見了。沒有懼怕，沒有死亡。名字消逝，咒語和恐懼都消逝。指出我可能在哪裡迷失，指出來，主人……」

他繼續在一種狂喜狀態中胡言亂語，聽起來像誦念法術，卻什麼也沒有呈現出來：沒有魔法、沒有完整、也沒有意義呈現出來。亞刃聽著，聽著，努力想理解。要是能理解有多好！雀鷹真該遵照賀爾說的，至少這一回吃點迷幻草，那樣他才能發現賀爾所說的那些事情內幕——那個他不願、或無法講出來的祕密。不然的話，他們何必跑這一趟？（亞刃看看賀爾狂喜的面孔，再看看另一人的側面。）法師大概已經明瞭了——因為他的側面看起來堅定如岩石。那個獅子鼻呢？那個漠然的表情呢？海上商人侯鷹不見了，被忘記了。坐在那裡的，是法師，大法師。

這時，賀爾的聲音轉為低聲咕噥，並擺動疊腿而坐的上身。他的面孔顯得狂野起來，嘴巴鬆弛張開。他與面前那人的中間地上，放著那盞小油燈，一直沒說話的那人，這時伸手握住賀爾的手。但亞刃沒看見他伸手。事情的順序有點不銜接——因為有了「不存在的間隙」出現。想必是昏昏欲睡的關係。肯定已經幾個時辰過去了，大概接近午夜了吧。要是他睡著，會不會因而也能跟隨賀爾進入他的夢，去到那個「所在」，那個祕密通道？說不定可以呢。現在看起來很有可能。但他得看守大門呀。雖然他和雀鷹事前沒怎麼商量，但兩人都明白，賀爾要他們夜裡重回小屋，可能有什麼埋伏的不軌計謀。此人當過海盜，曉得強盜行徑。他們雖然一點也沒提到守衛的事，但亞刃知道他應該負責守衛，因為法師去進行奇特的心靈之旅時一定毫無防衛。可是為什麼自己偏像個傻瓜，把劍留在船上？要是房門突然在後頭迸開，他的刀子能有多少用處？不過，那種情況不會發生，因為他可以注意聽。

賀爾這時已經不講話了，兩人都全然安靜，整個房子都安靜，要是有人爬上那個搖搖欲墜的階梯，不可能不弄出一點聲音。要是聽見什麼聲音，他可以大喊，屆時，恍惚的迷離幻境可以打破，雀鷹會回來，使出「巫師之怒」的復仇閃電，保衛自己和亞刃……亞刃剛才在門邊落坐時，雀鷹曾注視他，雖然只是一眼，卻是讚賞的一眼——讚賞與信任。他既然負責守衛，那麼，只要他繼續看守就不會有危險。可是，這個任務真不容易啊，要一直注意那兩張臉、注意兩人中間地板那盞如豆的燈火。這時，兩人都沒說話，兩人都沒移動，眼睛都張開，但沒在看燈火，也沒看這個髒房間，沒看這世界，而是看某個夢幻世界或死亡世界……注意看著他們就好，別妄想跟著去……

在那個無邊枯燥的黑暗中，有個人站著向他招手，並說：來呀。那是魁梧的冥界之主。他手中持握的燈火小如珍珠，他把燈火伸向亞刃，供給生命。亞刃慢慢向他靠近一步，隨他走去。

【第四章】

法光術
Magelight

乾，他嘴乾。不但嘴裡吃到泥沙，雙唇也被泥沙覆蓋。

由於橫倒在地板上，用不著抬頭就可以觀看一場影子戲：幾個巨大的黑影或移動或屈身、或脹大或縮小；牆上和天花板則是幾個比較模糊的影子跑來跑去，彷彿在嘲笑它們。另外有兩個影子，一個在角落，一個在地板上，倒是都沒動。

他感覺後腦勺疼起來的同時，才剛看清的眼前景象就在那瞬間凍結了：一處角落，賀爾的頭砰地一聲撞在自己的膝蓋上，雀鷹緊接著趴在他背上。一個男人隨即跨跪在雀鷹身上，第二個男人朝一只袋子裝金塊，第三個男人站在一旁觀看。這第三名男人一手掌燈，一手執劍——是亞刃的短劍。

這幾人如果說話，亞刃也沒聽見，他只聽到自己內心的想法正急切而明白地告訴他該如何採取行動。他立刻照辦：徐徐向前爬行兩呎距離後，迅速伸出左手抓取那個贓物袋，然後一躍而起，高吼著衝向階梯，並飛奔而下。雖然那道階梯伸手不見五指，但他沒有踩空，甚至宛如飛翔般不覺得腳踩階梯。他闖進街道，全速跑向黑暗。

兩旁房舍看上去成了以星空為背景的巨大黑塊，右手邊的溪面依稀倒映星光。雖然他不清楚這裡的街道通向何處，但能辨認街口，於是便轉個彎，加快腳步。他聽見後面有人追來，距離不很遠。追趕者都打赤腳，所以腳步雜沓的聲音很輕，倒是喘息聲非常大。假如有空閒，亞刃一定會停下來大笑，因為他總算明瞭「被追」是什麼滋味了。過去，他一向是追獵者——追捕獵物的帶頭者。而今他終於知道被追者的想法：是想獨處、希望自由。他朝右跑上一座牆垛很高的橋，躲躲閃閃溜進側邊一條街道，繞過一個街角後重新見到溪河。他沿溪岸跑了一段路之後再穿越另外一座橋。他那雙鞋踩在圓石路上發出不小的聲音——是全鎮唯一的聲響。他在橋墩處暫停一下，想鬆開鞋帶把鞋子脫下來，但纏結的鞋帶一時鬆脫不開，而他尚未擺脫追趕者。溪河對岸有燈火閃了一下，輕重不一的腳步聲仍持續不停。但是，他不可以擺脫他們，只能趕快拚命跑，一直跑在前頭，好讓他們離開那間灰塵滿布的房間，離得越遠越好……他的外套早就被脫走了，強盜順便把他的短劍也搶走，他現在雖然穿著短袖衣服輕輕便便，但仍覺得熱。滿頭大汗不說，後腦的疼痛一直隨著奔跑的每一步而加劇，但他還是跑，一直跑……贓物袋成了快跑的妨礙，於是他把它扔了。一只沒裝好的金塊隨之應聲飛出，摔在地面石頭上，發出清脆的碰撞聲。「你們的錢在這兒！」他大叫，聲音沙啞而急喘，但他繼續跑。

街道突然沒了去路。前面沒有岔路、也不見星光，是條死巷！他沒遲疑，立刻扭頭，反身向追趕者跑去。那只燈籠的光亮在他眼中搖晃。他一邊衝過去，一邊挑釁地大吼。

有盞燈籠的亮光在他面前晃動，那亮光有如微弱的光點夾在一大片動盪的灰茫當中。他盯著它好一會兒，看它愈來愈微弱，最後被一個黑影遮蓋。等到遮蓋它的黑影移走，那光亮也不見了。他有點惋惜——或許是為他自己吧，因為他曉得：必須醒來了。

那盞燈火已熄的燈籠依舊懸掛在固定的船桅上。四周的海洋被正要升起的太陽漸漸照亮。有鼓擊聲傳出，船槳沈重單調地搖著，船木吱嘎吱嘎響，宛如千百個微聲合鳴。船首有個男人對他後頭的水手喊話。與亞刃一同被鏈在近船尾處的男人個個默不吭聲。他們的腰間都有鐵環，腕際有手銬，每個人的鐵環和手銬都以短而重的鐵鍊與隔鄰的鏈在一起，腰間鐵環還拴在甲板上，所以這些上了枷鎖的人，可以坐、可以蹲，但沒辦法站直；而且由於被鏈得太緊密，也沒辦法躺下，只能像貨物般緊挨成一團。亞刃被鏈在前左舷的角落，所以只要把頭抬高，兩眼剛好可看見船艙及船欄中間的甲板地帶，甲板寬約兩呎。

昨夜那場追趕、以及碰到死巷之後的事，他不太記得。只依稀曉得他曾出手打鬥、被擊倒，後遭捆綁，被扛去一個不知名的地方。依稀聽到一個怪裡怪氣小聲講話的男人聲音，也看得出那是一個好似鍛鐵場的所在，有鍛熔的火光在閃跳……事實如何，他無法回想起。然而，他很清楚的是，眼前這是一艘奴隸船，他被抓了來，正要送去賣掉。

他不覺得這處境有什麼大關係，因為他太渴了，而且整個身子及頭部，到處都在痛。太陽升起後，陽光更刺痛了他雙眼。

晨午之間，他們每個人總算吃到四分之一塊麵包，也從獸皮水壺喝了好大一口水。給他們水喝的那個男人一副尖刻冷酷的長相，脖子繫了一條有金色釘飾、狀如小狗頸圈的寬皮帶。聽他說話，亞刃認出來，這聲音就是昨夜那個怪裡怪氣耳語的男人聲音。

水與食物不但減輕他肉體上的悽慘狀態，也使他頭腦清晰起來，他於是頭一回把目光轉向身邊的奴隸夥伴瞧個仔細。有三人與他鏈在同一排，後頭另外鏈了四個。這些人，有的把頭埋在弓起來的膝頭，其中一個不時垂下頭，大概生了病或嗑了藥。緊鄰亞刃的一位年約二十，臉孔寬闊扁平。「他們要帶我們去哪裡？」亞刃問他。

那個鄰伴注視他，齜牙咧嘴聳聳肩——兩人的頭相距不及一呎。亞刃以為，他的意思是「不曉得」。但接著，他扭動被銬的手臂，作狀要比手勢，同時張開仍然咧著的嘴——但那張應該有舌頭的嘴裡，卻只見一個暗色的舌根。

「應該是去肖爾吧！」亞刃的後頭有人回答。然後另一人說：「或是去阿姆冉的市集。」這時，那個戴著頸圈，似乎無所不在的男人走過來，俯在艙口噓聲道：「你們如果不想被當成鯊魚餌，就閉嘴。」於是所有人都閉上嘴。

亞刃努力想像肖爾、阿姆冉市集那種販賣奴隸的地方。奴隸販子一定會讓奴隸出去站在買主面前，與家鄉貝里拉的市場出售公牛或公羊一樣，這無庸置疑。到時候，他必須銬著鎖鏈站在市場裡，有人會把他買回家去，然後對他發號施令，他會拒絕服從命令；或者先服從，然後設法逃跑。但不管哪種方式，他最終都會被殺掉。做這結論，倒不是因為他一想到被奴役就全心反抗，他此刻實在太虛弱、太混亂，根本沒有心力反抗；純粹只是他曉得自己沒辦法服從命令，那麼不出一兩週，他肯定會死掉或被殺。儘管他明白這是必然的事實，也接受，但這事實依舊讓他害怕，不敢再往下想。他低頭凝視兩腳之間骯髒的船艙鋪板，裸露的肩膀感到日曬的灼熱，嘴裡又漸漸乾渴起來，喉嚨也慢慢再度覺得緊縮。

太陽西沈，夜晚續臨，澄澈寒冷，明銳的星星露臉了。由於沒有風聲，使得維繫划槳的擊鼓，聽來有如徐緩的心跳。現在，「寒冷」成了最難受的事。亞刃的背部從後頭那人緊併的雙腿獲得一點溫暖，左側也由那個啞巴獲得一些溫暖。那啞巴弓背坐著，一路上不停哼著單音調的韻律。槳手換班之後，鼓聲再響。白天時，亞刃一直期待黑夜到來，但黑夜既臨，他卻睡不著，骨頭痠痛，又無法轉換姿勢，只能一直坐著發疼、發抖、乾渴，並呆望星斗。那些星星，好像隨著槳手每個動作，也跟著在天空大幅度劃動一下，然後滑回原位、靜止；再劃動，滑回、靜止……

戴著頸圈的那個男人與另一人站在船尾與桅杆之間的地方，桅杆上那個晃動的小燈籠在兩人之間散放微光，並投射出兩人的頭部和肩膀側影。「去他媽的，起霧了，」戴頸圈的男人用細弱含恨的聲音說道：「一年當中這種時候，南方海域起什麼霧嘛？去他的霉運！」

鼓擊依舊。星斗劃動、滑回、靜止。亞刃身旁那個沒有舌頭的男人突然全身打個寒噤，並仰頭發出夢魘般恐怖無形的長號。「那邊，給我安靜！」船桅旁那個男人大吼。啞巴又打了個寒顫之後就安靜了，僅以上下顎做出磨擦咀嚼狀。

星星悄悄向前滑動而不見。

船桅晃動之後，也看不見了。亞刃覺得好像有條冰涼的灰毯子蓋上背脊。鼓聲減弱一下又恢復，但速度變慢了。

「這霧，濃得像凝結的牛奶。」亞刃聽見頭上方某處，那個聲音沙啞的男人說：「喂，繼續划槳！這一帶二十哩內沒有沙洲！」

濃霧中，有隻粗硬帶疤的腳踩踏過來，近距離出現在亞刃面前，停了一下就移走了。

在霧中感覺不出船隻前行，只能感覺它在搖擺，並聽見船槳推拉的聲音。規律的鼓擊彷彿消了音，四周黏濕寒冷。亞刃頭髮上集結的霧氣凝成水珠流入他眼睛，他努力用舌尖去接水滴，並張口呼吸濕潤的空氣，希望藉此解渴，只是牙齒忍不住打顫。一條冰冷的金屬鏈甩到他的大腿股，觸碰之處有如火燒般灼疼。鼓聲叮咚叮咚，然後止歇。

一片寂靜。

「繼續擊鼓！出了什麼狀況啦？」沙啞如耳語的那個男人聲音從船首發出，但沒人回答。

船隻在闃靜的大海上又前進了一點，模糊難辨的船欄外，什麼也瞧不見，一片空茫，但好像有東西擦到船身。在這片詭異的死寂幽暗中，那個磨擦聲顯得格外清晰。「我們觸礁了！」囚犯中有人小聲說，但四周的死寂覆蓋了他的聲音。

濃霧變明亮了，宛如有光亮在霧中放射。亞刃因而看清楚同鏈在一起那幾名奴隸的面孔，他們頭髮沾著的水氣都在閃光。船身又晃了一下，他藉機使力扭動鎖鏈，並拚命拉長脖子，以便看清前頭的船上情況：甲板上的濃霧宛如薄雲後的明月，放出寒光。槳手好像雕像般坐著，幾個船員站在船腰地帶，兩眼都微微發光。艙門邊有個男人獨自站立，光亮是從他身上放射出來的，包括他的面孔、兩手、以及一根有如熔銀般發亮的手杖。

那個發亮的男人腳邊，有個黑暗形體蹲伏著。

亞刃想說話，但說不出來。大法師全身罩覆光亮向他走來，然後在甲板上跪下。亞刃感覺大法師伸手摸他，也聽見大法師張口說話，接著，感覺腰間和手腕的枷鎖不見了，船尾響起鎖鏈連迭的匡噹聲，但沒有人移動，只有亞刃試著站起來卻站不起來——因為束縛過久不動的緣故。大法師有力的手握住他的手臂，藉此一臂之助，亞刃總算爬出貨艙，然後趴在甲板上。

大法師走開，霧濛濛的光亮隨著他的走動，照在靜止不動的槳手臉上。他走到蹲伏在船欄邊那個男人身邊止步。

「埃格，我向來不懲罰，」說話者堅定清晰的聲音，與霧中清冷的法術光同樣清冷。「但基於公道正義，我把這件事算在你帳上：從今天起，你將變成啞巴，直到你找著值得一說的隻字片語為止。」

他轉頭走回亞刃身邊，伸手扶持亞刃站起來。「走吧，孩子。」有他幫忙，亞刃勉強蹣跚前行。然後半爬半跌，踏上那條在奴隸船邊輕搖的小船「瞻遠」。在霧中看來，她的船帆如同飛蛾之翼。

光亮在同樣的死寂中消逝，小船由大船船側轉向駛離。那艘大船、以及模糊的船桅燈籠、靜止的槳手、笨重粗大的黑色船身，好像瞬間不見了。亞刃彷彿聽見幾聲吶喊當空破出，但聲音薄弱，而且很快消逝。不久，濃霧開始變薄並散開，在黑暗中吹拂而去。他們駛出濃霧區，進入星空下，「瞻遠」安靜得有如一隻飛蛾在大洋清明的夜色中穿梭。

雀鷹拿幾條毯子替亞刃蓋好，並給他水喝。亞刃突然想哭時，雀鷹伸手放在這男孩的肩頭，但什麼話也沒說。不過，他的觸摸自有溫柔堅定的力量，受安慰的感受慢慢傳遍亞刃全身使他溫暖，加上小船輕搖，舒解了他的心。

亞刃仰望同伴。他黝黑的臉孔已無一絲非屬塵世的光輝，但背襯星空的緣故，使亞刃幾乎無法看清他的容顏。

小船繼續在咒語指引下飛駛，兩邊船側的浪花彷彿受驚而低語。

「那個戴頸圈的男人是什麼人？」

「安靜躺著。他是個海盜，名叫埃格。他戴那條頸圈，是為了隱藏以前被刀割的傷痕。看來他的海盜行業沒落了，換做奴隸買賣。但這回可讓他碰到賣壓了。」話話者嘲諷的平靜聲音裡，含有一絲滿足。

「你怎麼找到我的？」

「巫術，加上賄賂……我白白浪費了時間。本來我不希望人家知道，大法師暨柔克學院護持竟然在霍特鎮那種龍蛇雜處的地方尋訪，所以很希望能夠一直保持喬裝，但結果卻不得不追蹤這個人、追蹤那個人。而且等我終於發現奴隸船在破曉前就已出航時，不覺大為光火，所以就把『瞻遠』開來，由於海上平靜無風，只好為她的船帆注入法術風，又迅速把港灣內所有船隻的船槳都用槳栓暫時固定——要是他們聲稱法術全是謊言和矯飾，那麼，船槳被法術這樣固定而動彈不得，該如何解釋，那是他們的問題了。可是，我卻因倉促和義憤而錯失了埃格的船，他的船由於想躲避暗礁而朝東南方駛離港口。這一整天，凡我所做的事，都碰到霉運。在霍特鎮實在沒有好運可言……噯，反正最後我是利用尋查術，才能摸黑登上他們的船。你不是該睡個覺，好好休息了？」

「我還好，感覺好多了。」亞刃原本的寒冷被輕微發燒取代，不過，他確實感覺好多了，雖然身子虛乏，思緒卻輕盈地跳來跳去。「你多久就清醒了？後來賀爾怎麼樣？」

「我和白日天光一同醒來。所幸我的頭還算硬，只是耳朵後方有個腫塊和割傷，好像裂開的小黃瓜。至於賀爾，我把他留在『藥眠』當中。」

「都怪我沒看守好……」

「卻不是因為打盹的關係。」

「對。」亞刃支吾道：「都是因為……我當時……」

「你在我前方，我看到你，」雀鷹口氣怪異，「他們躡手躡腳上來，把我們當成待宰的羔羊當頭敲倒，取走金子和上好質料的衣物，以及一個可賣的奴隸，就逃之夭夭了。孩子，他們要的人是你。把你帶到阿姆冉市集，能賣到一座農場那麼好的價錢哩。」

「他們沒有敲得很重，所以我後來也醒了。在他們把我逼到死巷之前，我著實讓他們奔跑了一陣子，而且把他們搶來的戰利品散在街上。」亞刃兩眼發亮。

「他們還在那裡時，你就醒來了，然後跑走？為什麼呢？」

「引開他們，別讓他們加害你呀，」雀鷹話中的驚訝，瞬間挫了亞刃的自豪，他於是不悅地又說：「我當時以為他們要捉拿的人是你，我以為他們可能殺掉你，所以才抓走他們的贓物袋，好讓他們追我。而且我邊跑邊叫，讓他們可以跟來。」

「啊，他們是跟去了沒錯！」雀鷹只是這麼說，一點也沒表示讚賞。倒是坐著沈思了一會兒，才又說：「你當時沒想到我可能已經死了嗎？」

「沒有。」

「先謀殺再搶劫，這是比較安全的辦法。」

「我沒那麼想，當時只想到把他們引離你身邊。」

「為什麼？」

「因為引開了他們，讓你有時間醒來，你或許就能出手防衛，然後把我們兩人帶離險境，或者，無論如何至少你可以獨自逃離。我原本負責守衛，末了卻失於防守，我想彌補。你是我守衛的對象，你是關係重大的人，我理當保護。或者，起碼視你的需要而採取必要行動，因為是你將帶領我們。不管我們未來走去哪裡，帶領的人、以及撥亂反正的人，都是你。」

「是嗎？」大法師說：「昨夜之前，我也一直這麼想。我以為我有個追隨者，但事實上是我追隨你哪，孩子。」他的聲音很冷靜，但可能帶點嘲諷。亞刃不曉得如何接口，他真的完全糊塗了。他一直以為，他當時睡著、或是因恍惚而疏於守護等行為所犯的錯誤，幾乎無法以引開搶匪的功勞彌補，但現在顯然變成：誘引搶匪離開雀鷹是愚笨的作法，而在錯誤時刻進入恍惚，反而是一項絕妙的聰明之舉。

「大師，我讓您失望了，真抱歉。」他終於說話了，雙唇有點僵硬，而且，欲哭的感覺再度難以控制，「還勞您救了我一命……」

「而你或許也救了我一命——」法師粗率道：「誰曉得是怎樣呢？他們順利擊倒我們時，也有可能把我的喉嚨割了。亞刃，別再哭了，很高興現在你又跟我會合了。」

說完，他走向儲藏箱，點燃燒炭的小爐子，開始忙起來。亞刃躺著看星，情緒漸漸平靜，心思也慢慢不亂奔馳了。他於是想通，無論他做了什麼、或沒做什麼，雀鷹都不會妄加評斷。凡他已做的，雀鷹都接受為事實。「我向來不懲罰。」他已經對埃格這麼表明過，說時聲音冷靜。看來，他也是不獎賞的。但他畢竟曾極速橫越海洋搭救亞刃，而且為了亞刃猛施法力。今後，必要時他還會再這麼做。他是個可靠的人。

雀鷹值得亞刃對他付出全部的愛和信賴。事實上，雀鷹也信賴亞刃。亞刃先前的舉動是對的。

法師這時回來了，遞給亞刃一杯冒熱氣的酒。「這東西或許可以助你入睡。當心點兒，會燙舌。」

「這酒打哪兒來的？我一直沒見到船上有酒囊……」

「『瞻遠』這條船上所有的東西，比雙眼能見的還多。」雀鷹邊說邊在他身旁落坐。亞刃聽見他在黑暗中發笑，很短促，幾乎聽不見。

亞刃坐起來喝酒。酒很好喝，而且補身提神。他問：「我們現在上哪兒去？」

「向西航行。」

「昨天你跟賀爾去了哪裡？」

「進入黑暗之域。我一直沒跟丟，但他自己倒是走失了。他在黑域外圍那個錯亂和夢魇的無盡荒野流連徘徊。他的靈魂在那可怕的地方，一如小鳥吱喳，也好像遠離海洋的海鷗在啼叫。他根本不是什麼嚮導，早就迷失了。他空有法術技藝，卻從不看前面的道路，只顧看自己。」

亞刃聽不懂話中含意，但此刻他也不想弄懂。他已經多少有過被拖進巫師所說的「黑域」的經驗，但實在不願回想那個經驗，那與他一點關係也沒有。老實說，他不想睡著，以免又在夢中見到那個黑域、那個黑暗身影——就是伸出一顆珍珠光芒，小聲說著「來呀」的黑影。

「大師，」他的心思突然轉到另一個題目：「為什麼……」

「睡吧！」雀鷹稍帶不悅地說。

「大師，我睡不著。我想不通您為什麼不解放那些奴隸。」

「我解放他們了呀。那艘船上的枷鎖都解開了。」

「但埃格手下有武器。要是您綁住他們……」

「哦，要是我綁住他們，如何呢？他們才不過六個人，而槳手們和你一樣，都是被鏈住的奴隸。現在這時候，埃格與手下恐怕全死了，不然就是被鏈起來準備當奴隸賣掉。反正，我讓他們自由去戰鬥、或協議。我絕不當收買奴隸的人。」

「但您明知他們是為非作歹的傢伙——」

「明知他們為非作歹，是不是就要與他們同聲一氣？讓他們左右我的行為嗎？我不打算替他們抉擇，也不打算讓他們替我抉擇！」

亞刃啞口無言，深思起來。不久，法師柔和地說：「亞刃，你明白嗎？一項舉動並不像年輕人所想的那樣，有如撿起而來丟出去的一顆石頭，要不是打中目標、就是錯過目標，然後就完畢了。一顆石子被撿起來，土地因而變輕，拿石頭的手因而變重。把石頭丟出去時，天上星辰以繞行相應。石頭打中或墜落，宇宙都因之改變。整體的均衡，仰賴每項單一行動。風、海、水、地、與光的力量，以及禽獸植物都如此，一切都完好、合宜地搭配著。這一切行動都含括在『一體至衡』當中。舉凡颶風、大鯨魚的號鳴、枯葉的吹落、蚊蚋的飛移，一切行動都在整體均衡的範圍內。我們，既然身為具備力量操控世界、並相互操控的人，就必須學會按照落葉、鯨魚、風的本性去行動。我們必須學會保持那均衡。既然有智力，我們就一定不能輕舉妄動；既然有選擇，我們就一定不能輕率妄行。雖然我擁有懲罰或獎賞的力量，但吾何許人也，怎可隨意把玩他人命運？」

「可是，」男孩對著星斗蹙眉，說：「這麼說來，均衡是靠什麼也不做而達成的嗎？碰到必須採取行動時，即使不曉得行動的結果將如何，當事人也該行動吧？」

「永勿擔憂懷懼。採取行動遠比抑制行動容易。我們人類會繼續行善、及行惡……不過，假如我們內環諸島能夠像以前一樣再度擁王，假如那位君王找法師尋求建言，而我是那位法師，我會對他說：『吾王，不要因為正義、值得讚賞、或高貴而去做某事。別因一件事似乎是好事而去做；只做你必須做，而且別無他途可行的事。』」

他聲音裡有某種質素，使亞刃不由得轉頭看他。他覺得法師臉上重現光輝，望著那個鷹勾鼻、那個有疤的臉頰、犀利的黑眼睛，亞刃注視他時，除了滿腔的愛，還有畏懼。他心想：「他超越我太多了。」可是，亞刃凝目仰望時終於察覺，這男人的面孔既沒有法術之光，也沒有法術的冰冷光輝，躺臥在每個線條與平面之中的，不過是光亮本身罷了——是早晨平凡的天光。天地間其實有一股比法師的力量更大的力量。歲月對待雀鷹沒有比對待任何人仁慈，他臉上的線條是歲月的刻痕；而且等日光轉強之後，還面露疲色，並打起呵欠來……

亞刃凝視著、遐想著、思索著，終於入睡了。雀鷹坐在他身旁，觀看曙光和日出，正如一個探究寶物缺陷的人，想找出這個有瑕疵的寶石裡面、這個生了病的孩子內在，到底哪裡出了毛病。

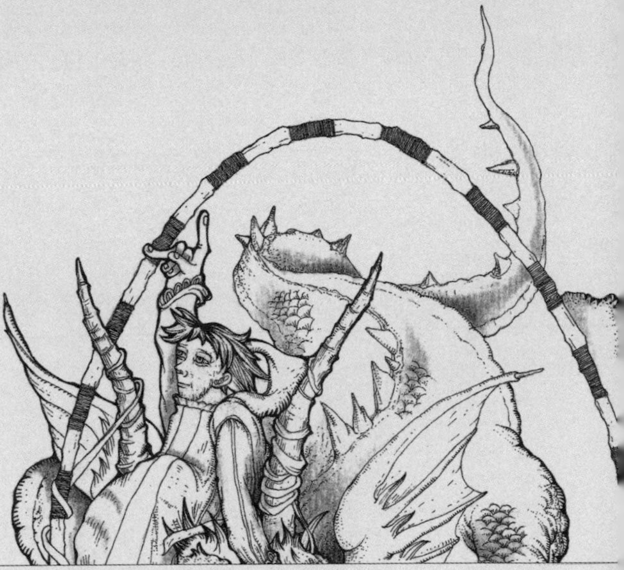

【第五章】

海洋夢

Sea Dreams

快近午時，雀鷹停止法術風，任船隨西南方向的自然微風航行。右方遠處，瓦梭島南部的山巒遠落在船身後頭，慢慢轉藍、越來越小，成了海浪之上的朦朧波紋。

亞刃醒來。大海在燠熱燦亮的正午驕陽下曝曬著，一眼望去，無盡的海水展開在無盡的日光之下。雀鷹坐在船尾，身上只有一條纏腰布，頭上綁塊像是帆布的頭巾。他輕輕哼著歌，把船梁當成鼓，雙掌輕輕敲擊打出單純的節奏。他哼唱的歌倒不是什麼巫術技藝，也不是什麼王卿豪傑的讚頌之辭，只是輕快地結合一些沒有意義的字音，很像獨自在弓忒島高山上牧羊的小男孩，為了消磨夏季漫長午后而哼唱的曲調。

一條魚兒躍出海面，當空滑行了數碼之遙，飛越閃光的渦輪葉片上方時，看來如蜻蜓的羽翼。

「我們到南陲了。」雀鷹唱完歌時說道：「人家說，這裡是世上的奇域，魚會飛、海豚會唱歌。但海水溫和，適合游泳。而且我覺得能與鯊魚互相了解。在這裡把奴隸販子的觸摸洗去吧。」

亞刃全身肌肉還在痠疼，起初根本不想動。而且他不是熟練的泳者，因為英拉德島的海洋比較嚴酷，下了水，往往是在跟海水搏鬥，而不是在游泳，所以要不了多久就筋疲力盡。但這裡的湛藍海洋，剛下水時會冷，不久就感覺挺宜人的，身上的痠疼因之一掃而光。他在「瞻遠」船邊鼓浪前進，彷彿一條稚齡海蛇，浪花如噴泉般飛騰。雀鷹加入游泳，但他拍打海水沈穩多了。「瞻遠」宛若溫順的護衛，在波光粼粼的海面上張開白色羽翼隨時等候他們上船。一條魚兒由海水躍入空中，亞刃追去時，魚先潛入水中，再躍出海面，忽而在空中游動、忽而在海中飛馳，反過來追逐亞刃。

男孩在海水中、日光裡嬉遊、取暖，全身金光，敏捷靈活，一直玩到太陽與海面相觸。至於另外那名黑瘦的成年男子，游泳時不但動作精省，拍水使力時，也總是流露出他那年紀特有的簡勁。那天，除了游泳，他還分神控制船隻的航線，並用帆布做了個臨時遮陽篷，坐在篷子底下，懷抱著不偏不袒的溫柔，平心觀看游水的男孩和飛躍的魚兒。

「我們上哪兒去?」黃昏，飽食一頓醃肉和硬麵包之後，睏意再起時，亞刃問。

「洛拔那瑞。」雀鷹回答。「洛拔那瑞」這幾個沒有意義的字音，就是那天晚上亞刃最後聽進耳裡的話，以致那天一入夜，他所做的夢都環繞「洛拔那瑞」。他夢見自己步行在柔軟的淡色漂流物之上，漂流物是粉紅、金黃、青碧的斷線或碎布組合，走在上面有種好玩的快樂滿足。有人告訴他：「這是洛拔那瑞的絲田，絲田從來不會變暗。」但後來黑夜將盡，秋季星座在春季天空閃耀，他轉而夢見自己置身一間乾燥的破房子，屋裡每樣東西不但都覆蓋灰塵，還有積垢的破蜘蛛網。蜘蛛網不但把亞刃的雙腿纏住，甚至飄入他的嘴鼻，使他無法呼吸。最恐怖的是，他認得那間宏偉的破房子——正是他與柔克學苑眾師傅在宏軒館內同進早餐的地方。

他醒來時恐懼莫名，心頭撲撲直跳，兩腿因撞到划手座而痙攣。他坐起身來，拚命想忘掉那場邪異的怪夢。東方天空還沒有亮光，只呈現變淡了的黑色。船桅吱嘎作響，船帆仍舊由東北風繃緊著，模糊地高懸在他頭頂上方。他同伴在船尾靜靜沈睡。亞刃再度躺下，迷迷糊糊直到天完全亮才醒。

這天，海洋超乎他想像地湛藍平靜。海水柔和清澈，在裡頭游泳有點像滑行或漂浮在空中，奇異的感覺如在夢中。

午時，他問：「巫師會解夢嗎？」

雀鷹在釣魚。他專心注視釣線，許久才應道：「怎麼啦？」

「我很想知道，夢境是否屬實？」

「當然屬實。」

「夢境是在做真實的預告嗎？」

正當這時，有魚兒上鉤了，十分鐘後，他們有條漂亮的銀藍色海鱸當午餐，亞刃的問題便被忘得一乾二淨了。

下午，兩人在臨時搭建的遮陽篷底下躲避烈日，懶懶地消磨時間。亞刃問：「我們去洛拔那瑞找什麼？」

「去找我們要找的東西。」雀鷹答。

過了一會兒，亞刃說：「在英拉德島，我們有個故事，說到一個男孩，他的老師是塊石頭。」

「咦？……那他學到了什麼？」

「他學到：別提問題。」

雀鷹哼了一聲，彷彿是要壓抑笑聲，但他坐直身子，說：「好吧！雖然我喜歡保持沈默，直到清楚要講什麼才開口。不過，既然你一直問，就談一下吧。為什麼霍特鎮和納維墩島不再有法術？——也說不定是所有陲區都不再有法術了，為什麼？這是我們要去探尋的究竟，不是嗎？」

「是啊。」

「你曉不曉得有句老話說：『規則逢陲區即變』？這句話，水手常常講，但它其實是巫師用語，意思是說，巫術技藝本身也因地而有變異。柔克島的一項真法術，到了易飛墟可能變成只不過是幾個普通字詞而已。今天已不是各地人都還記得

『創生語』的時代了，所以，在某地使用某字詞是正確的，到了另一地則須改用別的字詞。而法術的編構本身就融合了土、水、風，以及施法所在處的光等等。我曾經航行到東方，由於所到之地非常偏遠，那裡的風、水等都不聽我使喚，可能是它們不知道自己的真名吧，但更可能是我根本不曉得它們的真名。

「這世界非常大，開闊海一直延伸到超越所有的知識範圍，但在這世界之外，還有別的許多世界。在這眾多空間維度及時間長度之中，我懷疑人類能講的任何一種語言，是否有哪一種語言能夠無分時地，永遠承載它原本的意義和力量——除非它是兮果乙人創造萬物時所講的『太初語』，或是至今還沒有人講、也永遠不會有人講的，足以消滅萬物的『終結語』……所以，即便在我們地海這個世界、在我們所知的各島嶼間已見到那麼多差異、奧祕與變化了，而大家認識最少、但奧祕最多的，就是這南陲區。內環諸島的巫師很少到南陲與這裡的人來往。大家普遍相信南陲人有自己的魔法，所以不歡迎北方來的巫師。不過，這類傳言都語焉不詳，事實可能只是這裡的人一直沒有機會認識法術技藝，導致了解不足而已。假如是這樣，那麼，存心破壞法術的人來這裡進行破壞就很容易了。要在這裡削弱法術，也會比在我們的內環諸島來得快。既然這樣，我們當然可能聽到南方地區魔法失敗的傳聞。

「『訓練』是強化、深化巫師作為的管道，假若沒有方向，人們的行為易流於膚淺、錯亂、然後就浪費掉了。所以，像我們碰到的那個戴鏡飾胖女人就是喪失了技藝，卻認為她從來不曾擁有技藝。也因此，賀爾嚼食迷幻草，自以為能比最高深的法師到得遠，可是事實上，他幾乎還沒進到夢幻之境就先迷失了……但他到底自以為去了哪兒呢？他所尋求的是什麼？又是什麼吞噬了他的法術技藝？我認為我們在霍特鎮已經探查夠了，所以才繼續深入南方，到洛拔那瑞，去看看那裡的巫師情況如何，找找我們必須找出來的究竟……我這樣說，有沒有回答你的疑問呢？」

「有是有，但……」

「既然回答了，就讓石頭安靜一下吧！」大法師說完，走去坐在船桅邊、遮陽篷底下泛黃耀眼的陰涼處，逕自向西眺望大海。那整個下午，船隻平穩向南航行。他坐姿挺直不動，一個時辰又一個時辰過去，亞刃下海游泳兩趟，每回都從船尾悄悄溜進水中，因為他不喜歡從法師那幽黑的凝視視線中橫越。法師的凝視看起來雖只是向西俯瞰大海，但似乎看透所見的一切，超越亮麗的海面水平線，超越天空的湛藍，也超越光的界線。

後來，雀鷹總算由沈默中回神，並開口說話——只是他所說的，一次不超過一個字詞。亞刃從小的教養使他能迅速感知被禮貌或含蓄所掩飾的情緒，所以他知道同伴心緒沈重，便不再提問。到了傍晚，他才說：「如果我唱歌，會不會干擾您思考？」雀鷹勉強玩笑著回答：「那要看你唱什麼而定。」

亞刃背靠船桅坐下，開始唱起歌來。多年前，貝里拉的宮殿樂師曾訓練他唱歌，當時還邊唱、邊在高高的豎琴邊彈奏和音。如今，他的聲音已不似當年那麼尖細甜美，現在高音變得具有磁性，低音則具有六弦古琴的共振效果，聽起來深沈鮮明。這次，他唱的是「白法師輓歌」，這是當年葉芙阮獲知莫瑞德戰死，而開始等待自己死期到來所作的歌。這首歌一般人很少唱，就算唱了，也很少漫不經心隨便唱。現在，雀鷹聆聽這副年輕的嗓音有力且篤定地迴蕩在晚霞映紅的天空和海洋間，兩眼不由得淚濕而模糊了視野。

唱完這首歌，亞刃靜默了好一會兒。接著又唱些比較小巧輕快的曲調，在天際無風、海浪規律起伏、天光消逝的單調中消磨時光，夜色也逐漸籠罩。

等他停止歌唱，萬物俱寂。風息、浪小，船板和繩索也幾乎不再吱嘎作響。大海靜默，海面上方，星星一顆顆露臉。南方出現一抹透亮的黃光，斷斷續續放送一陣金黃流星雨穿過海面。

「看，燈塔！」但他馬上改說：「可能是一顆星嗎？」

雀鷹凝視它一會兒，才說：「我猜它一定是那顆戈巴登星，這顆星只有在南陲地帶才看得到。『戈巴登』的意思是『冠冕』。坷瑞卡墨瑞坷曾經教我們，要是繼續往南航行，還可以在戈巴登底下的海平面附近清清楚楚多找到其他八顆。九顆星合成一個大星座，有人說那是一個奔跑中的人，有的人說那是『亞格南符』，也就是『終結符文』。」

他們遙望那顆星在動盪不定的海平面之上廓清了天際，穩健地發放光芒。

「你剛才唱了葉芙阮之歌，」雀鷹說：「唱得很好，宛如你了解她的傷痛，也讓我了解了她的傷痛似的……在全地海的歷史故事中，這一則總是最能撼動我心。莫瑞德以無比的勇氣對抗絕望；超越絕望所誕生的莫瑞德之子，瑟利耳這位高貴的王；還有葉芙阮。回想當年，我這輩子所做最邪惡的那件事……我當時自以為所呼召的是她的美貌，結果有一瞬間，我當真見到了她——」

亞刃的背脊浮起一陣寒意，他吞吞口水，靜靜坐著，凝視那顆壯麗但不祥的晶亮黃星。

「你心目中的英雄是誰？」法師問。亞刃略微猶疑地回答：「厄瑞亞拜。」

「因為他是最了不起的嗎？」

「因為他其實可以統治全地海，但卻沒有這麼做。他選擇在偕勒多島的海岸大戰歐姆龍，孤獨地戰死。」

法師沒接腔。兩人各想各的，過了一會兒，亞刃繼續望著那顆戈巴登星，問：「這麼說來，亡魂真的可能藉由法術被帶回人間，而且對活人說話？」

「藉由召喚法術，我們有這種能力。不過那種法術很少人去運用，而且我懷疑會有人運用得明智。就這點而言，召喚師傅和我看法相同。那種法術記載在《帕恩智典》中，但召喚師傅不教那種法術，也不使用。當中最了不起的一項法術，是帕恩島的灰法師在一千年前創造的。他召喚昔日英雄和法師回生——包括厄瑞亞拜。他召喚那些英雄，希望他們為帕恩島領主們提供戰事和政局方面的建言。但是亡者的建言對生者無益。帕恩島繼續經歷凶險。灰法師最後發狂，無名而終。」

「那麼，這是邪惡的事了？」

「毋寧說是一種誤解，對生命的誤解。死和生其實是同一件事——像手的兩面，手心和手背。手心手背究竟不同……但兩者既不能分開也不能混為一談。」

「這麼說，現今沒有人運用那個法術了？」

「我曉得現今只有一個人任意使用那種法術而不衡量風險。操作這種法術是冒險，危險程度超越其餘任何法術。我說過，死和生就像手的兩面，但事實上我們對生與死都不夠了解。試圖操控你不了解的力量並不明智，即使結果很可能是好的。」

「使用這法術的人是誰？」亞刃問。他頭一回發現雀鷹這麼願意回答問題，而且情緒平和，思慮深遠。兩人藉由這段談話得到慰藉，雖然主題是黑暗。

「他住在黑弗諾。當地人認為他只是一名術士，但以天生的力量而言，他是一個力量不凡的法師。他利用個人技藝賺錢，只要有人付錢，他就為他們顯現他們想看的任何亡魂。亡妻、亡夫、亡子、君王時代的美女等等，他整棟房子充塞了古代那些不安的黑影。我見過他把我以前的一位老師傅，當年的大法師倪摩爾，從『旱域』召喚回來，只是為了玩玩把戲，娛樂那些閒來無事的人。結果，那個崇高的亡靈當真應召而來，像一隻順從的小狗。我看了很憤怒，就向他挑戰。我當時不是大法師，但我說：『既然你強迫亡者進你屋子，你願意隨我去他們的房子嗎？』雖然他用盡意志抵拒，甚至變換身形、無計可施時還在黑暗中大哭，我照樣強使他跟隨。」

「你後來殺了他？」亞刃小聲問，顯得很入迷。

「沒有！我讓他跟我去，又讓他隨我回來。他當時很害怕。一個任意召喚亡者的人，比我所認識的任何人都害怕死亡——怕自己的死亡。在那道石牆邊……我講的這些，實在已經超過一名見習術士應該懂的分量了，而你根本連見習術士都還不是呢。」銳利的雙眼穿透幽暗直視亞刃的凝望，竟讓亞刃侷促不安起來。「倒也沒什麼關係。」大法師繼續說：「在那界線地帶某處有一道石牆，越過那道牆，靈魂就到了『死境』，只有法師可能越過它再返回……我剛才說的那人就匍匐在那道石牆的『生境』這邊，想抗拒我的意志卻無效。他兩手拚命抓住石塊，詛咒嘶喊，那種畏懼是我生平僅見，讓我輕蔑憤怒。其實，看那光景，我早該知道我做錯了。但我當時被憤怒和虛榮占據。他很強大，而我亟欲證明我比他強大。」

「回來以後，他表現如何？」

「他跪伏在地，並且發誓絕不再使用帕恩民間法術。他還親吻我的手，要是他膽子夠大，早藉機把我殺了。後來他離開黑弗諾，可能向西去帕恩島吧，幾年後我聽說他死了。我認識他時他已白髮蒼蒼，但手腳修長，像個角力士。我為什麼又談到他呢？我甚至想不起他的名字了。」

「他的真名嗎？」

「不是！就我記憶所及——」他停頓一下，之後持續三個心跳的空檔，四周全然寂靜。

「黑弗諾的人叫他喀布。」他的聲音不同以往，顯得謹慎。這時天色已暗得看不出對方表情，亞刃只見他轉頭注視那顆黃星。那顆黃星已經又升高了些，懸在海浪上方，正向海浪拋灑斷續的、細薄如蛛網的金黃光縷。過了片刻，他又說：「亞刃，我們會發現，我們是在遺忘已久的過去之中面對尚未到來之事，只因無從知悉其中真意而胡言亂語。這不只發生在夢中而已。」

【第六章】

洛拔那瑞
Lorbanery

陽光四射的海面，從十哩外遙望，洛拔那瑞島是綠色的，有如噴泉邊緣的鮮嫩青苔。靠近時可以看到葉子、樹幹和陰影，道路和房舍，面孔、衣服和灰塵，這一切，組成了一塊有人居住的島嶼。不過整個島看來仍是綠色，因為島嶼之上凡是沒有建屋、沒有人行的每一畝地，都交給圓頂的低矮萼帛樹，它們的樹葉上養著一種小蟲，這種小蟲會吐絲，所吐的絲可以紡成紗，讓洛拔那瑞島的男女老少織布。日暮時分，那裡的天空滿是一種灰色的小蝙蝠，專吃居民飼養的小蟲。牠們食量大，但也因而受苦。不過，紡織蠶絲的居民不殺牠們，因為大家一致認為殺害這種灰翅蝙蝠是招厄運的行為。他們說，既然人類依靠小蟲過活，小蝙蝠當然也可以擁有相同權利。

島上房舍蓋得怪，窗戶很小，而且位置都很隨意，萼帛樹枝搭成的屋頂長滿綠色苔蘚和地衣。以前，這島嶼和南陲其餘島嶼一樣是物阜民豐之地：住屋精良的粉刷、雅致的陳設、農舍及工房的大型紡織機、叟撒拉小港口的石造碼頭——碼頭內可能已停靠數艘貿易大船，這些景象均可資為證。但現今港內一條大船也沒有，住屋的粉刷已褪落，屋內擺設沒有換新，多數紡織機都已停止不動，棄在那兒任憑灰塵積累，踏板和踏板間、經線和工作臺之間，蛛網張結。

「術士嗎？」叟撒拉村的村長這麼回答：「洛拔那瑞沒有術士，從來就沒有。」

村長是個矮小男人，他的臉孔與他那雙光腳板的腳跟一樣堅實、同樣是赤褐色。

「誰會想到需要術士呢？」雀鷹附和道。他與八、九個村民同座喝酒，酒是本地所產的萼帛果酒，味道清淡苦澀。他不可避免要告訴村民，他來此地是為了尋找艾摩礦石。不過這次他和同伴都完全沒有喬裝，只不過照例讓亞刃把短劍留在船上藏好而已。至於他自己的巫杖，若有隨身攜帶，外人也看不見。起初，同坐聊天的村民個個顯得不悅、甚至懷有敵意，談話當中又頻頻流露不悅和敵意。雀鷹恩威並濟，才促使大家勉強接納他。「你們這島長了這麼多樹，島民必定因樹而貴。」他開口道：「要是樹園採收時碰到遲來的霜降，怎麼辦？」

「什麼也不辦。」座中末尾一位皮包骨村民回答。此時大家在屋簷底下，背靠旅店的牆壁坐成一排。緊臨那一排光腳丫的外緣，四月的柔細大雨正啪嗒啪嗒落地。

「下雨才是災難，降霜無所謂。」村長說：「雨水會使蠶繭腐爛。但沒有人打算制止雨落，從來沒有人那樣做過。」這位村長是強烈反對談及術士和巫術的人。其餘村民中，有幾位倒好像很想聊聊那話題。「以前，一年中的這個時候從不下雨。」一位村民說：「就是老人家還在世的時候。」

「你說誰？老慕迪嗎？噯，他已經不在了，早就過世了。」村長說。

「以前大家都叫他樹園長。」皮包骨男人說。

「是呀，都稱呼他樹園長。」另一人說完。現場一陣靜默籠罩，宛若雨水落下。單一房間的旅店裡，亞刃獨坐窗內。他發現牆上有一把老舊的魯特琴，都是把長頸的三弦魯特琴，與這「絲島」居民所彈的琴一樣。他坐在窗邊試著撥弄樂音，音量與雨水打在樹枝屋頂聲音差不多。

「我在霍特鎮的幾個市場裡都見到商家販賣絲料，很像洛拔那瑞島所產的絲布。」雀鷹說：「它們有的是絲布沒錯，但沒有一塊是洛拔那瑞出產的。」

「時節一直不好，」皮包骨男人說：「都四年、五年了。」

「從休耕前夕算起，前後五年了。」一個老人聲音含在嘴裡，自我陶醉地說：「是喔，自從老慕迪去世算起。嗳，他真的過世了，都還不到我這年紀呢，就死了。他真的是在休耕前夕去世的。」

「物以稀為貴嘛。」村長說：「今天，買一捆染藍的半細絲布，在以前可以買三捆哩。」

「可現在，要買也買不到了。商船都到哪兒去了？全是藍色染料鬧的禍。」皮包骨男人這麼一說，馬上引起約莫半個時辰的爭議，論點不外大工房的工人所使用的染料品質。

「染料是誰製造的？」雀鷹問完，又引起一番爭論。爭論結果就如那個皮包骨男人沒有好聲好氣所說的：絲染的整個過程一向由一個家族監督，過去，那個家族自稱是巫師世家，但他們以前如果真的曾是巫師，後來也喪失了技藝，而且家族之中再也沒有人把失去的技藝尋回過。這群村民除了村長以外，大家一致表示，洛拔那瑞最有名氣的「藍染」、以及世無可匹的「深紅染」——即俗稱的「龍火」絲布，是很久以前黑弗諾歷代王后所穿的——早就變樣了。其中是有什麼成分不見了，大家怪罪的對象包括不合時節的雨水、染土，以及提煉者。「不然就是眼睛嘍。」皮包骨男人說：「看是誰分不清真正的靛藍跟藍土嘛。」說完，眼睛瞪向村長。村長沒有接受這項挑釁，大夥兒於是再度陷入沈默。

土產淡酒似乎只會搞壞大家的脾氣，使每個人看來都一肚子火。這時唯一的聲音，只剩下雨水錯落打在山谷樹園樹葉所發出的聲響，街尾那頭的海水呢喃，還有門後黑暗中，魯特琴的咿呀聲。

「你那個秀裡秀氣的男孩，他會唱歌嗎？」村長問。

「啊，他會唱。亞刃！為我們大家唱一曲吧。」

「這把魯特琴沒辦法彈奏小調以外的曲子呢，」亞刃在窗邊笑著說：「它只想唱悲傷的歌。各位主顧想聽什麼？」

「想聽沒聽過的曲子。」村長慍聲道。

魯特琴激動地響了一下，亞刃已經摸會彈奏技法了。「我彈奏的這一曲，本地可能沒聽過吧。」說完，張口唱起來。

白色的索利亞海峽邊
盤曲的紅色樹枝
將花朵倒彎於
盤曲的頭上，沈重掛著。
立於紅樹枝白樹枝旁
因失去愛人而悲痛
悲痛無盡。
我，瑟利耳，
我母親與莫瑞德的兒子
發誓永遠永遠不忘
這個橫逆乖錯。

他們苦哈哈的臉、靈巧而勤勞工作的雙手和身軀，全都靜下來諦聽。大家靜靜坐在南方暮色中的溫熱雨景裡，耳聞的歌曲有如伊亞島寒凍的海洋上，灰色天鵝因渴念失喪的同伴而啼哭。歌曲唱完好久，大家依然靜默。

「這真是奇異的音樂。」有個人遲疑地表示意見。

另一個對洛拔那瑞島在所有時空均為「絕對中心」很有把握的人則說：「外地音樂總是奇異悲悽的。」

「你們也唱唱本地的音樂來聽聽，」雀鷹說：「我自己也想聽聽快活的詩句。那男孩老愛唱誦已經作古的昔日英雄。」

「我來唱。」剛才最後說話的那個村民說著清清喉嚨，開始唱起一首宏亮穩健的酒桶歌，嘿呵嘿呵地想吸引大家一起唱。但沒人加入合唱，他一個人繼續乏味地嘿呵下去。

「現在已經沒什麼歌是對勁的嘍，」他生氣地說：「都是年輕人的錯，老是把時下的東西改來改去，也不學學老歌。」

「才不是咧，」皮包骨男人說：「現在根本沒什麼事對勁嘛。再也沒一件事對勁嘍。」

「噯，噯，噯，」最老的那個村民喘著氣說：「好運盡嘍，就是這麼回事，好運盡嘍。」

言已至此就沒什麼好再說的了，村民三三兩兩散去，剩下雀鷹在窗外，亞刃在窗內。最後，雀鷹笑起來，但不是開心的那種笑。

旅店主人羞怯的妻子走過來，替他們在地上鋪床，鋪好就離開了。他們躺下睡覺。房間內的幾個高椽是蝙蝠的巢穴，沒裝玻璃的窗子，蝙蝠整夜飛進飛出，高聲唧啾，直到破曉才返巢安身，各自倒掛，像一只只整齊的灰色小袋子。

或許是蝙蝠的騷動使亞刃睡不安穩。這之前，他一連好幾個夜晚睡在船上，身體已經不適應土地的安定不動，即便睡著了，身體還堅持他是在搖擺、搖擺……結果，全世界就在他身子底下跌落，然後他就驚醒，再重來一次。等他總算睡著，卻夢見被鏈在奴隸船的船艙內，而且有別人與他同在一起，只不過他們都是死的。他驚醒不只一次，拚命想擺脫那個夢境，但一睡著就又回到那夢中。最後一回，他好像獨自一人在船上，仍被鏈著無法動彈。後來，在他耳邊響起一個奇異徐緩的說話聲。「鬆開你的枷鎖，」那聲音說：「鬆開你的枷鎖。」他於是努力扭動，結果真的動了，而且站了起來。他發現身在某個遼闊黑暗的荒郊野外，天空沈沈罩下。地面及濃濁的空氣都有一股恐怖氣息——巨大無比的恐怖。那地方就是恐懼，是恐懼本身。而他立在當中，四周一無通道。他必須找到路，但就是沒有。那個無邊無際的地方非常廣大，而他非常渺小，宛若稚童，宛若微蟻。他想開步走，但絆了一跤就醒了。

雖然已經醒來，不在那郊野，但恐懼留在他心中，他在那裡面——那份恐懼不比那片無邊無際的廣大荒野狹小。房間的漆黑讓他感覺窒息，想從黑暗的窗框探視星星，只是雨雖然停了，卻不見星星。他清醒地躺著，很害怕，蝙蝠無聲地拍著皮翼，飛進飛出。有時他甚至能在聽力極限範圍內聽見牠們微細的喉音。

天亮了，兩人早早起身。

雀鷹到處問人有關艾摩礦石的買賣，但鎮民好像沒一個人知道那種礦石。不過，他們各有各的意見，並互相爭吵起來。雀鷹聽著——只是他要聽的是艾摩礦石之外的消息。最後，他們總算踏上村長指引的一條路：通向挖掘藍色染土的採鑿場。半路上，雀鷹卻轉向了。

「這棟房子一定就是了，」他說：「他們說染料世家住這條路上，也就是眾所懷疑的巫師之家。」

「找他們談有用嗎？」亞刃問道，心中一點也沒忘記賀爾。

「這種厄運必然有個中心。」法師正色道，「總有個地方是厄運外流的所在。我需要一個嚮導，才能找到那地方！」既然雀鷹往前走，亞刃只好跟隨。

這棟房子在自己的樹園內，不與人家的房子相連，是石造的高等建築，但可以看出來，房子本身及四周的偌大樹園顯然乏人照料已久。糾結的樹枝掛著失色的蘋果，無人收集，地上聚積一層已經死掉的蛆與蛾。房子周圍櫛比鱗次的樹木底下，可以聞到一股腐爛的氣味，兩人走近時，亞刃突然憶起夜裡感受到的恐懼。

他們尚未走到門口，大門自動彈開了，一個滿頭灰髮的婦人衝跳而出，瞪著發紅的眼睛大吼：「滾！亂損人的小偷、沒腦袋的騙子、頭殼壞去的笨蛋！詛咒你，滾！滾出去，出去，去！讓惡運永遠跟隨你！」

雀鷹止步，多少有點詫異，但他很快舉起一隻手，打了個古怪的手勢，說了兩個字：「轉移！」

婦人一聽，立刻不再叫囂，呆呆凝視雀鷹。

「你剛才為什麼做那動作？」

「以便把妳的詛咒移開。」

她繼續凝視好一會，最後沙啞著聲音說：「你們是外地人？」

「從北方來的。」

她上前一步。亞刃起初一直想笑這個在自家門口叫罵的婦人，但現在靠近時，他只覺得難過。她衣著不整並且散發惡臭，呼吸氣味也很難聞，凝望的眼睛含著駭人的痛苦。

「我根本沒有詛咒的力量，」她說：「沒有力量。」她模仿雀鷹的手勢。「你們那邊的人還使用這技藝？」

他點頭並定睛看她，她沒有迴避。不久，她的面孔開始起了變化，並說：「你的棒子呢？」

「我不想在這種地方把它亮出來，大姊。」

「對，你不應該亮出來，它會使你小命不保。就好比我的力量，它奪走我的生命。我就是那樣失去了，失去一切我所知的，包括全部咒語和名字。它們像蜘蛛網細索，張結在我的眼睛和嘴巴上。這世界破了個洞，『光』就從那個洞溜走。而咒語也跟著它溜走了。你知道嗎？我兒子整天坐在黑暗中呆望，想尋找那個世界破洞。他說，要是他眼盲，就可以看得更清楚。他做染工時失去了一隻手。我們以前是洛拔那瑞的絲染師傅。瞧——」說著，她當著他們的面搖晃兩隻有力的瘦臂膀，由手到肩，整個淡淡混雜著一條條無法去除的染料顏色。「染料沾著皮膚，永遠沒辦法去掉，」她說：「但心神能洗乾淨，心神不會固著顏色。你是什麼人？」

雀鷹沒說什麼，但他的目光再度捕捉婦人的目光。站在一旁的亞刃不安地觀望。

她突然顫抖起來，並很小聲地說：「吾識得汝——」

「噯，大姊，『同類相知』。」

瞧她驚駭地想逃離法師，想跑開，卻又渴望靠近他——簡直就想跪在他腳邊——的那種樣子，實在古怪。

他拉起她一隻手並抱住她。「妳想把原有的力量、技藝、名字都找回來嗎？我可以給妳。」

「您就是那位『大人』，」她耳語道：「您是『黑影之王』，黑暗境域之主……」

「我不是。我不是什麼王。我是人，普通人，妳的兄弟，妳的同類。」

「但你不會死，對不對？」

「我會。」

「但你還是會回來，然後永存。」

「我不能，沒有誰能夠。」

「這麼說，你不是那位『大人』了——不是黑暗境域那位大人。」她說著蹙起眉頭，有點懷疑地注視雀鷹，但恐懼減少了。「不過，你是一位『大人』沒錯。是不是共有兩位呢？敢問尊姓大名？」

雀鷹嚴峻的面孔柔和了一下。「我沒辦法告訴妳。」他和藹地說。

「那我告訴你一個祕密。」她站直了些，並面向雀鷹。她的聲音及舉止透露出她過去曾有的尊嚴。「我不想永遠永遠一直活下去，我寧可要回那些事物的名字，但它們全喪失了。如今，名字已無關緊要，祕密也不再是祕密了。你想知道我的名字嗎？」她雙眼炯炯發光，拳頭緊握，欺身向前耳語：「我的名字叫阿卡蘭。」她小聲講完之後又嘶聲尖叫：「阿卡蘭！阿卡蘭！我的名字叫阿卡蘭！大家都知道我的祕密名字、都知道我的真名了。祕密已經消失，真相也沒有了。死亡也不再，死亡——死亡！」她講到「死亡」兩字時，一邊抽泣，唾沫由口內飛出。

「安靜，阿卡蘭！」

她安靜了，骯髒的面頰滾下淚珠，與沒梳理的一綹綹頭髮並列。

雀鷹雙手捧起那張皺紋滿布、淚痕斑斑的臉龐，很輕很柔地親吻她雙眼。她呆立不動，雙目閉合。他貼近她耳朵，用太古語講了一些話，並再親吻一次，才把她放開。

她睜開雙眼，用深思、驚歎的目光注視他許久。一名新生兒就是這麼看母親的，同樣，一個母親也是這麼看孩子的。然後她慢慢轉身走向大門，入內，關門，完全靜悄無聲，臉上一逕掛著驚歎的表情。

法師也靜悄悄轉身，開始往外走向街道。亞刃隨後，什麼問題也不敢提。不久，法師止步，立在荒廢的樹園中，說：「我取走她的名字，另外給她一個新的，這樣就等於重生了一般。在這之前，她既沒有外來協助，也沒有希望。」

他的聲音緊繃而僵硬。

「她曾是個有力量的女子，」他繼續說：「非僅不是一般的女巫或調配藥師，而是擁有技藝和法術，善於運用她的技藝創造美，實在是個足以自豪的可敬女子。她過去的生命曾經如此，可惜全都浪費了。」他突然掉頭步入樹間甬道，站在一棵樹幹旁邊，背對亞刃。

亞刃獨自站在酷熱、樹影斑駁的陽光下等候。他深知，雀鷹不好拿自己的情緒煩擾他，他實在也不曉得該做什麼或說什麼才好。不過，他的心完全向著他的同伴。這並非只是初見時那種多情的熱心和敬慕，而是痛苦地宛若由心底深處拉出一條連結，編造了一個無法拆解的維繫。他可以感覺，當下這份愛裡有種慈悲——少了那慈悲，這份愛就不夠純粹、不夠完全，也不會持久。

不久，雀鷹穿過樹園的綠蔭走回來。兩人都未發一語，肩並肩繼續走。這時已經很熱了，昨夜的雨水已乾，塵土在他們腳下揚起。今天上午，亞刃好像受夢境影響，心中起過乏味沮喪之感；現在忽兒曬太陽、忽兒走樹蔭，他倒感覺趣味橫生。而且，不用深思目標何在地徒步行走，也很享受。

事實也是這樣，因為他們真的沒達成什麼目標。下午時間只是耗在：先與關心染料礦砂的人交談，繼而為幾小塊人家所謂的艾摩礦石議價。拖著步伐，傍晚的陽光落在頭上和頸背，兩人相偕走回叟撒拉時，雀鷹表示意見說：「這根本就是孔雀石嘛。不過，我懷疑叟撒拉的人是不是就分得出差異。」

「這裡的人好奇怪，」亞刃說：「他們不管什麼事都無法分別差異，真是奇怪。就如昨天一個村民對村長說的：『你不會曉得真的靛藍與藍土的不同』……他們一個個抱怨時機不好，卻不知道從什麼時候開始時機不好。他們說產品偽冒不實，卻不知改進。他們甚至不曉得工匠與巫師不同，也不知道工藝和巫藝不一樣。他們頭腦裡簡直沒有顏色的界線分野。在他們看起來，萬事萬物一樣，都是灰的。」

「噯。」法師如在深思，但依舊大步前進。他的頭低垂在兩肩之間，狀似老鷹。雖然他個子矮，但步伐大。「他們所缺的，是什麼？」

亞刃毫不遲疑回答：「生命的歡欣。」

「噯。」雀鷹再應道。他接受亞刃的陳述，並陷入深思。過了好一會兒才說：「真高興你替我思考，孩子……我實在累了，腦筋不濟。打從今天早晨起，打從跟那位名叫阿卡蘭的婦人談話起，我心裡就一直很難受。我不喜歡虛擲及破壞。我不喜歡有敵人。假如偏不巧得有個敵人，我也不想去追查、去尋找，去與他相會……

不管是誰，倘若不得不四處尋訪，報償應該是可喜的寶物，而不是可憎的東西。」

「您是指敵人嗎，大師？」亞刃說。

雀鷹點頭。

「那婦人講到那個『大人』，那個『黑影之王』時──」

雀鷹又點頭。「我猜沒錯，」他說：「我猜，我們要找尋的究竟，不只是一個所在，也是一個人。正在這島嶼散播的是邪惡，邪惡，它使島上的工藝和驕傲盡失，這真是悲慘的浪費。只有邪惡意志才達得到這種效果。可是，它卻不只使這裡屈服，也不是只讓阿卡蘭或洛拔那瑞屈服而已。我們所尋查的軌跡，是零星碎片合成的軌跡，這就好比我們追趕一輛運貨車下山，結果眼睜睜看它引發一場雪崩。」

「那個──阿卡蘭──她能不能提供更多有關那個敵人的資料，比如他是什麼人，在哪裡，或者說──他到底是人、是鬼、還是別的？」

「孩子，現在還不行。」法師雖然輕柔回答，但聲音頗為悽楚。「她本來可以提供，這倒不用懷疑。她雖然瘋了，仍有巫力。她的瘋狂其實就是她的巫力，但我卻不能硬要她回答我，她已經夠痛苦了。」

他繼續前行，低頭垂肩，宛如他也正承受痛苦而亟欲躲避。

亞刃聽見背後有慌慌張張的跑步聲。回頭一瞧，有個男人在追他們，雖然距離仍遠，但正快速趕上來。西下的太陽光線中可見塵土飛揚，那人剛硬的長髮剛好形成一個紅光環，狹長的身影在樹園甬道及樹幹間一路蹦跳而來，看起來挺古怪。

「嘿！」他喊道：「停一停！我找到了！我找到了！」

他快步趕上來時，亞刃的手抬起來，舉到他劍柄應該在的地方，接著舉到那把遺失的刀子應該在的位置，最後握成拳頭，這些動作都在半秒內做完。他橫起臉，向前一步。那個寬肩男人比雀鷹足足高一個頭，喘著氣叫叫嚷嚷，目光狂野，是個瘋子。「我找到了！」他一直這麼說。

亞刃想用嚴厲的威脅口吻和態度先聲奪人地凌駕他，便說：「你想幹什麼？」

那男子想繞過他到雀鷹面前，但亞刃再向他跨一步。

「你是洛拔那瑞的絲染師傅。」雀鷹說。

才不過短短一句話，那男人就中止了喘息，並鬆開握緊的拳頭，眼神也平靜了些，還點點頭。亞刃覺得自己真笨，竟然想保護他的同伴，便知趣退後、讓開。

「以前我是絲染師傅，」他說：「但現在我沒辦法染了。」說完，他先以懷疑的眼光注視雀鷹，接著竟露齒而笑。他搖搖他那顆紅蓬蓬、而且覆了灰塵的頭，說：「你把我娘的名字取走。害我不認得她了，而且她也不認得我。她依舊很愛我，但她不管我，她死了。」

亞刃心頭一緊，但他望見雀鷹只是搖頭好一陣子。「沒有，沒有，」他說：「她沒死。」

「但她終究會死，終究會死。」

「噯。這是存活的結果。」法師說。絲染師傅好像迷糊了一下，然後向雀鷹逼進，抓住他肩膀，低頭看他。他動作太快，亞刃來不及制止，但畢竟已靠近，便聽見那男人小聲對雀鷹說：「我找到黑暗境域的洞了。那個大王站在那裡，他看著黑暗，統治那個境域。他手上有個小燭火，他吹口氣把它弄熄，然後再吹口氣把它點燃！點燃了！」

雀鷹被抓著肩膀小聲說話，一點也沒有出手抵拒，只簡單回問：「你見到那情景時，人在哪裡？」

「床上。」

「做夢嗎？」

「不是。」

「你越過那道牆了？」

「沒有。」絲染師傅說著突然清醒了，而且好像感到不自在。他鬆開法師，自己退後一步。「沒有。我……我不知道那是哪裡。我找到了，但我不曉得那是哪裡。」

「我想知道的就是：那是哪裡。」雀鷹說。

「我可以幫你。」

「怎麼幫？」

「你有船。你是駕船來的，要繼續航行，是要往西去嗎？那就是方向，往那個方向去，就可以到他出來的地方。一定有個地方，一個在世間的地方，因為他是活的——他不是從那道牆跨過來的精靈或鬼魂，不是那樣。除了靈魂以外，誰也不能帶什麼越過那道牆，但他有實體，是凡人的軀體。我看見已熄的火焰在黑暗中被他點燃，我看見了。」男人的面孔扭曲起來，在斜長的金紅霞光中看起來有一種瘋狂之美。「我曉得他早已征服死亡，我就是知道。我為了知道此事，還放棄了巫藝。我以前是巫師唷！你也懂得巫術嘛，而且你也要去那裡。帶我一起去吧。」

同樣的霞光映照在雀鷹臉上，但呈現的是一張堅定嚴冷的臉龐。「我是要去那裡沒錯。」他說。

「讓我跟你去吧！」

雀鷹略略點頭。「我們開航時，如果你在碼頭，就讓你去。」他仍和先前一樣冷靜。

絲染師傅又退後一步，然後站著看他，臉上的興奮神色慢慢被陰霾整個籠罩，最後更由一種古怪沈重的表情取而代之，看起來好像理智的想法正在努力，想衝破一直困擾他的字詞、感覺、視野等合成的亂團。最後，他一語不發轉個身，循原路跑下街道，重新投入他剛才跑來、塵埃尚未落定的飛揚塵土中。亞刃長舒一口氣。

雀鷹也嘆口氣，雖然他的心頭好像沒有輕鬆一點。「噯，」他說：「奇異的路徑要有奇異的嚮導。我們繼續走吧。」

亞刃在他身側跟隨。「您不會帶他跟我們一起走吧？」他問。

「那就看他了。」

亞刃心中閃過一道怒火並暗忖：「那也要看我呀。」但他嘴裡沒說什麼，兩人默默同行。

他們重返叟撒拉港口，沒見到半點好臉色。像洛拔那瑞這樣的小島，誰做了什麼事，立刻傳遍全島，人人皆知。無需懷疑，自有島民見到他們半途轉去絲染師傅的家，還見到他們在路上與那個瘋子交談。旅店主人接待他們沒有好聲氣，他妻子則顯得怕他們怕得要死。傍晚，村民又圍坐在旅店屋簷下，大家的態度充分說明：他們不跟外地人閒聊，但自己人之間則盡力來點小聰明，彼此逗逗樂子。只可惜他們實在沒有多少小聰明可以相互較量，所以很快就失去了歡樂氣氛。大家久久無言，最後是村長對雀鷹說：「你有沒有找到藍礦石？」

「我找到了一些藍礦石。」雀鷹禮貌回答。

「肯定是薩普利告訴你去哪兒找的。」

其他村民一聽這個嘲諷傑作，一致哈哈哈瞎起鬨。

「薩普利就是那個紅髮男子？」

「是那個瘋子。你今天早上拜訪過他娘。」

「我是去尋找巫師。」這位巫師說。

皮包骨男人座位最靠近雀鷹，他朝黑裡吐口水，說：「找了做什麼？」

「我以為可以發現我要尋找的究竟。」

「一般人都是為了絲綢才來洛拔那瑞，」村長說：「他們不會來這裡找礦石，也不會來這裡找魔法、找揮動手臂外加嘰哩咕嚕等等那些術士把戲。殷實百姓在這裡安居，而且只幹殷實活兒。」

「說得對，他說得對。」其他人眾口齊聲。

「所以我們不希望與我們不同的人到這島上來。外地人來這裡，只會到處窺探，打聽我們的商情。」

「說得對，他說得對。」又是眾口齊聲。

「要是能碰到不瘋的術士，我們自會安排他到染工坊去幹正經事。偏偏他們都不曉得怎麼幹正經事。」

「要是有正經事可做，他們可能會做。」雀鷹說：「你們的染工坊都鬧空城，樹園也沒人照料，倉庫的絲綢都是很多年前紡織的。你們洛拔那瑞現在到底在做什麼？」

「我們照料自己的事業。」村長衝口道，但那個皮包骨男人激動地插嘴說：「告訴我們，為什麼商船都不來？霍特鎮的人都幹什麼去了？是因為我們的產品差嗎？——」他的話被大家生氣地否定。現場叫嚷成一團，甚至激動得站起來跳腳。村長揮拳到雀鷹臉上，另一個村民拔出刀子。大夥兒的情緒變得狂亂激忿。亞刃立刻起身望向雀鷹，期待他會突然站起來發射法術光，用他的力量把眾人變成啞口不能言。但他沒有。他依舊坐著，看看這個人、看看那個人，靜聽大家的威嚇。慢慢地，村民安靜下來，正如剛才無法繼續歡樂一樣，現在也無法繼續憤怒了。刀子入鞘，威嚇轉為譏嘲，並開始陸續散去，如同狗群打完狗架離開：有的大搖大擺，有的悄悄潛逃。

剩下他們兩人時，雀鷹才起身步入旅店，拿起門邊的水罈喝了一大口水。「走吧，孩子，」他說：「我受夠了。」

「去船上？」

「噯。」他擺了兩塊商旅用的銀兩在窗櫺上，付清住宿費用，拎起簡便的衣物旅袋。亞刃其實疲倦想睡了，但他四下瞧瞧這家旅店的這個房間，窒悶陰森，都怪屋椽上那些騷動的蝙蝠。他想起昨天夜裡在這房間內的情況，便心甘情願跟隨雀鷹離開了。

兩人一同走下叟撒拉一條幽黑街道時，他想著，若是現在離開，準讓那個瘋子撲個空。誰知他們來到港口時，那瘋子已在碼頭等候。

「你來啦。」法師說：「要是想一起走，就上船吧。」

薩普利不發一語便步入船內，蹲在船桅邊，宛如一條邋遢狗。亞刃見狀抗議：「大師！」

雀鷹回頭，兩人在船上邊的碼頭面對面。

「他們這島上的人都瘋了，我以為您可沒瘋，為什麼帶他走呢？」

「讓他當嚮導呀。」

「嚮導？去找更多瘋子嗎？還是想要淹死、想要背後被捅一刀？」

「是去找死沒錯，至於遵循哪條路，我倒不曉得。」

亞刃語帶忿懟，而雀鷹雖然平靜回答，聲音中卻有股烈勁。亞刃不慣被人質疑，但自從下午在路上曾想對付這個瘋子以期保護大法師開始，他就明白，他的保護多麼沒有效用、多麼沒有必要。這一來，他不但感覺辛酸，而早上那股忠心奉獻的激昂之情也因而被糟蹋、虛擲了。他不能保護雀鷹，他不容許做任何決定還不打緊；他甚至也不能，或者也不容許了解這次追尋的性質。他只不過被當成小孩，拉來參與這項追尋罷了。但他不是小孩啊。

「大師，我不跟您爭論，」他儘可能冷靜地說話：「但這……這實在沒有道理呀！」

「這的確是用全部道理都講不通。我們要去的地方，『道理』不會帶我們去。那麼，你要來，還是不來？」

淚水與忿怒迸進亞刃眼裡。「我說過我願與您同行，為您效勞。我不食言。」

「那就好，」法師淡然道，而且好像意欲轉身離開，但他又一次面向亞刃。「我需要你，亞刃，你也需要我。為什麼你需要我，讓我現在告訴你。我相信，我們要去的這條路，就是你要走的路。理由倒不在於服從或忠誠之類的事，而是因為在你見到我之前，在你涉足柔克學院之前，在你由英拉德島出航之前，它就已擺明是你要走的路了。現在你已經不能回頭了。」

他的聲音沒有變柔和，亞刃也以同樣的淡然口氣回答：「我為什麼要回頭？又沒有船，而且是在這個世界的邊緣？」

「這是世界邊緣？不，世界邊緣還遠得很。我們恐怕一輩子都到不了。」

亞刃點了一下頭，倏忽飛旋進船。

雀鷹解纜，並為船帆注入輕風。

一離開洛拔那瑞幽隱而空蕩的碼頭，清爽的空氣即由深黑的北方飄來。月亮在他們前方光潔的海面拋灑銀光，但是他們的船隻沿海岸轉南航行時，月亮在他們左側疾馳。

【第七章】

瘋子
The Madman

那個瘋子，也就是洛拔那瑞的絲染師傅，背靠船桅，雙臂環膝，頭頸低垂，縮成一團坐著，他那頭亂髮在月光下看起來像黑色。雀鷹蜷縮在一條毯子裡，睡在船尾。兩人都沒動。亞刃坐在船首，他已經發誓要親自整夜看守。如果法師願意假定這個瘋子乘客不會趁著夜黑風高奇襲他或亞刃，那是他個人的選擇。亞刃卻寧願有他自己的假設，於是就自行負起看守責任了。

可是，黑夜非常漫長，而且很平靜。月光傾洩而下，一直沒有變化。薩普利縮在船桅邊，鼾聲雖然不大，但延續得長。船隻徐徐前進，到後來連亞刃也慢慢睡著了。他驚醒過一次，看看月亮，幾乎不見升高，便放棄了自許的守護職責，讓自己舒舒服服睡起覺來。

與此次航旅的先前情形一樣，他又做夢了。起初的夢儘管零碎，卻不可思議地甜美踏實。他先夢見「瞻遠」桅桿的位置上長出一棵樹，粗枝與樹葉合成圓拱形。船前頭有幾隻天鵝撲打著有力翅膀領航。前方遠處藍綠色的海面上，顯見一座有很多白色高塔的城市。接著他置身其中一座高塔裡，正在螺旋梯內往上爬，跑步爬梯的步履輕快急切。這些場景陸續變化、重現，並帶出其他場景，但也都一一消逝無蹤。突然，他置身在一處荒野，四周是嚇人的朦朧暮色，恐懼在他心中滋長，直到令他無法呼吸。但他照樣前進，因為他必須前進。走了許久後，他總算明白，在這片荒野上，「向前走」就是「繞圈子重回原路」。但他得出去、得離開呀。這個想法愈來愈緊迫，他開始奔跑起來。可是他一跑，圈子便向內縮小，地面也傾斜起來。他在越來越陰暗的光線中環繞一個坑洞的內斜坡奔跑，越跑越快，那斜坡像個巨大漩渦，把人往黑暗裡吸。他發覺到這一點時，腳下一滑，跌倒了。

「亞刃，你怎麼啦？」

雀鷹在船尾問他。天空漸露魚肚白，海水平靜。

「沒事。」

「做噩夢了？」

「沒什麼。」

亞刃覺得冷，右臂因為壓在身子底下而抽筋疼痛，他閉上眼睛避開天光，但心裡想：「他老是暗示這、暗示那，卻從不清楚告訴我到底要去哪兒、何以要去、或為什麼我應該去。現在，他還把那瘋子拉來同行。那個瘋子與我，是誰比較神經，竟然跟著他？他們兩人或許彼此了解，因為他說，現在那個發瘋的人是巫師。我本來可以留在家裡，待在貝里拉的宮殿，我房裡有雕花牆壁，有鋪紅毯的地板，有壁爐暖火，一覺醒來可以跟父王去打獵。我幹嘛跟他來？他幹嘛帶著我？他說，因為這是我要走的路，但那是巫師之言，用宏辭把事情說得很偉大，意思卻往往另有所指。要是我有一條路要走，就是回家，而不是在陲區無意義地漫遊。在家裡，我有責任要盡，現在，我倒成為逃避責任的人了。倘若他真認為有什麼巫藝之敵在作怪，為什麼他不自己出來，偏要我跟？他大可以帶另一位法師協助他呀，法師多的是。他也可以帶一隊戰士、一列船艦來啊。結果，派送上船的是一個老人和男孩，就這樣子要去迎戰重大的危險嗎？簡直胡鬧。他八成瘋了。正如他說的，他在尋找死亡。他尋找死亡，卻要我同行。但我沒瘋呀，也還不老呀，我不想死，我不想跟他去。」

他支著手肘坐起來，望望前方。他們離開叟撒拉港時在他們前頭升起的月亮，這時又在他們前頭了，而且正在沈落。在船後頭的東邊方向，天色灰濛濛露面了，天空無雲但陰沈愁鬱。稍後，太陽轉熱，但非透亮，也無光耀。

他們整天沿著洛拔那瑞海岸航行，低矮的綠色海岸一直在他們右手邊，陸上吹來微風使得船帆漲滿。到了傍晚，他們經過最後一個長岬之後，微風沒了，雀鷹在船帆注入法術風，「瞻遠」便宛如隼鷹飛離腕際般急急向前飛駛，把「絲島」拋在後頭。

絲染師薩普利整天瑟縮在同一處，顯然害怕這條船，也害怕海洋，可憐兮兮地在暈船。這時，他沙啞著聲音說話了：「我們是向西航行嗎？」

夕陽正面照在他臉上，可是，雀鷹對他這個蠢問題卻很包容，還點頭回應。

「去歐貝侯島嗎？」

「歐貝侯島在洛拔那瑞島的西邊沒錯。」

「在西邊很遠的地方，說不定『那地方』是在那個島上。」

「『那地方』像什麼樣子？」

「我怎麼知道？我怎麼可能看見它？它又不在洛拔那瑞！我找了好幾年，四、五年了。在黑暗中、在夜裡，閉上眼睛找，老是聽見他呼喚：來呀，來呀。我卻沒辦法去。我不是能在黑境中辨認路徑的高明巫師。可是，在太陽底下，日光之中，也有一個地方可去。老慕迪與我娘是不會理解的，他們一直在黑暗中尋找。後來，老慕迪死了，我娘發瘋。她忘了我們絲染所用的巫技，這件事影響她的腦筋，她想死，但我告訴她等一等，等到我找著『那地方』。一定有那麼一個地方。要是亡者能夠回生返世，就一定是在世界上某個地方發生的。」

「亡者有回生返世嗎？」

「我以為你曉得這種事情。」薩普利瞟了雀鷹一眼，停一停才說。

「我就是想知道它。」

薩普利沒答腔。法師突然注視他，那是專注有力的正視，但他語氣柔和：「薩普利，你是想找到一個永生的門路嗎？」

薩普利也注視法師片刻，然後將蓬亂紅褐的頭埋在臂彎裡，兩手圈住腳踝，前後搖晃起來。似乎他一感到害怕就會變成這副德行；而一變成這副德行，他就不講話，也聽不進別人講話了。亞刃洩氣且嫌惡地轉身走開。他們怎麼可能與薩普利同在一條十八呎長的小船裡，相處數天或數週？那樣，無異於與一個罹病的靈魂同宿一個軀體……

雀鷹走向船首來到他身邊，單膝跪在船梁上，望著昏黃的遲暮，說：「那人心性溫和。」

亞刃聽了這話沒有回應，只冷淡詢問：「歐貝侯是幹什麼的？我從沒聽過這名字。」

「我也是看航海圖才知道這名字，曉得這地方，詳細就不清楚了……瞧那邊，戈巴登的伴星！」

那顆晶黃色的星星高懸南方天空，在它的下方，左邊有一顆白星，右邊有一顆藍白色的星，合著照亮幽暗的海面。三顆星形成一個三角形。

「它們有名字嗎？」

「名字師傅也不曉得它們的名字。歐貝侯島和威勒吉島的居民說不定有替它們取名，我不知道。亞刃，現在，我們在那個『終結符號』底下，要進入奇異的海域了。」

男孩沒答腔，只注視無邊海洋上方那些無名星斗，表情好像很厭惡。

南方春季的溫熱覆罩海面，他們在其上西航，日復一日。天空雖清朗，但亞刃老覺得天色陰鬱，好像日光是透過玻璃斜射。游泳時，海水溫熱，不太能使人神清氣爽。醃漬的食物一點也不美味。一切都讓人不爽不快。只有入夜時，星星一天比一天亮，他會躺著觀看，直到睡著。一睡著就做夢，老是夢見那片荒野、那個坑洞，或是一處被懸崖包圍的山谷，或是低空下的一條下坡長路。而不管夢見哪裡，總是很暗，而且他內心非常害怕，又沒有脫逃的希望。

他一直沒向雀鷹提起這些夢。重要事不論哪一件，他都不對雀鷹講，只聊聊航行中的日常瑣事。至於雀鷹呢，他本來就是一直神遊物外，現在更是習以為常地沈默了。

亞刃總算明白自己多麼傻，竟然把一己身心全部交托給一個惶惶難安、祕而不宣的男人。這個男人只會聽任內心衝動宰制，一點也不曉得掌控個人生命，遑論拯救自己的命。照目前情形看，他已經情緒異常了。亞刃認為，異常的原因是，他不敢面對自己的失敗——巫藝忝為人世間強大的力量，卻失敗。

現在，那些知曉巫術祕法的人應該很清楚：像雀鷹及歷代術士巫師這些人，他們獲得名望與權力的魔法，實際上沒有多少訣竅可言。那些魔法頂多只能利用一下風、天氣、醫療草藥等等，或者巧妙展示霧、光、變形等幻象，但這些技藝都只是把戲，唬唬無知者倒還可以。事實終究沒變，巫術並不能予人真實力量去凌駕他人，也完全不能用來對抗死亡。法師與常人無異，並沒有活得比較長久。他們空有許多訣竅，卻連把逐漸逼近的死亡多拖延一個時辰也辦不到。

即使在小事方面，巫藝也不值得信靠。雀鷹一向吝於運用技藝：只要可行，他們就藉自然風航行；他們的食物是靠釣魚而來，用水也同任何水手一樣儉省。在斷斷續續的逆面陣風中接連航行四天之後，亞刃問雀鷹，要不要在帆內注入一點點順風，雀鷹搖頭，他便問：「為什麼不呢？」

「我不會要求一個罹病的人去賽跑，」雀鷹說：「也不會在一個負荷沈重的背上多添一顆石頭。」亞刃搞不清楚他是指他自己、亦或指整個世界。雀鷹每次回答問題時總是很勉強，答案又很難懂。亞刃心想，這不多不少就是巫藝的本質：在意義上做有力的暗示，卻什麼也沒說；在行動上保持無所作為，以意味無上的智慧。

亞刃本來一直努力不理薩普利，但根本不可能。且無論如何，開航不久他便發覺，他與那瘋子竟有一種盟友關係。薩普利的亂髮及言談破碎不全，使他顯得瘋狂，但他其實不是很瘋——或者說，不是很純粹的瘋。真的，他最瘋狂的一點，恐怕只是「怕水」這一項而已。要他上船來已是鼓足勇氣了，而他的恐懼一直都沒有減少。他老是低著頭，以求無須見到海水在周圍洶湧起伏，也無須見到船隻薄弱的外殼。若在船上站立，他會暈，所以一直緊靠桅杆。亞刃頭一回下水游泳，從船首投海時，薩普利見狀便驚駭大叫。等亞刃爬回船上時，那可憐的男人嚇得臉色鐵青，說：「我以為你想溺死自己。」亞刃聽了只能笑。

下午，薩普利趁著雀鷹靜坐冥思、不聽也不想的機會，很小心沿著船梁走到亞刃旁邊，低聲說：「你不會是想死吧？」

「當然不。」

「他卻想死哩。」薩普利說時，下巴朝雀鷹努了努。

「你何以如此說？」

亞刃的口氣頗見派頭。在他而言，那是自然而然。薩普利的年紀雖然長他十至十五歲，也當那種口氣是自然，便馬上禮貌回答——雖然照例破碎不全：「他想去……那個祕密所在。只是，我不明白為什麼他……不……不相信……那個應許。」

「什麼應許？」

薩普利抬眼對亞刃投去銳利的目光，他那雙眼睛頗含一些男子氣概——雖然他的男子氣概已經損毀。不過，亞刃的意志比他的眼光更強。薩普利很小聲回答：「你知道嘛，就是生命，永恆的生命。」

巨大涼意流遍亞刃全身，讓他想起那些夢：荒野、坑洞、懸崖、暗淡的光線。那是死亡，是死亡的恐怖。他之所以必須脫逃、必須找到一條路，就是要逃離死亡。可是，門檻站了一個頭頂披覆黑影的身形，手執一抹微光，那微光比珍珠還小，而它就是不朽生命的微光。這一回，亞刃是初次與薩普利的目光相迎，那是一雙淡棕色的眼睛，相當清亮。亞刃在那對眼裡發現自己業已了然，也發現薩普利所知與他略同。

「他，」絲染師傅朝雀鷹動動下巴，說：「他不肯放棄他的名字。沒有人能從頭到尾一直執持自己的名字，那條路太窄了。」

「你見過那條路嗎？」

「在黑暗中、在我腦袋瓜裡見過。但那還不夠，我想去那裡親眼瞧瞧那條路。同樣，我也要用眼睛在這塵世找一找。萬一……萬一我死了而找不到那條路、找不到那地方，怎麼辦？多數人無法找到它，他們甚至不曉得有它存在。而我們當中也只有一些人具備力量，但就算具備力量，仍是難，因為你必須放棄力量才能到那裡……不再有咒語、不再有名字。真的太難了，沒辦法在腦袋裡進行。而且，人一死，頭腦也跟著死。」每提到「死亡」兩個字，他就痛苦一次。「我希望預先知道我能回來。我想去那裡，去生命那邊。我希望活著，希望有安全。我頂討厭……頂討厭這片大海……」

絲染師傅縮起四肢，有如蜘蛛墜落時縮起四肢的模樣。他特別把剛硬的頭垂在兩肩之間，以便遮掩海洋的視象。

那次之後，亞刃沒再躲避交談機會，因為他知道，薩普利不但與他看法一樣，連恐懼也相同。既然如此，那麼，萬一碰到最糟的情況時，薩普利可能會協助他對付雀鷹。

他們在時吹時止的平靜微風中緩緩西航。雀鷹假裝是薩普利在引導他們，其實不是。薩普利對海洋一無所知，也從沒看過航海圖，從沒上過船，怕海水怕得要死。其實，引導他們的是法師，而且法師故意引導他們走錯路。亞刃現在已經看出來了，也想通了原因。大法師知道：他們及其餘同類都在尋找永生，而且有的已獲應許、有的受了吸引正朝那應許邁進，最後說不定可以找到。身為大法師，內心的驕傲及自負使他擔心別人可能已獲得永生，他嫉妒他們，也怕他們，不希望有人比他還了不起。所以他有意航進開闊海，遠離所有陸地，直到他們完全偏離，無法重返世界，最後就在那地方渴死。反正他自己也會死，所以得防止別人獲得永生。

航程中，有時雀鷹會對亞刃說說如何駕船的瑣事，與他一同在溫熱的海中游泳，或是在大顆星星之下向他道晚安。可是現在，對這男孩而言，那些都毫無意義。他有時注視他同伴，看著他那張堅毅、嚴峻、包容的臉龐，心中會想：「這是我的大師，也是朋友。」他好像無法相信自己會懷疑這結論，可是不一會兒，他又心生懷疑，然後就會與薩普利交換眼色，互相警告多留神這個共同敵人。

每天雖然日照炙熱，卻單調。太陽的光亮躺在徐擺慢晃的海水之上，宛如一層虛假的裝飾。海水蔚藍，天空也蔚藍，一無變化或遮蔭。微風時吹時停，他們得轉動船帆去迎合，如此這般緩慢地航向無盡。

一天下午，他們總算遇上輕緩的順風。接近日落時分，雀鷹手指天空說：「看。」船桅上方高空有一排海雁橫空飛翔，整體看來，宛如一個黑色的神祕符號在天空擺動，向西飛去。「瞻遠」尾隨，第二天便可見到一大塊陸地。

「那就是了，」薩普利說：「那個島，我們必須去那裡。」

「你找尋的地方在那島上？」

「對。我們必須上岸。最遠到此了。」

「這陸地想必就是歐貝侯島。再過去，這南陲地帶還有個威勒吉島。威勒吉島的西邊有很多西陲島嶼。薩普利，你確定這裡就是？」

洛拔那瑞的絲染師傅聽了生起氣來，以至於他慣有的退縮神色再現眼中，但是他說話倒不顯得瘋，亞刃心想，至少不像很多天前在洛拔那瑞島與他初次交談時那麼瘋。「對，我們必須上岸，已經航行夠遠了。我們要找的地方就是這裡。我知道是這裡沒錯，你要我發誓嗎？要我以我的名字起誓嗎？」

「不行。」雀鷹仰頭看看比他高的薩普利，厲聲說。薩普利已經站起來，緊抓著桅杆，眺望前方那塊陸地。「薩普利，不要亂發誓。」

絲染師傅皺著眉，好像處於怒火或痛苦中。他凝望船隻前方，那片呈藍色的遠山浮在起伏顫抖的水面上，說道：「是你找我當嚮導的，我說就是這裡，我們必須上岸。」

「我們反正是要上岸的，得補充飲水。」雀鷹說著走向舵柄。薩普利在船桅邊那個老位子坐下，口中喃喃。亞刃聽見他說：「我以自己的名字發誓，以我的名字。」他講了好幾次，而每次講時，就宛如遭受痛苦般皺眉一次。

北風吹拂下，他們勉強靠近島嶼，然後沿岸行駛，想找個海灣或登岸口。可是熾熱的陽光下，只聽見海浪轟隆轟隆拍擊北岸。內陸的綠色山脈在同樣的陽光下烤炙著，山坡被綠樹披覆，直達山巔。

繞過一個岬角，他們總算瞧見一處半月形深灣及白色沙灘。由於海浪受阻於岬角，這裡顯得風平浪靜，似乎可以讓船隻泊岸。只是海灘及海灘上方的森林完全不見人跡，也沒看到船、房舍屋頂與炊煙。「瞻遠」一入灣，微風即止，灣內平靜無聲且燠熱。亞刃划槳，雀鷹掌舵。僅有的聲音是船槳在槳座轉動的聲音。海灣上方，綠峰聳立夾峙，太陽在水面鋪展一片片白熱之光。亞刃都能聽見自己耳內血液怦怦流動的聲音。薩普利已經離開那個算是安全的船桅邊，匍匐在船首，緊張地抓著舷緣，面朝前方盯著陸地。雀鷹黝黑的疤臉汗水晶瑩，宛如塗了油。他的目光不停巡視海面的低浪和綠樹覆蓋的峭壁。

「好啦。」他對亞刃和船隻這麼說。亞刃大幅用力划槳三次後，「瞻遠」輕輕碰著沙地。雀鷹躍出船外，藉波浪的最後衝力，把船推上岸。他兩手合推時，絆了一跤差點跌倒，靠著船尾穩住自己。他再使勁一拉，把船拉入正要向外回流的海浪中。船隻懸在海洋與海岸中間時，雀鷹竟又快速跨過船舷躍入船內。「划！」他一邊喘氣大喊，四肢伏地，一邊滿頭大汗用力呼吸。他抓著一枝矛——一枝兩呎長的銅尖擲矛。那枝銅矛是從哪裡來的？亞刃手執船槳愣在那兒時，另一枝擲矛飛來，矛尖朝外射中船梁，梁木裂開，矛頭顛倒彈回。海灘遠處低矮峭壁的樹下人影幢幢，有的跑跳、有的低伏。空中傳來輕輕的口哨聲和颼颼聲。亞刃猛地把頭低伏胸前，弓背拚命用力划，兩三下便划開淺攤，掉轉船首駛離海岸。

薩普利在亞刃背後的船首大叫。亞刃感覺兩隻手臂被人抓住，抓力來得太突然，致使船槳跳離海水，其中一枝較粗的一端正好打中他的腹窩，害他一時兩眼昏花、呼吸中止。「轉回來！轉回來！」薩普利大喊，船身突然一晃，觸礁了。亞刃回神抓到船槳，立刻大怒轉頭。

薩普利不在船上。

四周，灣內深色的海水在陽光下起伏閃耀。

亞刃愣了，再次回頭時，瞧見雀鷹伏倒在船尾。「他在那邊。」雀鷹指著旁邊說，但他指的地方什麼也沒有，只見海水和耀眼陽光。

綁在一根投擲棒上的矛投射在船身外數碼處，無聲息地落水消失。亞刃死命划了十或十二下，總算讓船隻再回海域，他這才又看一眼雀鷹。

雀鷹兩手和左臂都是血，一手正拿著一小團帆布抵住肩膀。船板上，一枝銅矛尖橫躺在那兒。剛才亞刃瞥見他拿著一枝矛時，想必不是他拿著，而是被投射而來的矛尖刺入肩膀，長矛豎在所刺的傷口裡。雀鷹當時正在張望海水與白色沙灘之間的地帶，那地帶有些細小的人影在熱氣蒸騰中晃動跑跳。

他終於說：「繼續划吧。」

「薩普利他——」

「他沒跳上船。」

「淹死了嗎？」亞刃不相信地問。

雀鷹點頭。

亞刃繼續划槳，直到沙灘變成一條白線，橫在森林和高大的綠色山巔底下。雀鷹坐在船舵旁邊，手上仍拿著那塊帆布抵住肩膀，但完全沒去留意它。

「他是被矛射中的嗎？」

「他自己跳水的。」

「可是他……他又不會游泳。他怕水呀！」

「噯。非常怕。他想……他想去陸地。」

「那些人為什麼攻擊我們？他們是什麼人？」

「他們一定以為我們是敵人。你能不能……幫我弄一弄這傷口？」亞刃這才瞧見他壓住肩膀的帆布已經整個濕透，顏色刺目。

那枝矛擊中肩窩與頸骨之間，刺破一條大血管，所以血流不止。在雀鷹指示下，亞刃把一件亞麻上衣撕成布條，當作傷口的臨時繃帶。雀鷹說要那枝矛，亞刃把那枝矛放在他膝上，他伸出右手覆在鋒刃上。那鋒刃狹長如柳葉，是用青銅粗略打造的。雀鷹作狀要施法，但過了一下，他搖頭說：「現在沒力氣施法，得緩一緩。傷口應該會沒事才對。亞刃，你能把船駛出海灣嗎？」

男孩默默走回槳邊，弓起背開始這項任務。他均勻柔軟的體格相當有力氣，不久就把「瞻遠」帶離半月形海灣，進入空盪海洋。陲區漫長的正午平靜覆罩洋面，船帆下垂。在熱氣籠罩中，太陽毫不留情地透射光芒，綠色山巔在酷熱中彷彿搖晃跳動。雀鷹倒臥在船板上，頭部靠舵柄旁的船梁支持。他一動也不動地躺著，雙唇和眼瞼半闔半開。亞刃不想看他的臉，只好死命盯著船尾。熱氣在水面上晃動，宛如整個天空滿滿織了蜘蛛網。他的手臂因疲憊而發抖，但他繼續划。

「你划到哪裡了？」雀鷹稍微坐起身來，啞著嗓音問。

亞刃轉頭，看見那個半月形海灣又一次把它的綠臂彎往船隻四周伸繞過來，那條白色的海灘線又在前方，山脈也聚集在他們頭上。原來，他把船轉了一大圈回來而不自知。

「我划不下去了，」亞刃說著放下船槳，走去倒在船首處。他一直想著，當時薩普利就在他的後頭，在船上那根桅杆邊。他們相處了好幾天，如今死得那麼突然，毫無道理可言。沒一件事讓人想得通。

船隻漂浮在水面上，船帆垂在帆柱上。由於潮水開始往灣內流，船隻舷側便慢慢轉向入灣的海潮，一點一點往內推，推向遠處那條白色沙灘線。

「『瞻遠』。」法師撫慰地呼喚船名，再用太古語講了幾個字詞，船隻輕輕搖了一下，然後緩緩向外滑出，越過明燦的海水，離開了海灣。

但不到一個時辰，她又輕輕慢慢地不前進了，船帆也再度下垂。亞刃回望船內，看見他同伴和先前一樣躺著，但頭部稍微往後垂落一點，眼睛也闔著。

這下子亞刃感到一股沈重欲嘔的恐懼，這股恐懼在心中擴大，擴大到使他無法再有動作，彷彿身體被細繩纏繞，腦子也遲鈍起來。內心沒有冒出勇氣來，好讓他抵抗這恐懼，有的只是類似惱恨的模糊感受，那感受讓他開始怨怪這種歹運。

他不應該讓船隻在這裡漂盪，因為這裡靠近嶙峋海岸，而海岸陸地上有個會攻擊陌生人的族群。他心裡很清楚這利害關係，但這利害關係沒有多少意義。不這樣又能怎樣呢？難道要他把船划回柔克島？他茫然了，在浩淼的陲區裡完全無望地茫然了。船已出航數週，現在他無法把船隻帶往任何一座友善的島嶼。只有依靠法師的指引才能辦到，可是雀鷹受傷，無能為力——他的受傷與薩普利的死同樣突然而無意義。看他的臉，已經和以前不一樣，變得鬆弛泛黃，可能垂然待斃。亞刃想到應該把雀鷹移到遮陽篷底下，讓他免受日曬，並拿水給他喝。失血的人需要喝水。但他們已經缺水好些天了，水桶幾乎是空的。沒喝水又有什麼關係？反正所有事都不行了，都沒有用了。好運已盡。

數個時辰過去，太陽漸沈，薄暮熱氣籠罩亞刃，他坐著沒動。

一陣涼風掠過他的前額。他舉頭一望，是晚上了，太陽已沈落，西邊天際呈現暗淡紅色。微風由東邊吹來，「瞻遠」慢慢移動了，在歐貝侯島的外圍，繞著陡峭多林木的海岸。

亞刃在船上轉身去照料同伴。他先把雀鷹安置在遮陽篷底下一個臨時鋪就的床位，再拿水給他喝。亞刃手腳俐落，且不讓目光去看到繃帶——那繃帶實在該換了，因為傷口一直流血沒停。虛弱不堪的雀鷹沒有說話，甚至在急切喝水時，兩眼也是閉的。大概喝完水更渴，便又睡了。亞刃靜躺著，等到微風在黑暗中又止息時，沒有法術風取代，船隻便在平靜晃動的海面上再度閒盪。這時，聳立在右手邊的山巒黑漆漆的，背後襯著星斗滿布的壯麗天空。亞刃久久凝望它們，覺得那輪廓似乎熟悉，好像以前見過，好像這輩子一直認得。

他躺下睡覺時，面孔朝南，可以看到那方向的黑色海面上空，高懸著明亮的戈巴登星。戈巴登星下方是構成三角形的另外兩顆星，這三顆星底下，另外升起一條直線，形成一個更大的三角形。再接下去，隨著夜深，另外兩顆星星跳脫黑色與銀色合成的水平面。它們也是黃色的，與戈巴登差不多，只是淡些，由右至左從上方那個根基三角形傾斜而出。如此看來，這八顆星就是九顆星當中的八顆了。據稱九顆星構成一個人形，或說構成赫語的「亞格南符」。就亞刃雙眼所見，世上沒有人長得像這個星星人形，若要說像，這個人就是被奇怪地扭曲了。不過，這形狀有個勾臂、又有橫的一劃，說是符文倒很明顯，差的只是它的腳：還欠最後一劃才算完整，而那顆星星還沒升出海面。

亞刃等著看那顆星，等到睡著了。

他黎明醒來時，「瞻遠」已漂離歐貝侯島。霧氣掩蓋島嶼海岸，只看得見山巔。南方藍紫色的海面上方霧氣較薄之處，最後幾顆星星仍在淡淡放光。

他看看同伴。雀鷹呼吸不勻，宛如在睡眠表象之下鑽動的那份疼痛，想打斷呼吸卻沒能打斷。在寒冷而無陰影的光線中，他的面孔因露出皺紋而顯老。亞刃看著他，見到的是個力量盡失、沒了巫藝、沒了力氣、甚至也沒了青春，什麼都沒了的男人。他沒有救起薩普利，也沒有轉移射向他的尖矛。是他把他們帶入險境，卻沒有救他們。現在薩普利死了，他自己在垂死，亞刃也將死去。如此一無所獲，如此一切徒勞，都是這男人的錯誤使然。

亞刃就這麼用絕望的清澈雙眼望著雀鷹，但什麼也沒看見。

山梨樹下的噴泉，霧中奴隸船的白色法術光，或絲染之家頹敗的樹園，這些記憶一個也沒來擾動他。他心中也沒有任何豪氣或頑強被喚醒。他望著黎明掩映的平靜海洋。海面上低平但大片的波紋染上色彩，看似淺色紫水晶，像在夢中那麼輕淡無力，完全沒有「現實」的吸引力或活力。深陷在這夢境和海洋之中，感覺不到任何東西，只有鴻溝和虛空。連深度也沒有。

這條船任隨海風的興致向前移動，不但時走時停，而且速度緩慢。歐貝侯島的山巔在船後方縮小成黑點，山巔後方是漸升的太陽。海風飄送過來，把這條船帶離陸地，帶離世界，帶進開闊海。

【第八章】

開闊海的子孫

The Children of the Open Sea

近午時，雀鷹動了，並開口要水。喝了水即問：「我們向哪裡航行？」這麼問，是因為他頭頂上方的船帆是滿漲的，船隻宛如輕燕，飛翔在長浪之上。

「向西，或西北。」

「我覺得冷。」雀鷹說。但太陽正照射著，船上實在酷熱。

亞刃沒說什麼。

「設法保持西向，到威勒吉島，就是歐貝侯島的西邊，在那裡登岸，我們需要水。」

男孩望望前方，看著空盪大海。

「亞刃，你怎麼了？」

他沒說什麼。

雀鷹努力想坐起來，起不來；想伸手去拿擱在齒輪箱旁的巫杖，也拿不到；想講話，話語停在乾燥的唇上。濡濕之後又變硬的繃帶底下，鮮血再度湧出，在他胸膛的深色皮膚上形成如蜘蛛絲的紅色網線。他用力呼吸，闔上雙眼。

亞刃看看他，沒有感覺。但他也沒久看，逕自向前，重回船首蹲坐，凝望前方。他的嘴巴也很乾，開闊海這時穩定吹送的東風竟與沙漠風一樣乾燥。水桶裡僅剩兩、三品脫的水，在亞刃心裡，那些水是要給雀鷹喝的，不是給他自己，他想都沒想過要去喝那些水。他已經放了釣線，因為離開洛拔那瑞島之後，他已學到生魚可以止渴解飢。但釣線一直沒有魚兒上鉤。無所謂。

船隻在這片荒蕪水域上前進。船隻上空，太陽也由東向西行進，雖然速度緩慢，末了還是太陽贏了比賽，率先橫過遼闊的天空，抵達天邊。

亞刃一度瞥見南方有個高高的藍色物體，以為可能是陸地或雲朵。當時船隻已朝稍偏西北方向行駛數時辰了，他不想費事搶風掉頭，只任憑船隻繼續前進。那塊陸地可能是真的，也可能不是真的，反正無所謂。現在對他而言，風、光、海洋，一切雄偉光輝，都是隱晦與虛假。

黑暗來了，又轉光明；再變黑暗，又現光明——彷彿在天空那張繃緊的帆布上擂鼓，那麼規律。

他由船上伸手到海水中，立刻見到一個鮮明的景況：在流動的海水底下，他的手變成淡綠色。他收回手，舔舔手指沾濕的部分。味道不佳不打緊，還害他嘴唇深切感覺刺痛，不過他還是照樣再做一遍。但舔完就難受了，不得不伏下來嘔吐，幸好只吐了一點灼燒喉嚨的膽汁。已經沒有水可以讓雀鷹喝了，真怕靠近他。亞刃躺下來，儘管酷熱，身子卻發抖。四周寂靜、乾燥、明亮：可怕的明亮。他遮住雙眼擋光。

共有三人站在船內。他們瘦得像柴枝，骨凸嶙峋，眼睛是灰色的，很像奇怪的深色蒼鷺或白鶴。他們聲音細微宛如小鳥啁啾，說的話亞刃聽不懂。其中一人的臂上托著一個深色囊袋，正向亞刃的嘴巴斜倒，是水。亞刃貪渴地喝著，嗆了一下之後，又再喝，一直喝到那囊袋傾空為止。這時，他才轉頭看看四周，並掙扎著想站起來，同時說：「他呢？他在哪裡？」因為，與他一同在「瞻遠」內的，只有這三個奇怪的瘦男子。

他們不解地望著亞刃。

「另一個人，」他啞聲道，乾澀的喉嚨和乾硬的嘴唇不太能發出他想說的話，「就是我朋友呀——」

其中一人要不是聽懂他的話，至少是領會了他的焦急，伸出一隻細瘦的手放在亞刃臂上，而用另一隻手指示。「在那邊。」他安撫道。

亞刃環顧，看見這條船的前頭和北面有不少浮筏聚集，而且再過去的海面，還有成排成排的浮筏，數量多得像秋天池塘漂浮的落葉。每艘浮筏的中央都有一或兩個像小木屋或茅屋的棚子，低低的靠近水面。而有的浮筏還加了桅杆。它們像葉子般漂浮，西方的汪洋海水一起伏，這些漂浮的浮筏就隨之起落。浮筏之間形成的巷衖，海水閃耀銀光；至於他們的上方，淡紫色和金黃色的雨雲雄踞著，把西天染得陰暗。

「在那邊。」那人說著，指向「瞻遠」旁邊的一艘大浮筏。

「還活著？」

他們全部呆望亞刃，最後，有個人懂了：「還活著，他還活著。」

亞刃聽了嗚咽起來，是沒有眼淚的乾泣。一人伸出細小但有力的手，拉起亞刃的手腕，帶他離開「瞻遠」，踏上「瞻遠」所繫泊的那艘浮筏。這浮筏很大且浮力佳，幾個人的重量加上去，也沒吃水多些。那男人帶領亞刃橫過這艘浮筏，另一人則拿了一支長鉤，把鄰近一艘浮筏拉近些。那支長鉤的頂端套著一個鯨鯊牙磨成的長彎鉤。浮筏拉近了以後，亞刃和帶領他的男人就可以跨步過去。男人引領亞刃走向一個遮棚或小木屋似的地方，那地方其中一面牆是開放的，另外三面用編結的簾幕封著。「躺下來。」那男人說。躺下以後的事，亞刃就完全不知道了。

他仰面平躺，眼睛盯著一個有很多小光點的粗糙綠色天花板。他以為自己是在賽莫曼的蘋果園，那是英拉德島王公貴族避暑的所在，位置就在貝里拉的後山山坡上。他以為自己躺在賽莫曼的厚草地，仰望蘋果樹枝間的陽光。

一會兒，他聽見浮筏底下的架空處有著海水拍擊排擠的波浪聲，也聽見浮筏人細小的聲音在講話，他們講的是群島區的普通赫語，但音調和節奏變了很多，所以很難聽懂。正因如此，亞刃曉得自己身在何處了：在群島區以外、在陲區以外、在所有島嶼以外，迷失在開闊海上。不過他不擔心，倒是舒舒服服躺著，有如躺在自家果園的草地上。

他想了一下，認為該起來時就起來了。他發覺自己清瘦許多，而且曬焦了似的。兩腿雖然不穩，但還站得住。他撥開當作牆的編結掛簾走出去，步入午後。

他睡覺時下了雨，浮筏的木頭因淋濕而變黑；清瘦半裸的浮筏人，頭髮也因雨濕而變黑，貼著皮膚。他們用來建造浮筏的木頭是平滑的大塊方木，不但合併緊密，還做了填塞以防滲水。但天空大半已轉清朗，並可見到太陽位於西邊，銀灰的雲層紛紛向東北方的遠處飄去。

有個人向亞刃走來，小心地在幾呎外止步。這人很瘦小，不比一個十二歲的男孩高，眼睛是黑色的，大而長。他手上拿了一枝矛，矛頭是象牙色的倒鉤。

亞刃對他說：「多虧你和你的族人救我一命，感激不盡。」

那人點了點頭。

「你可以帶我去見我同伴嗎？」

那位浮筏人轉身，拉高嗓門，發出有如海鳥啼叫般的刺耳聲音。叫完就蹲下，好像在等候。亞刃也學他照做。

浮筏也有桅杆，不過他們所在的這艘浮筏倒沒有加裝桅杆。有桅杆的浮筏都張掛船帆，與浮筏的寬度相比，那些帆都非常小，是棕色的，質地不是帆布或亞麻，而是一種纖維，看起來不像是編的，倒像擊打而成，有如製造毛氈的那種方法。一艘約在四分之一哩外的浮筏，先用繩子把桅杆上的棕帆放下來，然後一路鉤開、撐開別的浮筏，漂到與亞刃所在的浮筏並列。等到兩筏間只剩三呎寬間隙時，亞刃身旁那男人就站起來，輕輕鬆鬆跳過去。亞刃照做，卻是四肢笨拙，難堪著地——因為兩膝彈力已蕩然無存。他爬起來，發覺那個矮小男人在看他，臉上表情並非幸災樂禍，而是讚賞。顯然，亞刃的鎮靜沈穩贏得他的尊敬。

這浮筏比海面上其餘浮筏來得高大，由四十呎長、四至五呎寬的大木頭組成，由於長年使用，加上天氣的關係，木頭都變黑、變平滑了。上頭幾個搭起來或圍起來的棚子四周，豎立一些怪異的雕像，而每個遮棚或圍棚的四根角落高柱，都飾有幾簇海鳥羽毛。亞刃的嚮導帶他走向最小的一個遮棚，他在那裡見到躺著安睡的雀鷹。

亞刃步入遮棚坐下，他的嚮導回去另一艘浮筏，這裡沒有別人來干擾。約莫一個時辰後，一名女子從別艘浮筏帶食物來給他。食物是涼了的燉魚，上面灑了點透明的東西，略鹹但好吃。另外還有一小杯水，水已走味，喝起來有瀝青味——想必是源於水桶上防漏水的瀝青。從那女子給他水的樣子看來，他明白她給的是一種寶貴東西，一種該受禮待的東西。他滿懷敬意喝水，喝完沒再要——雖然他實在可以喝上十倍量的水。

雀鷹的肩膀有人幫忙上了繃帶，綁得很靈巧。他睡得深沈舒服，醒來時兩眼清亮看著亞刃，一臉溫和愉快的微笑——他嚴峻的臉上能出現微笑，總是驚人。亞刃突然又感覺想哭了，他伸手按著雀鷹的手，什麼也沒說。

一個浮筏人走近，在不遠處那座比較大的棚子內跪下。那棚子看起來有點像廟祠，門口上方多了個複雜的方形設計，而且門框的木頭特別雕成灰鯨形狀。這個浮筏人與其他浮筏人一樣矮瘦，體格如男孩，不過他的面孔堅毅挺拔，有歲月風霜。他身上只披一塊亞麻布，卻不掩堂堂威儀。他說：「應該讓他多睡覺。」所以，亞刃離開雀鷹，來到他這邊。

「您是族人首領。」亞刃說道。王公卿候，他一望即知。

「我是。」那男人微微點個頭說。亞刃站在他面前，挺直不動。那人的黑眼睛迎接亞刃的注視。「你也是一位首領。」他觀察後如此結論。

「我是。」亞刃回答。他很想知道這位浮筏人是怎麼看出來的，但外表仍保持淡然。「但我服效我的大師，他在那邊。」

浮筏人的首領說了些亞刃一點也聽不懂的話：某些字詞變得讓人無從辨識，也可能有些是他不曉得的名字。然後才聽見他說：「你們為什麼進入『巴樂純』？」

「我們在尋找——」

但亞刃實在不知道該透露多少，也不曉得要說什麼才好。所有發生的事，以及他們的追尋，彷彿是很久以前的事，他心中只是一團亂。最後他說：「我們是要去歐貝侯島的。我們上岸時，他們攻擊我們，所以我的大師受傷了。」

「你呢？」

「我沒受傷。」亞刃說，從小在宮廷學到的冷靜自若頗派上用場。「可是，有……有件有點荒唐的事。一個跟我們同行的人，他淹死了。是害怕的緣故……」

他沒繼續往下說，沈默而立。

首領用那雙高深莫測的黑眼睛看亞刃，最後終於說：「這麼說，你們來到這裡是意外。」

「沒錯。這裡還是南陲嗎？」

「陲？不，那些島嶼——」首領揮動那隻黑色的瘦手，由北向東，畫個約莫羅盤四分之一的大弧。「島嶼都在那個地帶，」他說：「全部島嶼。」說完，再比比他們前面那片傍晚的大海，由北、經西、至南，說：「這裡是海。」

「您們是哪塊陸地的人，族長？」

「哪塊陸地都不是。我們是『開闊海的子孫』。」

亞刃注視他那機敏睿智的面容，再環顧四周，他看到大浮筏之上有廟祠、有高大的偶像，每尊偶像都是用整棵樹雕成，包括神的形體、海豚、魚、人、海鳥；還看到全族人忙著工作，比如編結、雕刻、釣魚、在高台上炊煮、照料嬰孩；也看到其他浮筏，至少有七十艘在海上散開成一個大圓，直徑恐怕足足有一哩。這是一個鎮，像個遠處炊煙裊裊、孩童嬉笑聲高揚空中的小鎮。是個「鎮」沒錯，只不過它底下是深淵。

「您們從不登陸嗎？」男孩低聲問。

「一年一次，去『長砂丘』，我們在那座島嶼砍樹，整修浮筏。時間都是在秋天，之後就隨鯨魚去北方。冬天時浮筏各自散開，春天才回到巴樂純聚合。屆時，各浮筏互相往來、結婚、舉行長舞慶典。族人聚集的這一帶，我們叫做『巴樂純碇澤』。大海洋流從這裡向北傳送，夏季再隨洋流漂回南方，一直等到看見『大王群』，也就是灰鯨群，才回頭向北。我們一路追隨牠們，最後回到長砂丘島的耶瑪海灘，短暫停留。」

「族長，聽起來，這種生活實在美妙之至。」亞刃說：「我從沒聽過像您們這樣的族群。我的家鄉離這裡很遠，可是，我們那個英拉德島每逢夏至前夕，也都會舉行長舞慶典。」

「但你們是踩踏土地，使它安穩，」首領說時沒有特別表情。「我們則是在深海之上跳舞。」

片刻過後，他問：「你那位大師怎麼稱呼？」

「雀鷹。」亞刃說。首領把音節照樣誦念一遍，但對他而言，那些音節顯然不具意義。從這點來看，亞刃明瞭這位首領敘述的情形是真的，這些族人年復一年居住在海上，在這個超越任何陸地或陸地蹤跡的開闊海之上，不見陸地的鳥禽飛翔，不知人類有關的一切知識。

「他剛經歷生死關頭，需要睡眠。」首領說，「你先回那艘『星辰浮筏』，等我的消息。」他說著站了起來。雖然他對自己的身分很清楚，但顯然對亞刃的身分不十分有把握，所以不曉得應該與他平起平坐，還是拿他當孩子對待。就此次情況而言，亞刃比較喜歡後者，所以對首領打算先退也不以為意。可是接著他卻碰到個難題：浮筏都漂走了，只見兩浮筏間絲緞般的海水波紋展開，足足有一百碼。

那位「開闊海子孫」的首領，再度開口對亞刃說話——簡潔有力。「游泳。」他說。

亞刃小心翼翼下水，海水的清涼讓他一身被曬傷的皮膚很舒服。他游了過去，總算把自己拖到另一艘浮筏上。爬上去之後，發現筏上有五、六個小孩和少年少女，正不掩興味地瞧著他。一個非常小的女孩說：「你游泳真像魚鉤上的魚。」

「應該怎麼游才對呢？」亞刃有點自尊受傷，但仍然禮貌地問。事實上，他也不可能對這麼小的人類同胞無禮。那小女孩如同一個經過磨光的桃花心木小雕像，精巧而脆弱。「像這樣呀！」她大聲說著，立刻像一隻小海豹般投入亮花花的海水。過了很久，在不可置信的距離處，才瞧見她黑色服貼的頭浮出水面，並聽見她拉開嗓門大聲招呼。

「來呀！」一個男孩這麼說。他的年紀可能與亞刃相仿，但身高和體型看起來都不超過一般十二歲的男孩。他表情嚴肅，整個背部是一隻藍色螃蟹的刺青。他一投水，其他人也跟著投水——連三歲的小孩也一致行動。情勢所趨，亞刃不得不投水。下海以後，他努力不製造水花。

「要像鰻魚。」那男孩游到他肩膀旁邊，這麼說。

「要像海豚。」一個有著漂亮微笑的漂亮女孩這麼說，而後消失在海水深處。

「要像我！」那個三歲小娃咭咭叫道，全身像瓶子般搖動著。

所以，那個傍晚直到天黑，以及漫長的金燦次日、以及再次日，亞刃都與星辰筏這些孩子游泳、聊天、工作。自從春分那天的清晨與雀鷹一同離開柔克島以來，所有的經歷要以這段體驗最奇特，因為它與先前、與這次旅程、與他一輩子碰到的事，都全然無關——甚至與未來還沒碰到的事更無關。夜晚睡覺，與其他人一同躺在星空下，他心想：「在這裡，置身陽光、超越世界邊緣、與海洋兒女相處，簡直好比死了一般，是在經歷死後的生命……」入睡前，他會朝南方遠處天空尋找那顆黃星與那個「終結符文」的形狀，他每次都能看見戈巴登星，以及較小與較大兩個三角形，但現在，那顆黃星升得晚，而且不等到整個形狀突出在海平線之上，他也沒辦法定睛一直看。這些浮筏日夜向南漂，但海上始終沒有任何變化，因為恆常變動不居的海洋一直沒有更換。五月的暴雷雨過去了。夜裡，星空燦亮；白天，陽光普照。

他明白，這些人的生活不可能總是這樣子如夢似幻，自自在在。他問起冬天的情形，他們說，冬天長久下雨，海浪洶湧，所以浮筏各自散開，不管白天黑夜，都在灰茫與黑暗中浮沈，週復一週。去年冬天，暴風雨持續一整個月，他們見到「雷雲般」的巨浪。他們這麼形容大浪，因為他們根本沒見過丘陵。當時，從一波巨浪的脊背，可以看到下一波巨浪在數哩之外聲勢浩大地湧來。浮筏能在那種大海行駛嗎？他問。他們說可以，但並非每次都行。春天聚集到巴樂純碇澤時，會有兩艘、或三艘、或六艘……不見蹤影。

他們成婚早。那名根據自己的名字「藍蟹」在背部做了藍蟹刺青的男孩，與那名叫「信天翁」的漂亮女孩是夫妻。男孩才十七歲，女孩還小兩歲。浮筏族人之間，這樣的婚姻很多。浮筏上有很多嬰孩，或爬行、或學步，他們都用長帶子綁在中央棚子的四根柱子上，碰到白天天熱時，就爬進棚子，大夥兒扭擠著睡覺。年長孩子照料年幼孩子，成年男女則分擔所有工作，大家輪流負責採收大片棕葉海藻。棕葉海藻的長度有八十至一百呎，葉緣很像羊齒植物。大夥兒合作把這種海底植物搗成布，並利用它的粗纖維編成繩子和網子。他們的工作還有釣魚、曬魚乾，以及把鯨魚牙磨成各種工具等等。但他們總是有時間游泳、閒聊，而且從沒有什麼時候非把工作做完不可。他們沒有時辰區隔，只有「日」、「夜」之分。度過幾個這種日夜之後，亞刃感覺他好像在浮筏住了數不清的日子，而歐貝侯島變成夢，那個夢後面是其他比較模糊的夢。他還感覺他曾經住過陸地、曾經是英拉德島王子的那段經驗，是在另一個世界。

等他終於被召去首領浮筏時，雀鷹盯著他看了好一會兒，才說：「現在你又像那個我在湧泉庭見到的亞刃了，光鮮如同一隻金色海豹。這裡適合你，孩子。」

「噯，大師。」

「但，這是哪裡呀？我們遠離了所有地方，已經航行到超過地圖以外……很久以前，我曾聽人談起浮筏人，當時認為那只是南陲的眾多傳說之一，是個沒有實質的幻想。想不到我們是被這個幻想所解救，我們的性命是被一個神話挽回的。」

他微笑著說話，宛如他也分享了夏夜在這裡度過的、無限自在的生活。但他的臉是憔悴的，眼裡也有一抹尚未獲得光照的黑暗。亞刃瞧在眼裡，面對它。

「我辜負了——」亞刃欲言又止。「我辜負了您對我的信賴。」

「怎麼說，亞刃？」

「在歐貝侯島那裡，您一度需要我，您受傷，需要我協助，但我什麼也沒做。船在漂，我隨她漂。您在痛苦當中，我卻什麼也沒為您做。我曾看見陸地，我看見陸地了，但根本沒有試著掉轉船隻方向——」

「靜一靜，孩子。」法師語氣非常堅定，亞刃只能順從。不久，法師便說：「告訴我，你那個時候都想些什麼。」

「什麼也不想，大師。完全沒有想法！只覺得做什麼都徒然。我認為您的巫藝喪失了——不，當時我認為您根本就從來沒有巫藝，您是騙我的。」亞刃臉上湧出熱汗，而且他必須勉強自己才能出聲講話，但他繼續說：「我那時候怕您，我擔心死亡，擔心透了，看也不敢看您，因為您可能就要死去了。當時腦子裡什麼事也想不起來，只剩一件：假如能夠，是不是可以為自己找到一個免死的途徑。然而，在任何時刻，生命都是一直流逝，彷彿有個傷口鮮血汩汩，就像您當時的情形一樣。我那時覺得一切都是如此，卻沒採取任何行動。我什麼也不做，只想躲避死亡的恐懼。」

他住了口。畢竟，道出實情是教人難受的，但讓他住口的倒不是羞愧，而是恐懼——相同的那份恐懼。他現在總算明白，這段海上的平靜生活、這些浮筏上的陽光，為什麼讓他感覺好像來生或夢境般很不真實，這是因為他衷心明白，真實是虛空的，它們沒有生命、溫度、色澤、聲音，而且是——沒有意義，也沒有高度或深度。海上、及肉眼所見的形式、光照、色彩，儘管是一流的表演，但仍只不過是諸多幻象在膚淺的空洞中嬉玩罷了。

幻象一過去，就只留下無形與冰冷，此外一無所有。

雀鷹專注看他，但亞刃低頭躲開凝視。意外的是，他心裡有個「勇氣」的微聲在發言——也可能是「嘲弄」的微聲吧，總之是傲岸無情的發言：「懦夫！懦夫！你連這也要拋棄嗎？」

他於是努力勉強意志，抬起眼睛迎視他同伴的雙目。

雀鷹伸手拉起亞刃一隻手，緊緊一握。所以，兩人的目光與血肉都有了接觸。「黎白南，」雀鷹以前從沒叫過亞刃的真名，亞刃也不曾告訴他，但雀鷹這時卻這麼叫喚。「黎白南，這名字是正確的，而且就是你的名字。世上沒有安全，沒有盡頭。人必須在寂靜中，才能聽見世界的聲音。必須在黑暗中，才能看見星星。若要跳舞，永遠要在虛空處、要在恐怖的深淵之上，才算舞蹈。」

亞刃很想掙脫，但法師不放手。「我辜負您了，」亞刃說：「而且以後還會再辜負，因為我力氣不夠！」

「你力氣十足。」雀鷹的聲音好像柔和了些，但在亞刃個人的羞愧深處，那份相同的嚴酷依舊現身挖苦他。「凡你愛的，你會繼續愛下去。凡你正在進行的，你會一直做下去。你是大家依靠的對象，倘若你還沒理解這一點，也不足為怪，畢竟你才用十七年的時間來理解而已。可是黎白南，你仔細想想：拒斥死亡就是拒斥生命。」

「但先前我就是跟著在尋找死亡呀！」亞刃抬頭盯住雀鷹。「像薩普利——」

「薩普利不是在尋找死亡，他尋找的是如何逃離死亡、逃離生命。他尋求安全：他懼怕死亡，想終結那份懼怕。」

「但，是有個途徑沒錯，是有條超越死亡再回生的途徑，超越死亡而回生，成為沒有死亡的生命。那就是了——是他們尋找的。薩普利、賀爾，還有那些曾是巫師的人。那也是我們要找的。而您——尤其是您，您一定知道那途徑——」

雀鷹仍然緊握亞刃的手。「我不知道，」他說：「是的，我清楚那些人自以為在尋找什麼，但我知道那是謊言。亞刃，聽我說，你會死，你不會永遠活著，沒有任何人或任何事物會永存不朽。但唯有我們，才得以認識這件事實。這是一份厚禮：『我』這份禮。因為我們所擁有的，我們心知必然會失去，也甘願放棄……那個『我』是我們的折磨、榮耀和人性，它不會持續永存。它會變化、會消失，像大海的一道波浪。你會為了拯救一道波浪、為了挽救你自己，而叫大海靜止、潮水歇息嗎？你會為了圖求長久的安穩，而放棄雙手的技藝、心靈的熱情、日升日落的光芒嗎？這永恆的安穩，就是在瓦梭島、在洛拔那瑞或其他地方的那些人要找的。他們一聽，就聽到那訊息：否認生命，就可以永遠拒絕生與死！我卻沒聽到，亞刃，那是因為我不願聽。我不會採取這絕望的提議。我盲聾若此，你成了我的嚮導，你的純真、勇氣、魯莽、忠誠等等，在在都是我的嚮導，是我派往黑暗當先導的孩子。我跟隨的，是你的恐懼與痛苦。你一直覺得我對你太嚴厲，其實你還沒體會到什麼叫嚴厲。我利用你的愛，如同點燃一支燭，燃燒那份愛以照亮前進的腳步。我們必須繼續這樣走下去，我們必須繼續這樣一直走下去，走到海洋乾涸、歡悅乾涸，走到你那凡軀之恐懼把你拉去的所在。」

「那是哪裡，大師？」

「我不知道。」

「我沒辦法帶你去那裡，但我願意跟你一起走。」

法師凝視亞刃的目光，沈鬱深遠。

「但是，如果我又失敗，又背叛你——」

「我信任你，莫瑞德之子。」

說完，兩人都沈默了。

在他們頭頂上方，雕刻的偶像背襯蔚藍的南方天空，很輕很輕地搖擺，這些偶像有海豚、收翼的海鷗、還有人臉——人臉上那雙凝望的眼睛是貝殼做的。

雀鷹站起來，由於傷口離完全療癒還差得遠，所以動作不太靈活。「我坐累了，」他說：「老是不動的話，會長胖。」說著，他開始在浮筏上踱步。亞刃陪他一起踱步，兩人邊走邊談。亞刃告訴雀鷹自己這幾天的生活情形，還提到他認識的浮筏人朋友。這時的雀鷹，不安的成分大於持有的力氣，而那點力氣也很快就用盡了。有個女孩在「大王群之屋」後面一架編織機前編織藻葉。雀鷹停在女孩旁邊，請她幫忙去找首領來。之後便先回休息的棚子。浮筏人首領來到棚子，禮貌地問候。法師也還以禮貌問候，三人一同在棚內海豹皮毯子上坐下。

「我已經思考過您告訴我的那些事，」首領和緩莊重地先發話。「也就是，為什麼人類想從死亡重返他們自己的身體，而且在尋求過程中忘了敬拜諸神，也忽略了自己的身體，最後導致發瘋。這實在是一件邪惡的事，也是極愚蠢的行為。此外我思考的是，這種事跟我們有什麼關係？我們與其他人類一無瓜葛，不論是他們的土地、他們的方式、他們的生產、他們的破壞，都與我們無關。我們在這片海域生存，我們的生命就是海的生命。我們既不希望保存它們、也不想失去它們。瘋狂不會在這裡出現。我們不登岸上陸，陸上的人也不來我們這兒。我年輕時，去長砂丘島伐木以搭造浮筏及過冬用的棚屋時，偶爾會與乘船到長砂丘島的人講講話。秋天時，我們也常看見有船跟隨灰鯨的游蹤，從歐侯島和威外島（他是這麼稱歐貝候島和威勒吉島）來。那些人也常遠遠跟著我們的浮筏，因為我們曉得『大王群』在這海域的行進路線及相會處所。但那是我僅有與陸地人往來的經驗。如今他們都不來這裡了。也許是他們都發瘋並互相戰鬥的關係吧。兩年前，從長砂丘島向北方的威外島看過去，我們曾見到大規模焚燒的濃煙，持續了三天。要是陸地人真的在打鬥焚燒，那跟我們有什麼關係？我們是開闊海的子孫，我們過的是海洋生活。」

「可是，這次見到陸地人的船隻漂浮，你卻主動解圍。」法師說。

「當時，我們有些族人說那樣做不智，他們想讓那條船一直漂到大海盡頭。」

首領高越冷靜的聲音回答。

「您與那些族人看法不同。」

「對。我當時說，雖然他們是陸地人，但我們得幫助他們。最後就那麼做了。但您此行的任務，我們沒什麼興趣。陸地人當中有人瘋了，陸地人必須自己處理。我們只追隨『大王群』的路徑，關於您的追尋，我們幫不上忙。您想在這裡待多久，我們都歡迎。再過幾天就是長舞節，長舞節過後，我們就會跟隨東洋流，向北方去；等到夏天盡時，洋流會再帶我們回到長砂丘島附近的海域。您如果要跟我們走，很好；如果要駕您的船離開，也很好。」

法師向他道謝，首領起身離開，瘦小的身形硬朗如蒼鷺。棚內只剩雀鷹與亞刃兩人。

「『純真』不具備抵擋邪惡的力氣，」雀鷹說著，有點苦笑。「但它有力氣行善……我們就與他們相處一陣子吧，等我不這麼虛弱再說。」

「明智的決定。」亞刃道。雀鷹身體的脆弱讓他震驚，也讓他動容，他決心保護這男人不受自身精力與急迫所害，堅持至少等他疼痛解除，才繼續上路。

法師看亞刃一眼，似乎有點被他的讚辭嚇到。

「他們心地好，」亞刃沒注意雀鷹的眼光，又接口道：「他們好像完全沒有在霍特鎮或別的島嶼所見到的那些靈魂病。可能沒有一個島嶼會像這些化外之民這樣幫助我們、熱誠接待我們。」

「你的想法很可能沒錯。」

「他們生活這麼愉快，夏天……」

「的確。不過，一輩子吃冷魚，而且永遠見不到梨樹開花、嚐不到流泉的滋味，總會感到乏味吧。」

亞刃於是返回星辰筏，與其他年輕人一同工作、游泳、曬太陽。傍晚涼快時則與雀鷹聊天，然後在星空下安睡。日子漸漸到了夏至前夕的長舞節，這整批浮筏在開闊海的洋流中，慢慢向北漂移。

【第九章】

歐姆安霸
Orm Embar

一年最短的這個夜晚，火炬整夜在浮筏上燃燒照明。星光閃爍的天空下，浮筏全部聚攏成圓形，所以火炬也構成一個環形在海上閃動。浮筏人跳舞時沒有擊鼓、彈琴或借助任何音樂，僅憑光腳丫在搖晃的浮筏上踩踏節奏，以及歌者尖細的聲音在他們這個海上住所的空曠中迴盪傾訴。這一夜碰巧沒有月光，在星光和火光之下，舞者的身體顯得幽暗。不時有年輕人在浮筏間跳來跳去，動如魚躍。大家互相比賽誰跳得遠、跳得高，想用這種辦法努力在破曉前把一整圈浮筏跳完。

亞刃與他們同舞不成問題，因為群島區各島嶼都會舉行長舞節，只是腳步與歌曲可能不同而已。隨著夜漸深，很多舞者中止跳舞，坐下來觀看或打盹。歌者聲音漸漸沙啞。亞刃與一群跳高少年一路跳到首領的浮筏，他停下來，別人繼續向前。

雀鷹與首領、首領的三個妻子，同坐在靠近廟祠的地方。一位歌者坐在那兩隻做為門口的鯨魚雕刻中間，高亢的聲音整夜未曾減弱。他兩手敲打木頭，以求合拍，毫無倦色地吟唱。

「他在唱什麼？」亞刃問法師，因為他聽不清歌詞，只曉得它們拉得很長，而且調子中有顫音和奇特的擦塞音。

「他唱的內容有灰鯨、信天翁、暴雷雨……等，他們不知道英雄和君王那類歌謠。他們不認得厄瑞亞拜的大名。稍早時他曾唱到兮果乙，說他如何在大海中締造陸地。有關人類的民間傳說，他們只記得那麼多，其餘都是關於海洋。」

亞刃仔細聆聽。他聽見那位歌者模仿海豚口哨似的叫聲，整段歌謠環繞海豚編唱。他看見雀鷹的側面背襯著火炬光亮，有如岩石般漆黑堅定。還看見首領的妻子們輕聲細語在聊天，眼睛水漾漾地閃光。同時感覺到這艘浮筏在平靜的海上漂呀漂，漸漸睡意矇矓起來。

他突然驚醒，因為歌者的聲音沒了。不只是靠近他們的這位歌者如此，遠近浮筏上的所有歌者也都停止不唱了。眾歌者尖細的聲音有如遠處海鳥的鳴叫般消逝，四周鴉雀無聲。

亞刃回頭看東方，以為天亮了，可是，只見那輪老月亮才剛升起，懸掛低空，夾在夏季星辰間，泛著金黃光亮。

接著，他往南看，黃色的戈巴登星高懸，它的下方有八顆伴星——連最後一顆都露面了。「終結符文」清晰明銳地掛在海面上空。回頭，看見雀鷹黝黑的面孔正轉向那幾顆星。

「你為什麼不唱了？」首領問那位歌者。「還沒天亮，連黎明都還不到呢。」

那位男歌者囁嚅著：「我不知道。」

「繼續唱！長舞節還沒結束。」

「我不曉得歌詞，」歌者說話的聲音提高了，彷若驚恐。「我沒辦法唱下去，歌詞忘了。」

「那就唱別首！」

「也沒有別首歌，結束了。」歌者大聲說著，並向前彎腰，直到整個身子蹲伏在浮筏木頭上。首領驚異地瞪著他。

浮筏在劈啪作響的火炬下方隨著海水搖擺。沒有人說話。海洋的闃靜團團籠罩著在它之上活動的生命和光亮，然後將一切吞沒。跳舞的人全停了。

就亞刃所見，那些星星的光輝似乎隱淡了，而事實上，東邊尚無半絲天光。他心中不但起了恐懼，甚至想著：「太陽不會升起，白天不會降臨了。」

法師站起來，這同時，他整枝巫杖快速地泛射淡淡白光，連木杖上的銀製符文也光亮而清晰可辨。「舞蹈沒結束，」他說：「光亮也沒結束。亞刃，你來唱。」

亞刃本想說：「大師，我沒辦法唱！」可是他卻遙望南方那九顆星星，深吸一口氣唱了起來。他的聲音起初微弱沙啞，可是越唱越有力，他唱的是最古老的一曲：《伊亞創世歌》，關於黑暗與光明的平衡，關於吐出太初第一言的那人——「至壽主」兮果乙——創造綠色陸地的故事。

一曲未罷，天空轉成魚肚白。在這魚肚白的濛光中，只剩月亮與戈巴登星仍淡淡放光，火炬在黎明曉風中茲茲作響。歌畢，亞刃默然，聚過來聆聽的舞者靜靜返回各自的浮筏，光明照亮了東邊天空。

「是首好歌。」首領說道。雖然他努力表現淡然的樣子，聲音終究不是很平穩：「長舞節如果沒完全舞盡就終止歌唱，實在不好。我會命人用藻葉鞭子抽打那些懶惰的歌者。」

「倒是去安慰他們才好，沒有一個歌者會選擇緘默。」雀鷹雖然邊說邊舉步，但語調不改堅定。「亞刃，你隨我來。」

雀鷹轉身走向棚子，亞刃跟在後面。但，這個黎明的怪異現象尚未結束，因為就在東邊的海天邊緣轉白時，北方飛來一隻大鳥，牠飛得非常高，翅膀捕捉了尚未照射人間的陽光，因而看牠當空鼓翼，閃閃發著金光。亞刃高叫著舉手指牠。法師抬頭一望先是大驚，接著是熱烈欣喜的表情，他高聲喊道：「**納・西瑟・阿兀・格得・阿克韋薩**！」這句「創生語」的意思是：「欲覓格得，於此可見」。

羽翼高揚空中颼颼作響；巨爪可像捉鼠那般抓起一隻公牛；長鼻子吐火生煙——這條龍宛如金色墜子落下，隼鷹般向擺動中的浮筏俯衝。

浮筏人大叫，有人縮倒在地，有人急躍入海，有人倒是靜立觀望——因為他們驚歎之餘竟忘了恐懼。

這條龍在大家頭上盤旋。牠有一對膜狀翼，兩翼端約距九十呎長，使牠像金子打造的煙霧，在初臨大地的陽光中發亮。牠的軀幹不比翅翼短，但瘦而拱曲，宛如獵犬。爪子如蜥蜴，全身披鱗帶甲，狹長的脊骨上有一整排鋸齒狀的拔尖突棘，很像玫瑰刺——只不過，長在隆背上的這種突棘高達三呎。越往後越縮小，到了尾巴那個最小的棘刺，大小和小刀的刀身不相上下。這隻龍的棘刺都是灰色的，鱗甲是鐵灰色，但帶著金色閃光。牠的眼睛細長，是綠色的。

首領被族人的恐懼撼動，倒忘了替自己害怕，他由棚內跑出來，手上拿著他們獵鯨用的魚叉，那枝魚叉比他還高，頂端裝有一個魚牙大倒鉤。他結實的小手臂舉著那枝魚叉快跑以產生衝力，希望魚叉投出去後，能刺中正在浮筏上空盤旋的那隻龍狹長而覆有輕甲的腹部。

呆愣中的亞刃見狀立刻衝上前抓住他的手臂，結果與首領連人帶魚叉一同跌成一堆。「您想用那枝傻氣的別針惹牠發火嗎？」亞刃喘氣道：「讓龍主先講話！」

首領原有的氣勢被亞刃削去一半，只呆呆盯著亞刃、法師、龍。他沒說話，龍倒先說了。

在場只有格得明瞭牠的話，他也是龍欲交談的對象。龍族只會講太古語，那是牠們的語言。牠的聲音低靜而帶嘶音，像貓發怒時的輕叫，但大聲多了，而且自然含帶一種駭人的樂音在內。不管是誰聽到這種聲音，都會靜下來聆聽。

法師簡短回答後，龍再度說話。牠在法師頭上輕輕鼓翼，亞刃心裡想：倒像蜻蜓半空飛懸的樣子。

然後法師回答：「**梅密阿思**。」意思是「我會來」。說時並高舉他的紫杉巫杖。龍的嘴巴大開，一團長煙如藤蔓般盤旋逸出。那對金黃翅膀像閃電般掀動，製造出一陣有焦味的巨風，然後迴轉身子，龐龐然飛向北方。

浮筏上那片靜默中，只聽見孩童微弱的叫聲和哭聲，女人在一旁安撫；男人有點羞赧地由海中爬回浮筏；被遺忘的火炬正在第一道陽光中燃燒。

法師轉頭向亞刃，他臉上有道光采——可能是欣喜或純粹的忿怒，但他話語柔和：「孩子，我們得走了，去向大家告別，然後隨我來。」他自己轉身向首領道謝並道別，然後由那艘浮筏跨越另三艘為了跳舞而併攏的浮筏，走到繫著「瞻遠」的那艘。顯然這條船一直跟隨這個浮筏小鎮遠行，緩緩漂至南方，這時就在後頭空盪盪地搖擺。不過，這些開闊海的子孫已將空水桶裝滿接來的雨水，並預備了不少食糧，藉此表達對客人的敬意。他們有很多人相信雀鷹是「大王群」當中的一員——只不過不是以鯨魚的形態存在，而是以「人」的樣態現身。等亞刃來會合時，雀鷹已升好船帆，亞刃便去解開繫繩，跳入船內。他一躍入，船隻立即駛離浮筏，船帆宛如迎風而鼓漲——雖然那時只有日出時分吹拂的微風而已。她尾隨龍的形跡轉向，彷彿風中飄浮的樹葉，向北方疾駛。

亞刃回頭時，那個浮筏小鎮已如零星散布的小點，棚子和火炬木柱像小棒子或細木片漂浮在海面上。不久，這一切便在早晨的燦爛陽光中消失，「瞻遠」向前狂馳，船首拍擊海浪，濺起水晶般的浪花，船隻疾駛而引來的海風，揚起亞刃的頭髮，並使他不得不瞇起眼睛。

天底下，除了暴風以外，沒有哪種風能讓這條小船如此疾駛，而暴風雖能讓她疾駛，卻也會使她在驚濤駭浪中翻覆。可見這不是塵世的自然風，而是法師的咒語力量使然，才造成她如此這般飛奔。

法師久久站在船桅邊仔細觀看，最後才在舵柄邊的老位置坐下，一隻手放在舵柄上，看著亞刃。

「剛才那條龍是歐姆安霸，」他說：「他是『偕勒多之龍』，也是歐姆巨龍的族親。歐姆巨龍就是當年殺了厄瑞亞拜之後，也被厄瑞亞拜所殺的那條老龍。」

「他是來追獵的嗎，大師？」亞刃問，因為他不確定法師對那隻龍講的話是歡迎辭或威嚇辭。

「他是來找我的。凡是龍族要找的，就一定找得到。他來請求我協助。」他短促一笑。「誰要是告訴我這種事，我一定不肯相信，一隻龍竟然會向一個普通人尋求協助；而且還不是尋常的龍，而是龍中之龍！雖然他不是最老的一條龍，但也已夠老了，而且他是龍族中最強大的。他不像一般龍或普通人那樣隱藏真名，他一點也不擔心任何生物可能獲得超越他的力量。他也不像別的同類會欺騙。很久以前在偕勒多島上，他沒有殺害我，還告訴我一件大事，就是指示我如何去找尋『歷王符文』。我之所以能使『厄瑞亞拜之環』復原，全拜他之賜。可是，領受這種恩情，面對這種恩人，我卻從沒想過要回報！」

「這次他來告訴您什麼事？」

「把我正在尋找的路徑告訴我。」法師說著表情更嚴酷了些，停頓一下又繼續，「他跟我說：『西方另有一龍主，彼蓄意毀吾類，且彼之力量較吾類強大。』我說：『甚較汝強大乎，歐姆安霸？』他說：『甚較吾強大。汝速隨吾來。』他這樣囑咐，我就聽他的。」

「你只知道這些？」

「其他詳情，後來自然會知道。」

亞刃把繫船繩繞好收妥，又把船上其他小事處理好。這段時間，興奮刺激之感有如拉緊的弓弦在他內心緊繃作響，最後他把那強烈的響聲說了出來：「這種嚮導比較好，」他說：「比其他那些來得好！」

雀鷹看他一眼笑了起來。「是呀，」他說：「我想，這一次我們不會走錯路了。」

於是，兩人開始這場飛越海洋的重大競賽：從海圖未標示的浮筏人海域到偕勒多島，一千多哩路之間散布著地海最西邊的所有島嶼。日復一日，白晝由清澈的海平面明亮升起，又沈入西邊的紅色裡。在太陽金色的光環底下，在星辰銀色的輪圈之下，這條船獨自在海上向北奔馳。

有時，仲夏的雷雨烏雲在遠處聚積，在海面投射紫色陰影。此時亞刃總會看見法師站起來，出聲並舉手叫那些烏雲飄過來，好讓它們把雨灑在船上。閃電會在這些雲層當中閃躍，雷聲會轟隆作響，法師會一直高舉隻手站立，直到雨水落下，淋在他和亞刃身上，落進他們預備的容器中，也打在船內、打在大海上，用它的暴力打垮海浪。他和亞刃會開心笑，因為船上食物雖然少，還足夠，但飲水則缺。服從法師咒語的暴雨雖然狂野，卻讓他們快樂。

亞刃對他同伴這段期間輕輕鬆鬆使用的力量感到奇怪，有一次便說：「我們剛開始這次旅程時，您一點也不運用法力。」

「柔克學院的第一課、也是最後一課，是『有需要才做』，絕不多做！」

「那麼，這兩課中間的教導，必定包括：認識什麼才是需要的。」

「沒錯。『均衡』問題必須納入考量。可是，均衡一旦被破壞，就要考量別的事了。其中最重要的是『緊急程度』。」

「可是，南方的巫師——現在大概也包括其他地方的巫師了——都已喪失他們的巫藝，連歌者也失去歌藝，為什麼您獨獨還保有呢？」

「因為我除了技藝以外，一無所求。」雀鷹說。

過了頗長一段時間之後，雀鷹更為爽朗地說：「要是我不久就要失去巫藝，那麼我會在它還保有時善加利用。」

這時的雀鷹真的有一份輕鬆，也對他自己的技藝懷著單純的愉悅。過去老是看雀鷹小心翼翼的亞刃，實在無從猜想他現在的這份輕鬆和快悅。巫師的心底以巫藝為樂，他們是巫藝家。雀鷹在霍特鎮喬裝，曾讓亞刃非常不適。原來，對法師而言，那是遊戲；對一個不僅可隨意改變容貌和聲音，還可改變身體與存在本身，隨意變成魚、海豚或老鷹的法師而言，那是個微不足道的遊戲。

有一次，法師說：「亞刃，我讓你看看弓忒島。」說著，要亞刃注意看水桶表面。那只水桶的蓋子已掀開，裡面的水滿到上緣。很多不怎樣的術士都有能力在「水鏡」之上顯像，雀鷹也這樣做，他顯出來一座山嵐環繞的山巔，聳立在灰茫海上。法師換一下影像，亞刃便清楚看見這座山島的一處懸崖。那景象，好比他是隻鳥——海鷗或隼鷹，在海岸之外的風中飛翔，由風中俯瞰那個聳立在海浪之上，有兩千呎高的懸崖。懸崖高壁上有間小屋，「那是銳亞白鎮，」雀鷹說：「我師傅歐吉安住在那裡。很多年前他曾經止住地震。現在，他養養山羊，種種藥草，並持守『不語』。他年事已高，不曉得現在還會不會在山間漫遊。但假如他過世了，即使就在此刻，我也會知道的，肯定會知道……」但他的聲音不太有把握，因為影像這時搖曳不定，宛如那片懸崖正在倒下。等影像清楚後，他的聲音也隨之清晰：「每年夏末和一整個秋天，他習慣獨自登山入林。他第一次見到我，也是那樣徒步而來。當時我是山村裡一個不知世事的小毛頭，他幫我找到我的真名——同時也給了我生命。」那面水鏡這時顯出的影像，宛如觀看者是林間小鳥，由林內向林外觀望的話，可以看見山巔岩石與山巔白雪下方那片陡峭的陽光草坡；而若是向林內觀望，就會看見一條陡斜的小徑伸入綠影和金點交錯的幽暗中。「那些森林的寧靜，沒有一處塵世寧靜比得上。」雀鷹神往地說著。

影像淡去，桶內的水面上只剩下眩目、滾圓的正午陽光。

「唉，」雀鷹帶著古怪的失落表情，望著亞刃說：「唉，就算我回得去，你也不見得能跟著我去。」

下午，他們看見前方有塊陸地，低低藍藍的，好像一團霧氣。「那是偕勒多島嗎？」亞刃問，心頭撲撲跳得好快，但法師回答：「我猜應該是阿巴島或節西濟島。我們還走不到一半路程呢，孩子。」

當晚通過兩島間的海峽時，他們沒見到任何燈火，空中倒有一股煙臭味，非常嗆鼻，甚至肺部都感覺刺痛。天亮時，他們回頭望，東邊的節西濟島，在他們視線可及的海岸和內陸，一概燒得焦黑，島嶼上空有一層藍灰色的煙霧。

「他們焚燒田野。」亞刃說。

「是呀，還有村莊，以前我就聞過那種煙味。」

「西方這一帶的人是野蠻人嗎？」

雀鷹搖頭，「他們有農人，有城裡人。」

亞刃呆望那片焦黑的陸地廢墟和天空下凋萎的樹木林園，面容僵硬起來。「樹木傷害了他們什麼嗎？」他說：「他們非這樣為自己的錯誤懲罰草木不可嗎？人類真野蠻，竟為了自己與別人之間的爭端而縱火焚燒土地。」

「那是因為他們沒有導師，沒有君王。」雀鷹說。「氣度恢宏者與具備巫力者，都退到一旁或躲進自己內心，想透過死亡尋找門路。據說，門路在南方，我猜大概就是這裡。」

「這是某人所為——就是那條龍提到的那個人嗎？似乎不可能。」

「為什麼不可能？如果這些島嶼有個君王，他就是一個人，這裡由他統治。一個人是要破壞、或是治理，都很容易，端視那人是『明君』或『昏君』。」

法師聲音裡再度帶有嘲諷、或是挑戰意味，亞刃的脾氣被惹了起來。

「君王有屬下、士兵、信使、將領，他藉由這些屬下進行統治。既然這樣，這位……『昏君』，他的屬下在哪裡？」

「在我們心裡，孩子，在我們心裡。我們內心那個叛徒、那個自我，那個哭喊著『我要活下去，只要我能活下去，讓人間任意敗壞去吧！』的自我，我們內在那個背逆的靈魂躲在黑暗中，有如關在箱裡的蜘蛛。他對我們大家說話，但只有少數人聽懂，不外乎巫師、歌者、製造者與英雄豪傑這些努力要成為自己的人。『成為自己』是稀罕的事，也是了不起的事。那麼，永遠當『自己』，豈非更了不起？」

亞刃逼視雀鷹。「你的意思其實是說，那樣並沒有更了不起。但請告訴我為什麼。我開始參與這次旅程時還是個孩子，當時我不相信死亡。但現在我已經多學了些事情，雖然不多，到底有一些。我學到的是：相信死亡。但我還沒學到高高興興超越它，進而歡迎我自己的死亡、或您的死亡。假如我愛生命，難道不該厭恨它的終結嗎？為什麼我不能渴望永生不朽？」

以前在貝里拉家鄉教導亞刃擊劍的師傅是位六十開外的老者，矮小、禿頭、冷酷。雖然亞刃明白他是出色的劍客，但曾有好幾年，亞刃一直很不喜歡他。某日練劍時，他逮到師傅的防衛疏失，把他擊敗了；他永遠忘不了師傅冷酷的臉上突然一亮，露出難以置信的、矛盾的喜悅、希望、快樂——對手，終於成為對手了！從那天起，擊劍師傅訓練他時都很無情。而且每逢兩人對打時，同樣的無情微笑總會掛在那位老者臉上，亞刃如果加倍出擊，那微笑就加倍明燦。現在雀鷹臉上就有相同的微笑。

「為什麼你不能渴望永生不朽？你如何能不渴望呢？每個靈魂都渴望永生，而且靈魂的健康就來自那股欲望特異的力量。可是，亞刃，你要當心，很可能你就是達成欲望的那一個。」

「達成以後呢？」

「達成以後嘛……就是這樣嘍：昏君統治，技藝遺忘，歌者失音，眼目致盲。看！土地荒瘠、疫禍四起，創傷待療。一切都有兩面，亞刃，一體兩面：塵世與幽冥，光明與黑暗。這一體兩面構成『平衡』。生源於死，死源於生，這兩者在對立的兩端互相嚮往，互相孕育且不斷再生。因為有生死，萬物才得以重生，無論是蘋果樹的花，或是星星的光芒，都是如此。生命中有死亡，死亡中有重生。沒有死亡的生命是什麼？一成不變，永存永續的生命？——除了死寂，沒有重生的死寂，還有什麼？」

「但是，『大化平衡』怎麼會因某個人的行為、某個人的生命而受到危害？那肯定是不可能的，這種事不容許……」他困惑地停住了。

「誰容許？誰禁止？」

「我不曉得。」

「我也不曉得。不過我明瞭，人有可能做出多麼邪惡的事來，單獨一人就可以，我太清楚了。因為我自己做過，所以我知道。我曾經受同樣的驕傲驅使，做了同樣邪惡的事。我開啟生死兩界之間那扇門，只開了一個縫，一個小縫，就是為了證明我比死亡本身強大。當時我年少，沒遇過死亡，與你現在一樣……後來，要把那扇門關上，耗盡倪摩爾大法師全部的力量，取走他的巫藝和性命。你可以在我臉上看到那一夜為我留下的記號。可是它殺害的是大法師。啊，亞刃，光明與黑暗之間的門是能夠開啟的。只是要花力氣，但確實有可能辦到。至於要把它關上，那又是另外一件事了。」

「不過，大師，這與您當時做的，肯定不同——」

「為什麼不同？因為我是好人嗎？」鷹雀眼中再度閃現了鋼鐵般的冷峻、鷹隼般的冷靜。「什麼樣的人是好人，亞刃？不會行惡的人，不會開啟通往黑域之門的人，內在沒有黑暗的人，就是好人嗎？孩子，重新再看一遍，看遠些。你今天所學的東西，等到日後去你該去的方向時就會用到。往你自己的內在看！先前，你難道沒聽見一個聲音說『來呀』？你難道沒有跟隨？」

「我是跟隨了沒錯。但我……我當時認為，那……是他的聲音。」

「那是他的聲音沒錯，但也是你的聲音。假如不是用你自己的聲音，他如何能隔空對你說話？如何對所有知道如何聽他開口的人說話？就是那些術士、製造者和尋覓者，那些跟隨他們內在聲音的人。他怎麼沒呼喚我呢？不過是我不聽罷了，我再也不要聽到那個聲音。亞刃，你天生擁有力量，與我一樣，這種駕馭眾人，駕馭心靈的力量，不就是駕馭生死的力量嗎？你正當年少，剛好站在種種可能之間，站在影子境域中，站在夢境裡，所以才能聽見那個聲音說『來呀』。但我老矣，做完該做的，挺立在白日天光中，面對自己的死亡，面對所有可能的終結。我知道只有一種力量是真實的，且值得擁有——就是不攫取，只接受。」

節西濟島已經遠遠落在他們後面，成了大海上一個藍點。

「那麼，我是他的僕人。」亞刃說。

「你是他的僕人沒錯，而我則是你的僕人。」

「但他到底是誰呢？他是什麼？」

「我猜想，他是一個人，甚至就像你我一般。」

「就是您提過的——黑弗諾的術士，召喚死魂的那個人？是他嗎？」

「很可能是。他很有力量，而且全全副力量用於否認死亡。他還懂得帕恩智典的大咒語。當年我使用這咒語時年少又愚蠢，就讓自己崩潰了。所以如果是個年長、強大而毫不在乎結果的人來使用，那他有可能讓全人類毀滅。」

「但您不是說過他應該已經死了嗎？」

「噯。」雀鷹說。「我是說過。」

他們沒再多談。

那天夜裡，海上滿是大火。「瞻遠」的船首激起強勁的海浪往後打，海面上，每條魚的游動都現出清晰的輪廓，而且活蹦閃亮。亞刃用手臂抓著船舷，頭擱在手臂上，一直觀望那些放出銀色光澤的圓圈和漩渦。他伸手入水，然後舉起來，光線就從他手指微微流洩下來。「瞧，」他說：「我也是巫師了。」

「那種天賦，你倒是沒有。」他同伴說。

「等我們與敵人相會時，」海浪不停搖曳閃光，亞刃凝視著，「我沒有巫師的天賦，能對您有多少幫助呢？」

打從一開始起，亞刃就一直希望，大法師選擇他、而且只選擇他加入這次旅程的理由，是因為他多少擁有一點與生俱來的力量，那是由祖先莫瑞德那兒承襲來的，而且會在緊要關頭、在最黯淡的時刻派上用場。那樣的話，他就能由敵人手中救出他自己和他的大師，以及全世界。可是最近幾天，他曾再度審視那個希望，竟像從很遠的地方去看那個希望，簡直像在回憶，回憶很小的時候他曾渴望試戴父親的王冠，遭制止時還為此哭泣。而如今，這個希望同樣是個「時機不對」的、幼稚的希望。他內在沒有巫力，永遠也不會有。

他能夠戴上、也必須戴上父親的王冠，以英拉德親王的身分統治的時候，可能會來臨。但現今來看，那似乎是一件小事，他的家也是一個小地方，而且很遙遠。這想法並非不忠，事實上，他的忠誠甚至擴大了——因為他現在是忠於一個更偉大的典範，忠於一個更寬闊的希望。他還認識到自己的軟弱，藉由那份軟弱，他學到衡量自己的力量，結果發現他是強大的。不過，假如他一無天賦，那麼，空有力量又有何用，豈非除了服效與不變的愛以外，就沒有別的可以提供給他的大師了？他們正要去的所在，僅憑這樣夠嗎？

但雀鷹只說：「要看一盞燭光，必須把蠟燭帶入黑暗。」亞刃試著用這句話安慰自己，但發現它沒有多大功效。

次日早晨他們醒來時，天空是灰的，海水也是灰的。船桅上方，天空呈現宛若貓眼石的藍色——因為濃霧壓得低。對北方人，像英拉德島的亞刃、以及弓忒島的雀鷹，這種濃霧實在像老朋友一樣受歡迎。它輕輕罩住船隻，所以沒辦法看得遠。但他們倒覺得待在一遥燦亮的空間裡數週，海風直吹，現在遇到這種天氣，宛如置身熟悉的房間。他們正漸漸回到他們習慣的氣候，可能已到達柔克島的緯度了。

「瞻遠」航行其上的這片海域濃霧四罩，但東方約七百哩處，晴朗的陽光照在心成林的林木枝葉上，照在柔克圓丘的綠色丘頂上，也照在宏軒館高屋頂的石板瓦上。

南塔的一個房間。這是魔法師的房間，裡面零亂充塞著蒸餾瓶、蒸餾器、大肚瓶、曲頸瓶、厚壁熔爐、小燒燈、鉗子、風箱、剪子、臺架、銼刀、導管等等。千百種盒子、瓶子、與塞口罈等，都用赫語或更祕密的符文貼著標籤。另外更有煉金術需用的事物，如玻璃吹製法、金屬提煉法、治療術等等。屋內那幾張放滿東西的桌椅中間，站著柔克學院的變換師傅與召喚師傅。

一頭灰髮的變換師傅，兩手正拿著一塊大礦石，那礦石的樣子像未經雕琢的鑽石。事實上，那是一塊礦石水晶，它內部帶有淡淡的藍紫色和玫瑰色，但仍清澈如水。不過，往那清澈望進去的話，就會發覺它不清澈，呈現在眼中的不是四周實際景物的反射，也不是景物的映像，而是一些無比深邃的平面和深度。要是再一直看進去，就會把觀者引進夢中，並發現出不來了。這塊大礦石是「虛里絲之石」，過去它一直由威島的歷代親王保存，有時它僅是被當成寶物收藏，有時做為助眠的持咒物，有時則被拿去為害，因為若完全不了解而看進水晶內無止盡的深度，時間過長是可能發瘋的。但是，威島的耿瑟大法師前來柔克島履任新職時，把這塊「虛里絲之石」一起帶了來，因為，在法師手中，它會呈現真實。

只不過，它所呈現的真實，因觀者不同而有差異。

所以現在，變換師傅手執這塊礦石水晶，由突起不平的表面向內看那無限的、淡色的、閃光的深處，大聲說出他雙眼所見：「我看見一塊土地，地面很平，如同我站在世界中心的歐恩山，舉世盡在我腳下，甚至可以看到最偏遠的陲區、及陲區以外的地方。全部都很清楚，我看見伊里安島航道中的船隻，托何溫島人家的爐火，以及我們此刻所站的南塔屋頂。可是，過了柔克島就什麼都沒了。南方沒有陸地，西方沒有陸地。應該是瓦梭島的地點，我沒看到瓦梭島。西陲島嶼一個也不見，連最靠近柔克島的蟠多島也沒有看到。還有甌司可島、依波司可島，它們到哪兒去了？英拉德島上方有霧氣，一片灰茫像結了蜘蛛網。我每多看一眼，就多消失一些島嶼，島嶼原本所在的海洋，變成一片沒有中斷的連續汪洋，如同『天地創生』之前……」說到「天地創生」時，他的聲音結巴了一下，彷彿那幾個字很難說出口。

他把礦石放在象牙座中，退到一旁。他慈祥的容貌扭曲了，說：「看看你可以見到什麼。」

召喚師傅雙手捧起水晶礦石緩緩轉動，有如想在凹凸但光亮的表面找到一個視線入口。他捧了很久，一臉專注。最後放下時，說：「變換師傅，我只見到一點點碎片殘影，合不成一個整體。」

灰髮師傅兩手緊緊交握。「這不是很奇怪嗎？」

「為什麼會這樣呢？」

「你常眼花嗎？」變換師傅震怒般大吼：「難道你沒看見……」他數度口吃，最後才有辦法說：「難道你沒看見，你的眼睛有一隻手遮著，就如我的嘴巴有一隻手遮著？」

召喚師傅說：「大師，您過度緊張了。」

「把『礦石之靈』召喚出來，」變換師傅克制著說道，聲音有些悶窒。

「為什麼？」

「為什麼？因為我要求你。」

「哎呀，變換師傅，您竟然刺激我去——這不就像一堆跑去熊穴前玩耍的小男孩嗎？我們是小孩嗎？」

「對！在我看了『虛里絲之石』以前，我是小孩沒錯——一個嚇壞的小孩。把『礦石之靈』召喚出來。大師，您要我求您嗎？」

「不用。」這位高個子師傅皺著眉轉身，從較年長的變換師傅身邊走開。接著他張開雙臂，做出開始施法的姿勢，然後仰頭唸了一串咒文音節。他持唸時，「虛里絲之石」的內部漸漸變亮，房間因而轉暗，陰影幢幢。陰影變得很暗，而礦石變得很亮時，他合起兩手，把水晶舉到面前，往礦石光亮的內部看。

他先靜默一會兒，然後說：「我看見『虛里絲之泉』，」他輕聲說：「有水池、水盆、水瀑。銀色水簾流經洞穴，洞穴有蕨類生成的苔蘚層積，有波浪狀的砂石。我看見泉水飛濺流淌，深泉由地面湧溢而出，泉水的奧祕與甘甜，泉源……」他再度靜默，如此佇立片刻。在礦石光輝照射下，他的臉孔也變銀色了。然後，他大叫出聲，雙手掩面跌倒在地。礦石掉下來，打中他的膝蓋。

房內陰影沒有了，夏日陽光滲進這個零亂的房間。那塊大礦石躺在一張桌子旁的塵土與垃圾之上，毫無破裂。

召喚師傅目盲似地伸手去抓另一個男人的手，孩子似的。他深吸一口氣，好不容易才站起來，稍微倚著變換師傅，嘴唇有點發抖地說話，但仍努力擠出微笑：「大師，從今以後我不接受您的刺激了。」

「你看見了什麼，索理安？」

「我看見噴泉。看見噴泉沈陷，溪流變乾，泉水的出水口退縮，而且底下全部變黑、變乾。您剛才看見『天地創生』之前的海洋，我看見的是……之後……『天地盡毀』之後。」他潤了潤嘴唇，說。「我真希望大法師在這裡。」

「我倒希望我們是在他那兒陪著他。」

「在哪兒？現在，誰也找不到他。」召喚師傅抬頭看窗子，那幾扇窗子露出依舊蔚藍的天空。「派人去找，找的人根本到不了他那兒；用召喚術呼喚他，召喚的訊息連繫不到他。他正在你剛才看見的那片空虛大海上，正朝著泉水變乾的所在前進，他正置身於我們的巫藝起不了作用的地方……不過，即使到了這地步，可能仍有些法術可以與他連繫——某種帕恩民間術。」

「但那種民間術是用來把亡者帶返人間界的。」

「但有一些是把生者帶去冥界。」

「你不會認為他已經死了吧？」

「我認為他正邁向死亡，而且正被拖向死亡。我們大家也一樣。我們的力量正漸漸失去，還有我們的力氣、我們的希望和我們的好運。泉源都在慢慢乾涸。」

變換師傅憂心忡忡地盯著召喚師傅好一會兒，才說：「索理安，別想派人去找他。他知道自己在尋找什麼，遠比我們知道得早。在他看來，這世界正如這個『虛里絲之石』，所以，他不但看清楚事實如何，也明白該當怎麼辦……我們幫不了他。宏深大法已經面臨危險，其中最危險的是你剛才提到的『民間術』。我們必須依照他離開前指示我們的，盡力站穩，留意柔克島的水井，以及各種相關名字的記憶。」

「噯，」召喚師傅說：「但我還是得告退，去思考一下這件事。」他於是離開那塔房，走路有點僵硬，但仍高高抬著他那黝黑、高貴的頭。

次日早晨，變換師傅去找他，敲門不應，入內一看，發現召喚師傅四肢伸展，趴著倒臥在石地板上，樣子好像被人從後面衝過來用力一擊。他的兩臂全幅展開，像施法的姿勢，但兩手已冰冷，睜開的眼睛無法看見什麼。變換師傅跪在他身旁，試著用法師的權威叫他，喊他名字「索理安」三遍，他依舊躺著不動。他沒死，但僅餘的生命氣息只夠維持心臟微弱跳動。變換師傅抱住他，喃喃道：「噢，索理安，我強迫你看進那個礦石，都是我害的！」然後，他快步跑出房間，對每個碰見的人，不管是師傅或學徒，都說：「那敵人已經來到我們中間了，侵入了防衛精良的柔克學院，並正中核心打擊我們的力量！」雖然平日他是個溫和的人，但這時他的樣子好像發了狂，而且冷酷，使看見的人都害怕。「好好照顧召喚師傅，」他說：「但是，他所專長的召喚術已經喪失，誰能把他的靈魂召喚回來呢？」

他向自己的房間走去，大家紛紛閃避，讓他經過。

有人把醫治師傅請了來，他要大家把召喚師傅索理安放到床上，用被子蓋妥以保暖，但他沒煮泡任何醫治藥草，也沒唱誦任何用來醫治病體或亂心的歌調。一位跟在旁邊的徒弟——一個尚未成為術士，但頗有醫治潛力的少年——不由得問：「師傅，不用為他做任何事嗎？」

「在那道牆的這一面，我們什麼也不用做。」醫治師傅這麼說。然後，突然想起他在對誰說話似的，才又說：「孩子，他沒病。況且，倘若他身子真有發燒或疾病，我不知道我們的技藝能有多少效用。最近，我的藥草以乎都沒什麼味道，而且我持誦醫治術時，也是一點效力都沒有。」

「這現象與昨天誦唱師傅說的一樣。他當時正在教我們誦唱，唱到一半突然中止，就說：『我不曉得這歌謠的意思。』說完便走出講堂。有的師兄弟笑起來，但我當時卻感覺腳下地板好像沈陷下去。」

醫治師傅注視這徒弟直率聰穎的臉龐，又轉頭俯視召喚師傅冰冷僵硬的臉龐。

「他會回轉來與我們再見的，」他說：「歌謠不會被忘記。」

然而，當晚變換師傅離開了柔克學院。沒人見到他走時是什麼樣式。他就寢的房間有扇窗子望向院子，第二天早晨，那扇窗子是開的，而他不見了。大家認為他運用他的變換技巧，把自己變成小鳥或禽獸，甚至變成一陣霧或風，因為沒有任何「形」或「質」難得倒他。所以他就這樣由柔克學院消逸無蹤，說不定去尋找大法師了。要是法術失敗或意志不濟，這種形狀的變換反倒可能會被自身法術攫獲而無法返回原形，了解這一點的人都為他擔心，但他們沒有把內心憂慮說出來。

如此一來，「智者諮議團」一下減少了三位師傅。日子過去，卻一直沒有大法師的消息傳回來，召喚師傅宛如死了般躺著，變換師傅也沒回來，宏軒館內彌漫寒意與陰影。眾學徒交頭接耳，有的說要離開柔克學院，因為學院沒傳授他們來此想學的東西。「也許呀，」有一位說：「這些祕密技藝與力量打一開始就全是謊言。全體師傅當中，只剩下手師傅還會一些妙招，可是我們都知道，老實說，那些全是幻象。如今，別的師傅不是躲起來，就是拒絕做任何表示——因為呀，他們的把戲全曝光了。」另一個人聽了還加油添醋道：「哼，巫藝是什麼東西啊？不過是一場表象的表演。魔幻技巧到底是啥呀？它可曾救人免死，或起碼給人長壽？師傅們倘若真有他們自稱擁有的力量，肯定每一位都可以長生不死嘍！」說著，他與別的師兄弟開始暢談歷代卓然有成的法師之死，包括莫瑞德如何戰死，倪芮格被灰法師殺死，厄瑞亞拜被龍殺死，前任大法師耿瑟嘛，居然和普通人一樣，在床上病死。這些話，嫉妒心明顯的學徒聽了內心喜孜孜；其他人聽著則覺慘兮兮。

這段期間，形意師傅仍獨自待在心成林，而且沒讓任何人進去。

平日鮮少露面的守門師傅未見改變，雙眼一無陰影，照舊微笑著守護宏軒館所有門戶，隨時準備迎接師傅。

【第十章】

龍居諸嶼

The Dragons' Run

西陲最外圍的大海上，明亮且有涼意的這個早晨，「智者之島」的大法師醒了。在小船狹窄的空間裡睡上一夜不免四肢僵硬，他坐直身子打著呵欠。一會兒，他手指北方，對也在打呵欠的同伴說：「那邊！你有沒有看見兩個小島嶼，它們是龍居諸嶼最南的兩個小島。」

「大師，您的眼睛不愧是鷹眼。」亞刃一邊說一邊張大朦朧睡眼，細看海洋，但什麼也沒看見。

「所以才叫『雀鷹』嘛。」法師說著，神情依舊愉快，似乎是為了抖落那些預知的種種情況。「你看得見牠們嗎？」

「我看見海鷗。」亞刃說道。這是他揉完眼睛，仔細搜索船隻前方那片藍灰色大海的結論。

法師笑起來。「就算是老鷹吧，牠可能在二十哩外看見海鷗嗎？」

隨著東方天際的霧氣被太陽漸漸照亮，亞刃原先所見在空中晃動的細斑點彷彿一個個閃閃發光起來，好似金色塵埃抖落在海上，或者像微塵迎著日光飛揚。亞刃終於明白，那些斑點是很多條龍。

「瞻遠」漸漸靠近島嶼，亞刃看見那些龍在晨風昂首騰飛、旋轉繞圈，他一顆心也快活地與牠們一同跳躍起來，那是一種類似痛苦的快樂滿足。塵世的全部榮耀，盡在那些飛騰之中。牠們的美結合了極端的遒勁、十足的狂野、以及理性的魅力——因為牠們是會思想、有語言、又具備古老智慧的生物。牠們飛騰的諸多樣式，含有一種凶猛勁烈、控制自如的和諧。

亞刃雖然未發一語，心裡卻想：等一下會發生什麼事都無所謂了，因為他已目睹群龍在晨風中飛舞。

偶爾，牠們飛舞的樣式起變化，圓圈被打破時，常會有某一條龍從鼻孔射出長火舌，火舌懸浮空中，為狹長蜷曲的龍體之燦爛曲線完成接續。法師見狀說道：「牠們在生氣，把氣憤舞在空中。」

未幾，他又說：「我們現在是身處大黃蜂的巢穴。」因為這些龍早就看見海浪之上的小船帆，所以一條接一條由飛舞的旋風中破空而出，伸展龍體，划動巨翅，直向這條小船齊飛而來。

由於洶湧的海浪方向與航向相反，所以法師特別看看坐在船舵邊的亞刃一眼。這男孩的雙眼雖然看著那些鼓動的翅翼，但仍穩定掌舵。站在船桅邊的雀鷹好像頗為滿意，便回頭把船帆的法術風消除，舉起巫杖，並大聲說話。

耳聞他的聲音、也聽見他用太古語所說的話，有的龍半途轉向，四散折返牠們的小島。但有的停下來在空中盤旋，刀劍般的前臂爪子張揚著，但已收斂了些。其中有一隻先降低飛翔的高度後，繼續向他們緩緩飛來——才不過兩下子展翼的工夫，就來到他們頭頂上了，盔甲似的腹部幾乎碰著船桅。亞刃看到牠兩個內肩岬骨中間的皺皮肉。該部位與眼睛是龍體僅有的弱點——除非用附有強大法力的槍矛攻擊。長有牙齒的狹長龍嘴噴出濃煙嗆著亞刃；隨濃煙而來的是腐肉似的臭味，令他畏縮作嘔。

黑影不見了。原來巨龍已反身，與來時一樣低飛回去。這一次，在濃煙噴出以前，亞刃先感到巨龍的氣息——那氣息真像鍛鐵的焚風。他聽見雀鷹說話的聲音，清晰而凶猛。那條龍一走，其餘龍也跟著走。整群飛龍宛如火紅的鍛鐵熔渣流轉，在一陣風中飄回島嶼。

亞刃屏息觀看，揩拭滿覆冷汗的前額。回頭看看同伴，瞥見他的頭髮全白了：龍的呼吸氣息把雀鷹的髮尾燒酥。沈重的船帆帆布有一面也被烘焦。

「你的頭髮有點燒焦了，孩子。」

「您也一樣，大師。」

雀鷹舉手搔頭，大吃一驚。「可不是！真失禮。不過，我不想與這些生物爭吵。牠們大概是火透了或困惑極了才這樣。牠們剛才都沒講話。我從未碰過一條龍，居然不先言明就主動攻擊——除非那條龍有意折磨牠的獵物……好啦，我們必須繼續向前。亞刃，別注視牠們的眼睛，非不得已時要把頭轉開。我們再來要利用自然風航行了，因為風剛好由南吹來，而且我可能需要用巫藝做別的事。船隻行駛時，你負責照顧。」

「瞻遠」繼續向前航行，不久，左側遠處可見一座小島，右側則是他們一開始就遠遠瞧見的雙子嶼。這三座島嶼的崖壁都不高，光禿無樹的岩石一概被排泄物染白——排泄物來自龍族，以及無所畏懼地夾在龍族之間築巢生活的黑冠燕鷗。

龍族奔騰，高旋在空中組成如同兀鷹覓食的圓圈形狀，但沒有半隻再度向船隻俯衝。牠們間或彼此呼叫，聲音高昂嚴勁，劃破空間鴻溟。牠們的咄咄吐吶如果是在講話，亞刃也聽不懂。

船隻繞過一個短岬後，亞刃看見岸上有個東西，初以為是一座城堡廢墟——結果是條龍。牠的一隻翅膀彎折壓在身軀底下，另一隻翅膀伸展在沙灘上沒入海水，以至於來來去去的潮水一直帶著敗走似的嘲弄，略微牽動那隻翅膀。蛇般狹長的龍體軀幹整個躺在岩石及沙土之上，一隻前腿已不見，四肢曲拱處的鱗甲和筋肉均綻裂，而且腸破肚開，鄰近數碼的沙地均被有毒龍血染黑。不過那生物還活著，可見龍的生命力強大，只有碰到力量相當的巫術，才可能迅速斃其命。一雙綠金色的眼睛仍張著，船隻經過時，那個瘦實的大頭還稍微動了一動，鼻孔發出嘶嘶聲響，同時迸射如注的血流。

這條垂死的巨龍與海邊之間的沙灘，留有牠同類的巨爪與身軀痕跡，垂死巨龍的內臟被踩進沙土之中。

航經那個島嶼海岸，接著通過龍居諸嶼波浪滔滔的海峽，在向兩串列嶼挺進期間，亞刃與雀鷹都沒有說話。龍居諸嶼的海峽到處可見礁石與突岩，雀鷹說：「剛才那一幕真是慘不忍睹。」他的聲音悽楚冰冷。

「牠們……吃自己的同類嗎？」

「不，牠們沒我們人類吃得凶。你目睹的景象，是因為牠們被逼得發狂，連語言也失去所致。牠們比人類先會說話，牠們比任何生物、比兮果乙的任何子孫都老邁，而今卻被逼到淪為驚駭不能言的禽獸。啊！凱拉辛！你的翅膀把你帶到哪裡去了？你是否仍活著目睹你們族類承受如此的恥辱？」他仰頭搜尋天空發出疑問，聲音迴盪如打鐵。可是天空只見船後頭那些龍群，此刻正在巉巖羅布的島嶼上空與龍血染污的海岸上空盤旋飛繞，除了牠們，就只有正午的藍天和太陽。

除了這位大法師，在世活人不曾有誰在龍居諸嶼的海峽駕船行駛。二十多年前，大法師曾由東至西、再由西返東，獨自航行這麼長遠的距離。那次航行對一名水手而言既是夢魘，也是奇蹟。這裡的水道像藍海峽與綠沙洲合成的迷宮，現在，法師與亞刃借重咒語、徒手，加上無比的謹慎，才能在這些巉巖與礁石間穿梭前進。巉巖與礁石有的低淺、有的高聳。低淺者，有的整個躺在拍擊的海浪底下而看不見，有的露出一半，露出的部分覆蓋銀蓮、藤壺、細長海蕨等，看起來彷彿海怪——帶殼或變形扭曲的海怪。至於高聳的礁石，就成為海上懸崖和險峰，有的全拱、有的半拱，有的像雕塔、有的是奇妙的動物形狀：豬背、蛇頭等，但不管像什麼動物，一概是巨大、變形、散漫的，宛若生命半具意識地在這些岩石中掙扎扭動。海浪拍打這些巉巖，發出如同呼吸的聲響，而且一塊塊被燦亮激烈的水花濺得濕透。靠南有一塊這種岩石，很明顯可以看出一個人形，這個人隆背大頭，頗為高貴，兀立在海上垂頭深思。可是，等船隻行過，在北方從石頭背面看去時，人形的所有特點全部不見，而與別的岩石合併形成一個岩洞，岩洞內驚濤駭浪，轟隆巨響宛如雷鳴，那聲音聽起來像是某個字詞或成串音節。他們繼續前進，咆哮的回響減弱了，但那串音節反倒清晰可辨，亞刃於是說：「那岩洞裡是不是有聲音？」

「大海的聲音。」

「但好像在說什麼話。」

雀鷹細聽，看一眼亞刃，再回望那個岩洞。「你聽起來像什麼？」

「好像發著『**唵**』的音。」

「在太古語裡，『**唵**』代表『啟始』或是『很久以前』的意思。但我聽起來卻像『**吽**』，那是表示『結局』的一種方式──你注意前面！」雀鷹戛然住口；亞刃也同樣警告他：「有沙洲！」

雖然「瞻遠」像身處險境的小貓謹慎擇路，但好大一陣子，他們兩人仍忙於操舵駕船。所以，那個永遠轟隆響著某種字義的岩洞，就漸漸被拋在後頭了。

這時海水變深了，他們已出了幻變不定的岩群，前方巍然聳立一座巨塔般的島嶼。它的巖壁是黑色的，由無數圓柱或巨台擠壓而成，邊緣直，表面平，突出於海面足足有三百呎高。

「那是『凱拉辛城樓』，」法師說：「很多年前我來這裡時，那些龍群與我交談時告訴我這個名稱。」

「凱拉辛是誰？」

「群龍之中最高齡的──」

「這地方是他建造的嗎？」

「我不知道。我不曉得這地方是不是經過一番建造才有的，我也不清楚他有多麼年高。雖然我用人稱的『他』來稱呼，但我實在不知道……在凱拉辛眼裡，歐姆安霸像是剛滿週歲的小毛頭，你我則如蜉蝣。」

雀鷹仔細審視那些驚人的巖壁。亞刃則仰頭不安地注視它們，想像著一條龍如何從那高遠的黑色崖壁邊緣下降，來到他們上方，影子幾乎遮蓋他們。但沒有龍出現。他們緩緩通過岩石背面，由於這裡海風吹不到，所以水面平靜，也沒什麼聲音，只聽見被陰影遮蓋的海水輕拂岩柱的呢喃。這裡海水深，也沒有暗礁或突岩，亞刃當家掌船，雀鷹站在船首，搜尋前方的峭巖與明亮的天空，希望見到凱拉辛。

船隻終於經過「凱拉辛城樓」那片偌大陰影海域，進入傍晚的陽光中。他們正貫越龍居諸嶼時，法師抬頭，表情像個見到目標的人那樣——前方大片金色陽光再過去些，鼓動金色翅翼翱翔而來的，是歐姆安霸。

亞刃聽見雀鷹向他高聲說：「阿若．凱拉辛？」他猜得出這句話的意思，但不懂那條龍回答了什麼。不過，耳聞太古語時，他總是感覺他就在了解及近乎了解的鄰界點上，彷彿那是他曾懂、但現今忘記的一種語言，而不是他從來不會的一種語言。法師講太古語時比講地海赫語時的聲音清晰多了，而且彷彿產生一種靜默的氛圍，有如輕觸一口大鐘所致。但那龍講話的聲音則像敲鑼，深沈及尖銳兼具；或者說，像敲打鐃鈸時的磨擦聲。

亞刃看著他同伴站在窄小的船首，與遮去半片天空而盤旋在他頭頂上的巨大生物交談，他於是理解到人類多麼渺小、多麼脆弱，卻又多麼可怕。思及此，他心中不由興起一種慶幸的自豪。因為那條龍只要伸出有巨爪的腳輕輕一撥，可能早就把底下那人的頭與肩撕裂；也可能像石子擊沈一片浮葉那樣，把這條船擊沈——如果「大小」是唯一關鍵。但雀鷹與歐姆安霸同樣危險，那龍也明白。

法師回頭叫他：「黎白南。」男孩雖不想靠近那兩個長十五呎的上下顎，以及那雙從空中向他虎視眈眈、瞳仁細長的黃綠色眼睛——連一步之遠的距離都不想靠近，但他仍起身向前。

雀鷹沒對他說什麼，只伸一隻手放在他肩頭，繼續對那條龍說了簡短一段話。「黎白南，」巨龍宏大的聲音說著，但不含半點兒熱情。「阿格尼．黎白南！」亞刃仰頭，法師那隻手下壓，提醒了他，他才沒去凝望那雙黃綠色的眼睛。

亞刃雖然不會講太古語，但不是啞吧。「歐姆安霸『龍領主』，吾謹問候汝。」他口齒清晰地說，有如王子與另一位王子相見致意。

現場靜默片刻，亞刃心跳急遽且困難。但站在他身邊的雀鷹卻微微笑著。之後，那條龍又說了話，雀鷹回答了。這一次，亞刃覺得時間比較長。最後，突然間就講完了。只見那條龍一振翼向上彈飛，差點沒把船掀翻，就飛走了。亞刃看看太陽，發覺它沒有更下沈些，可見時間倒沒真的持續很長。不過，法師面色如土，但轉身朝向亞刃時雙目發亮。他在划手座坐下。

「孩子，你表現得很好。」他啞著嗓子說。「與龍交談，可真不容易。」

亞刃為兩人備妥食物——他們已整天未進食。法師一直到吃完、喝完，才又開口說話。那時，太陽剛落至海平面上。這裡緯度雖已偏北，但因夏至剛過不久，所以黑夜來得慢而晚。

「唔，」他終於說：「歐姆安霸用他的方式對我講了不少事。他說，我們尋找的那個人在偕勒多島，但也不在偕勒多島……要一條龍坦白說話可不容易。牠們生性不坦白，就算其中有一條對某人講真話，那人也無從知道那真話對人來說有多真實。當然牠們實在很少對人講真話。所以我才問他：『是否如汝先祖歐姆龍於偕勒多島上之遭遇？』因為如你所知，當年歐姆龍與厄瑞亞拜都在那裡戰死。結果他回答：『非也，亦是也。汝將於偕勒多島尋得他，然亦非偕勒多島。』」

雀鷹停下來深思，口中嚼著硬麵包的一片硬皮。「也許他的意思是說，那個人雖然不在偕勒多島，但我還是必須去那裡才能找到他，也許……我還向他問起別的龍，他說，這人曾經闖入牠們中間，一點也不怕牠們，因為他雖然被殺，又從死域復活，照舊活在他的身體裡。因此那些龍都怕他，把他當成自然以外的一種造物。牠們的懼怕反過來賦與那人保有凌駕牠們的巫力。而且他把那些龍使用的『創生語』取走，任牠們受自己狂野的本性折磨。所以牠們互相吞食、或自取滅亡，投身入海——『投身入海』是牠們最不願接受的死法，因為牠們是『火蛇類』這種屬於風與火的禽獸。我於是說：『汝之龍頭凱拉辛乎？』這問題，牠只肯回答：『在西方。』意思可能是凱拉辛飛到別的陸地去了，所謂別的陸地，龍族說，那是遠於船隻曾航行抵達的所在。但『在西方』的意思也可能不是這樣。所以我就不再多問。反倒他開始問我了，但先說的是：『吾曾飛至去開爾突島後北返，途經托林峽。於開爾突上空見村民於祭台石上殺一嬰。於印嘎特島上空看一術士遭鎮民擲石至死。彼等竟至吞食嬰孩乎？格得，汝見若何？又，該術士將死而復生，反向鎮民擲石歟？』我當時以為他在嘲弄我，差點怒言相對。但他不是在嘲弄，因為他又說：『理性已逸出事物外，塵世破洞，大海由該洞流逝。光明亦漸消失，吾等將被棄置旱域上，爾後言語不再，死亡亦不再。』聽到了最後這節骨眼，我終於明瞭他要對我說什麼。」

但亞刃不明瞭，除了不明瞭，還憂心忡忡。因為，剛才重述那條龍的話語時，雀鷹已使用「真名」直呼自己，錯不了。這一點，讓亞刃愀然想起洛拔那瑞那痛苦女人的嘶喊：「我的名字叫阿卡蘭！」要是人類的巫藝、音樂、語言以及信任的力量，統統在減弱及萎謝；假如一種恐懼的狂病正向他們逼近，乃至於龍族被奪去理性，轉而相互攻訐殺戮……要是當真這樣，他的大師能躲過一劫嗎？他夠強大嗎？

雀鷹坐著，埋頭吃麵包與燻魚晚餐。他的頭髮被烤焦而變灰，雙手細瘦、一臉倦容，看起來並不強大。

但那條龍怕他。

「孩子，什麼事讓你心煩？」

與法師相處，惟有講真話才行得通。

「大師，您剛才說了自己的真名。」

「啊，是。我忘了我一直還沒提起自己的真名呢。等我們去到我們必須去的地方，你會需要知道我的真名。」他嘴裡嚼著食物，抬頭看亞刃。「你是不是以為我年紀大了，所以不小心洩露自己的真名。好比老糊塗，既沒腦筋又出醜？我還沒到那個地步咧，孩子！」

「不是的。」亞刃說道，但因思緒太混亂，他也說不出什麼話來。他累了，這一天過得頗為漫長，一直遇見龍，而且前頭的路轉暗了。

「亞刃——」法師說，「不對，黎白南，我們要去的那裡，沒有什麼好隱瞞的，在那裡，一切都保有真名。」

「亡者反正受不了傷害。」亞刃幽幽道。

「人們以己名相授的地方，不僅那裡、不僅死域而已。還有那些最可能受傷害、最容易受傷害的人，好比付出愛但不求回報的人，他們互相直呼真名；又如忠貞之士、奉獻生命者……你累壞了，孩子。躺下來睡個覺吧。現在除了繼續在航道上前進以外，沒別的事了。明天早晨，我們就會見到世間最後一個島嶼。」

他的聲音蘊含著無限溫柔。亞刃蜷縮在船首，差不多立刻睡著。但他聽見法師輕輕地、幾乎耳語似地唱誦，唱的不是赫語，而是「創生語」。他終於快要理解、快要想起那些話語意思時，快要真的了解之前，就沈沈入睡了。

法師靜靜收妥麵包和燻肉，檢查一下船繩，將船內一切準備就緒，然後手持船帆指標，坐在船梁後面，唸咒增強船帆的法術風。不倦不怠的「瞻遠」朝北加速，像一支快箭飛越海洋。

他低頭凝視亞刃。男孩的臉龐被久久未沈落的夕陽映成金紅，零亂的頭髮受海風吹拂。在宏軒館噴泉旁那個外表柔和自在、有王者之貌的男孩不見了，眼前這男孩的臉龐清瘦些、硬實些、而且強勁多了；可是俊美卻不減。

「我一直沒找著能夠同行的人，」大法師格得大聲對沈睡中的男孩，或者對空虛的海風說道：「除汝而外，即無他人。而汝必行汝之道，非吾之路。惟汝日後之王權英明，部分亦為吾之英明。因吾率先發現汝，吾率先發現汝！他日——倘有他日——世人將緣於此而稱頌吾，超乎吾在世之法師作為……首先，汝與吾二人務必立於均衡點——亦即世間之支點。倘吾跌落，汝亦跌落，且擴及餘者盡皆跌落。即在彼地，亦有星辰……噢，吾盼親睹汝加冕於黑弗諾，吾盼親睹陽光照射『古劍之塔』，照射恬娜與吾兩人合力自峨團幽黑陵墓為汝攜返之環。吾等當年攜返時，汝尚未出世也！」

他說完笑了起來，轉身面朝北方，改用普通話對自己說：「放羊的小毛頭竟然僭越，將莫瑞德傳人擁上王位！我是不是永遠學不乖？」

不久，他手持指標繩，望著飽漲的滿帆被最後一抹斜陽映紅，他又輕輕自說自話起來：「我不會去黑弗諾，也不會去柔克島。該是放開力量的時候了，拋下這老玩具，繼續下一步。是回家的時候了，我要去看恬娜，我要去看歐吉安，要在他過世前，與他在銳亞白鎮懸崖上的家裡閒話家常。我渴望到山間散步，弓忒島的山峰、森林、秋天，樹葉璀璨，沒有一個王國比得上那些森林。是返回那裡的時候了，悄悄獨自回去。或許我在那裡終能學會一些我至今未學會，也是行動與力量不能教我的東西。」

整片西天紅光耀目，壯麗至極。海洋變成暗紅，海上的船帆紅豔如鮮血。而後，黑夜悄然掩至。那一整夜，男孩沈睡，男人清醒，直目凝望前方黑暗。那裡沒有星星。

【第十一章】

偕勒多島
Selidor

早晨，亞刃一醒，就看見暗沈低矮的偕勒多海岸，鮮明地橫在船前方那片藍色的西邊天際。

貝里拉宮內存放不少王權時代繪製的古老地圖。地圖繪製時期，常有商賈和探險者由內環諸島駕船遠航，所以當時的人對於陲區的認識比後人清楚。在王宮正殿內有一幅北方與西方並呈的大地圖，以鑲嵌工藝製作在兩面牆上，英拉德島的位置剛好在王座上方，以金色及灰色呈現。亞刃幼年時曾親眼瀏覽那幅地圖不下千百遍，所以到現在仍默記於心。英拉德島北方是甌司可島，西邊是依波司可島，依波司可島的南邊是偕梅島、帕恩島，至此是內環諸島之界。再過去的遼闊大海一無所有，只鑲嵌一片淡淡的藍綠色，並零星安放一些很小的海豚或鯨魚。最後，在殿內那面北牆與西牆交會的角落可以找到納維墩島，納維墩島再過去有三座比較小的島嶼。接下去又是空無陸地的區域，一直延伸到牆緣，即地圖邊緣，才可以找到偕勒多島。偕勒多島再過去，就什麼也沒了。

他可以清晰憶起地圖上的偕勒多島呈彎曲形狀，彎曲形狀的中心構成一個大海灣，窄小的開口朝東。他們英拉德人從未航行到那麼遠。但現在，他們正駕船朝向偕勒多島最南端的一處小深灣。太陽仍在晨霧中低懸時，他們抵達了。

由巴樂純碇澤出發，以這個西方島嶼為目的的遠航，結束了。

他們停妥「瞻遠」，踏上久違的堅實土地。四周的寂靜讓他們覺得古怪。格得爬上一座矮丘，這座矮丘覆蓋青草，丘頂斜突於陡坡之上，強韌的草根沿著壁緣纏結如飛簷。他爬到丘頂後，站在那裡瞭望西邊和北邊。

亞刃站在船邊，把好幾天沒穿的鞋子穿好，再從輪機箱內拿出他的短劍配掛好。這回，他內心一點「該帶，還是不該帶」的疑問也沒有。接著，他也爬上矮丘，站在格得身旁，一同看望這片陸地。

這一帶的砂丘都不高，都長草，伸入內陸約半哩。砂丘再過去是瀉湖，密密長了蓑草與鹹蘆葦。瀉湖再過去是不高的群山，放眼望去只是一片黃棕色。這偕勒多島美麗但荒涼，找不到一處有人跡、耕地或居所。連禽獸也見不到半隻，充塞湖面的蘆葦之上，完全沒有海鷗、野雁或任何鳥類。他們由朝內陸的那一側爬下砂丘。

砂丘這一側的斜坡，阻擋了浪花拍擊與海風吹襲的吵聲，四周變得寧靜起來。這座砂丘的最外圍與下座砂丘之間有座小谷，那裡的砂子很乾淨，而且溫熱的太陽正照在它的西坡上，所以谷底陰涼。「黎白南，」法師現在開始用真名叫他了：「昨夜裡我一直沒法睡，現在必須睡一下，你陪我在這裡，幫忙看守。」他在白日天光中躺下，不過谷蔭清涼。他用手臂遮眼，舒口氣，就睡了。亞刃坐在他旁邊。這裡，雙目所見只有白色的谷地斜坡，丘頂青草斜伸，背襯著濛濛的藍天與黃太陽。雙耳所聞的只有翻過砂丘丘頂傳來的悶悶浪花聲，以及偶爾陣風輕輕吹起塵沙的朦朦細砂聲。

亞刃看見一隻可能是老鷹的飛禽在高空翺翔，結果發覺那不是老鷹。牠盤旋著俯飛而下，隨著開展的金色翅膀，傳來如雷的颼颼聲。牠伸出那雙巨大的腳爪，降落在砂丘頂。太陽在牠後方，所以牠的大臉看起來是黑的，但帶著火紅閃光。

那條龍由丘頂往下爬行幾步，然後說：「阿格尼．黎白南。」

站在那條龍與格得之間的亞刃回應道：「歐姆安霸。」那把出鞘的短劍握在手中。

那把劍現在不覺得沈重了，光滑老舊的劍柄握在手中，感覺自在。刀鋒出鞘時，輕盈迫切；它的力量、它的歲月，都支持著他——因為他現在知道如何發揮它了。這是他的劍。

那條龍再度說話，亞刃聽不懂，他回望沈睡中的同伴，短暫的嘈鬧和轟隆聲響一點也沒把他驚醒。亞刃便對那條龍說：「我的大師累了，他在睡覺。」

聽了這話，歐姆安霸爬下砂丘，笨重地蜷曲在谷底。他在地上不像在空中飛翔時那麼靈活柔軟自在，不過他放下那雙有爪的腳和彎曲的尖尾巴時，流露出一種邪怪的優雅。下到谷底後，他把兩腳收攏在身軀底下，抬起巨頭安靜不動，真像雕刻在武士頭盔上的一條龍。相距不到十呎，亞刃注意到那雙黃眼睛，也覺察到四周有股淡淡的焦臭味——這次不是腐臭味，而是焦乾的金屬味，這氣味與海水及鹹砂的氣味混合，融成一種清淨、鮮奇的氣味。

太陽高升，照射歐姆安霸的側腹，使他像鐵金合鑄的金屬龍那樣閃閃發光。格得依舊放鬆沈睡，一點也沒理會龍在場，好像農夫與自己的獵犬相處般全然不在意。

一小時過去，亞刃大驚發現，法師早已在他旁邊坐著。

「你對龍已經那麼習慣了嗎？居然能在牠們腳爪中間睡著？」格得說完笑起來，打了個呵欠，然後站起來用龍語向歐姆安霸說話。

歐姆安霸回答前，也先打個呵欠——也許是同樣愛睏了，也許是表示勢均力敵。不過，巨龍打呵欠世所罕見：黃白色的兩大排牙齒，劍般尖長；分叉的紅色勁舌，是人類身高的兩倍；喉嚨像冒煙的巨穴。

歐姆安霸說完話，格得正要回答時，兩人同時轉頭看亞刃。在四周的靜默中，他們都清楚聽見鋼劍碰著劍鞘的匡噹細響。他們看見亞刃正抬頭遠望法師頭部後方的砂丘口，手中握著出鞘的短劍。

砂丘口站著一個男人，陽光朗照著他，微風輕拂他衣裳，他如同雕像般靜立，唯有輕便的斗篷衣邊和帽兜略微輕飄。他的頭髮長黑鬈曲，方肩魁梧，是個健碩俊雅的男人。他微笑，目光好像越過他們頭上，望向大海。

「歐姆安霸我認識，」那人說：「你，我也認識，不過，自從那次見你至今，你老了不少，雀鷹。他們告訴我，你現在是大法師了。看來，你不但變老，也變重要了。而且有個少年僕從跟隨，不用說，八成是巫師學徒，在那個智者之島學習智慧。兩位遠離柔克學院，告別那些刀槍不入、保護所有師傅免受傷害的高牆，千里迢迢至此，是何緣故？」

「因為，比那些高牆更重要的牆，有了破洞。」格得說著兩手緊握巫杖，仰頭注視那個男人。「不過，你竟然不現身與我們一會，好讓我們向我們尋覓已久的人致意嗎？」

「現身？」那人說著又微笑起來。「難道堂堂兩法師之間，竟需藉那區區血肉之軀、藉那禽獸筋肉，才可靠？不，讓我們以心相會吧，大法師。」

「我想，我們無法以心相會。孩子，把劍收起來。它只是『派差』、一個『顯像』而已，不是真人，對它用劍，無異舉刀砍風。在黑弗諾時，你頭髮是白的，人家叫你喀布，但那只是通名。我們與你相會時，該如何相稱？」

「你們要稱我『王爺』。」砂丘邊上那個高大形影說。

「喔，還有呢？」

「王尊。」

歐姆安霸聽了發出可怕的巨響以表不滿，兩隻大眼炯炯發光。不過他別開頭去不看那人，並就地匍匐，宛如無法動彈。

「我們該到何處與你相會，又是何時？」

「在我的疆域會面，至於時候嘛——隨我高興。」

「很好，」格得說著，舉起巫杖向那人伸過去些——那人立刻像燭火被捻熄般消逝。

亞刃呆望。龍勁健起身，用四隻盤曲的腳站立；一身盔甲匡噹作響，大嘴齜張，露出最裡端的利牙。

法師仍倚著巫杖。「它只是派差，是那人的顯像或形象，它能說能聽，但沒有力量，所以省了我們白費力氣對付它。其實，連這形似之像也不真——除非送訊者希望它是真的。所以我猜，我們還沒見到他現在的實際相貌。」

「你想，他就在附近嗎？」

「『派差』不越水，所以，他應該在偕勒多島沒錯，但偕勒多是個大島，比柔克島或弓忒島都寬，而且差不多和英拉德島一樣長。找他要很久。」

接著是龍說話。格得聽完，轉向亞刃：「這位『偕勒多領主』是說：『吾既歸吾土，即不擬離開。必尋得此「盡毀者」，領汝去彼處。吾汝合作，或可滅他。』我不是說過嗎，龍要找什麼，就一定能找到？」

一講完，格得在那巨獸面前單膝下跪，與為臣者向國王下跪一樣，還用龍言向巨龍道謝。由於距離非常近，低眉頷首的格得，可以感覺那隻龍灼熱的鼻息。

歐姆安霸重新拖著披鱗帶甲的巨大體重爬上砂丘，然後鼓翅展翼騰飛而去。

格得將衣服上的砂子拍掉，對亞刃說：「你剛才已見到我下跪，說不定終結前會再看我第二次下跪。」

亞刃沒有追問這話的涵意。根據為時不短的這段相處，他已認識到，法師說話含蓄，自有理由。不過這一回，他彷彿覺得這句話另有不祥之兆。

他們翻越砂丘重返海灘，檢查他們的船隻停泊位置是否不受潮水或暴風雨侵襲，順便取出過夜用的蓋毯與剩餘食物。格得在細狹的船首略停一停，那個位置承載他橫越各陌生海域，歷時何其長久，歷程何其遼闊。他伸手置於船首，但沒有施法或持咒。然後他們反身朝內陸，再度向北邊山峰前進。

走了一整天，晚上就地在一條溪邊夜宿。那條溪河蜿蜒流向擠滿蘆葦的瀉湖和沼澤。雖然時令是仲夏，但晚風微寒，由西邊開闊海那汪洋一片的遼闊陲區吹來。

天空罩層霧氣，看不見山峰之上有星光閃爍，而這裡的山峰想必也不曾有窗戶透出火光、或有爐火輝耀過。

亞刃在黑暗中醒來，他們的小火堆已熄，正西沈的月亮灑下銀灰光芒照耀大地。溪谷與周圍山峰上站了好大一群人。他們靜立不動，臉孔朝向格得與亞刃，眼裡未映照月光。

亞刃不敢說話，但伸手去碰格得手臂。法師被搖醒，坐起來問：「什麼事？」他順著亞刃的注視望去，也看見那群靜默人眾。

那群人不論男女都穿著暗色衣服。月光朦朧，無法看清他們的臉，但亞刃依稀覺得那些站得最靠近，也就是小溪對岸那群人，有些他認識，只是說不出他們的名字罷了。

格得站起來，毯子落地。他的面孔、頭髮與上衣，都發出淡銀色光芒，宛如月光集中在他身上。他大幅伸出一隻手臂，高聲說：「噢，你們這些曾經活過的，自由了！我已解除牽繫你們的束縛：**安瓦薩．馬訥．哈吾．弁挪達瑟！**」

那些沈默不語的人群又靜立片刻，便慢慢轉身離開，好像一個個走入灰暗就憑空消失了。

格得坐下深舒一口氣，望著亞刃，一隻手放在男孩肩膀，他的碰觸溫暖穩實。

「黎白南，別害怕，」他既和藹又譏嘲地說：「他們只是亡魂。」

亞刃點頭，只不過牙齒格格哆嗦，並感覺冷得透骨。「他們怎麼會——」他試著說話，但下巴和嘴唇不聽使喚。

格得明白他的意思：「他們是受他召喚才出現。這就是他的允諾：永生。只要他一句話，他們就可以返回；只要他一下令，他們就必須在這些『生命之丘』上行走，但卻連一片葉子也無法干擾。」

「那麼——那麼，他也死了？」

格得若有所思地搖頭。「亡魂沒有能力召喚亡魂重返人間。不，他擁有超越活人的力量……但誰要是想追隨他，他就會欺瞞那些追隨者。他保持力量為自己使用；他扮演『亡魂之王』的角色……但其實操控的不只亡魂……不過，它們僅是影了。」

「我不知道自己為什麼怕他們。」亞刃慚愧道。

「你怕他們，是因為你怕死，這很正常。因為死亡是恐怖的，非怕不可。」法師說著放了根新木在火堆上，並搧搧木灰底下較小的木頭。這些檢來的柴枝燒旺起來，火光也轉亮不少，這光亮讓亞刃感激。「然而，生命也是可怕的東西，」格得說：「一定教人害怕，也讓人讚美。」

兩人都縮縮身子並拉緊蓋毯，沈默一會兒。格得又很嚴肅地說：「黎白南，我不曉得他會利用派差及影子在這裡捉弄我們多久。但你知道他最終會去哪兒，對吧？」

「進入黑暗之域。」

「噯，就是去他們那兒。」

「我既然見過他們了。我會跟您去。」

「是你對我的信心在驅使你嗎？你或許可以相信我的愛，但不要相信我的力氣。因為我猜想，這一回……我是棋逢敵手了。」

「我一定跟您去。」

「不過，萬一被打敗，假如我用盡力量或性命，就沒辦法帶你回來了。而你不可能單獨回來。」

「我會與您一同回來。」

格得聽了說：「你從死亡的鬼門關進入成年。」說完，他用那龍曾經對亞刃說過兩次的字眼——或名字——很低緩地照樣說：「**阿格尼——阿格尼．黎白南**。」

之後，兩人都沒再說話。不久，睡意襲來，兩人便在無法持久的小火堆旁躺下。

次晨，兩人繼續向西北前行。那是亞刃的決定，不是格得的決定，因為格得說：「孩子，讓你來選擇我們要走的路吧，因為對我而言，不管哪條路都一樣。」

他們沒有目標，只是一邊等待歐姆安霸的消息，所以不趕路，只沿群峰最外圍、最矮的山丘行走，多數時侯都還能望見大海。這山間的野草由於經年被海風吹襲，顯得乾枯低矮。較高的山峰在他們右側巍然聳立，孤寂但有金色陽光照射；左側是鹽澤與西岸大海。他們有一回見到很遠的南邊有天鵝在飛，除此之外，一整天沒看到其他會呼吸的生物。內心的畏懼以及等著最壞情況出現的心緒，使亞刃一整天都感到厭乏，不由得開始不耐地生著悶氣。數小時沈默不語後，他說：「這塊陸地與死亡之域一樣死寂！」

「別這麼說，」法師厲色道。他大步走了一會兒，才改變聲調說：「看看這塊地方，看看四周，它是你的王國，是生命王國，也是永存不朽的。瞧瞧這些山峰，這些凡間山峰，它們不是恆在永續的。這些山峰長了活生生的草，而且溪河潺流其間……在這整個世界，在這整個宇宙，在這遼遠亙古的時間中，絕對找不到與這島嶼相同的小溪，它由肉眼看不見的地底湧出，流經陽光照耀的所在，也流經黑暗地域進入大海。存在的泉源十分深奧，比生命、比死亡都深……」

他停了，注視亞刃、注視陽光山峰的那雙眼睛，有著無以言喻、博大悲抑的愛。亞刃看見那份愛，也親睹那份「愛」在看他——頭一回，亞刃完整地看見他的原樣。

「我表達不出我的意思。」格得不開心地說。

可是，這讓亞刃想起湧泉庭初次相見那時，想起那個跪坐在噴泉流水邊的男人。霎時，一股如記憶中的流泉那般清澈的喜悅在他內心泉湧滿溢。所以他注視著同伴說：「我的愛交付給值得愛的人事物，這豈非就是您所說的王國，這豈非就是那不歇的泉源？」

「噯，孩子。」格得溫和但痛苦地應道。

他們默默繼續走。但現在亞刃看待世界，是以他同伴的眼睛在看，結果發覺這片孤寂荒涼的土地到處呈現出活潑的璀燦光輝，有如被一種凌駕一切的魔力所施。璀燦的光輝遍及被海風吹偃的每片野草、每個陰影、每顆小石。這零零總總有如人在出發投入一趟一去不返的旅程之前，最後一次站在鍾愛疼惜的地方時所見，完整、真實、親愛，好像以前從未見過，以後也不會再見。

傍晚降臨時，西邊天空雲層密集，並由海上刮來強風，臨要下沈的太陽加倍澄紅熾熱。亞刃在溪谷撿集升火用的柴枝，由泛紅的光中抬頭時，看見不到十呎的地方站著一人，那人面孔模糊怪異，但亞刃認得他——是洛拔那瑞的絲染師傅薩普利，他已經死了。

他後面還站著別人，個個表情悲悽、凝目呆視。他們好像在說話，但亞刃聽不出他們說什麼，只聽見一種類似耳語的聲音，被西風吹散。有人還徐徐向他走來。

亞刃站定注視他們，然後看看薩普利，之後就轉身彎腰繼續撿柴——但兩手都發抖。他把撿起的柴枝放好，再撿一枝，再撿另一枝，然後他直起腰桿，回頭一看，溪谷中沒半個人，只見紅光猛照在野草上。他回到格得那裡，放下柴枝，剛才所見的那一幕提也沒提。

那整夜，在這片霧茫茫但沒有半個活人的陰森土地上，亞刃時睡時醒，聽見四周有亡靈輕聲細語。他穩住意志，不去細聽，也就再睡著了。

他與格得都很晚才醒。醒時，已露出山頂一手之寬的太陽終於突破濃霧重圍，照亮大地。他們正在吃簡單早餐時，龍來了，在他們頭頂上方飛旋。火焰由他雙顎間吐射而出，紅鼻孔則噴出煙氣與火花，刺眼的晨光中，他的牙齒有如象牙色刀片微微發光。可是，雖然格得向他歡呼致敬，並用他的語言高喊：「歐姆安霸，汝已尋著彼乎？」他卻沒說半句話。

龍甩甩頭並怪異地扭動身子，剃刀似的巨爪掠過晨風，然後開始向西快速飛去，邊飛邊回頭瞻顧。

格得手執巫杖擊地。「他沒辦法說話了，」他說：「他沒辦法說話了！他所用的『創生語』已經被取走，淪落到像隻豬鼻蛇、像條無舌蟲。他的智慧魯鈍了。幸好他還能帶路，而我們還可以跟隨！」

他們把輕簡的行囊甩上背，按照歐姆安霸飛行的去向，大步朝西翻越群峰。

兩人走了大約八哩路或更長些。從一開始就疾步前進，毫不鬆懈減慢。這時，兩邊都是大海，所行是狹長峰脊的下坡路，尾端穿過乾蘆葦和彎曲的溪河床，通向一處向外突的象牙色沙灘。這裡是盡頭，所有島嶼最西邊的岬角。

歐姆安霸伏在那片象牙色沙灘上，巨頭低垂，宛若一隻忿懣的貓，吐出的氣息都是陣陣火焰。他前面不遠處——亦即他與海洋低平的長浪之間——有個宛如小屋或棚子的白色東西，很像經年漂洗的浮木搭建而成。可是在這片沒有與任何陸地為鄰的海岸，根本不見半根浮木。他們稍微靠近之後，亞刃才看出來，那幾面搖搖欲墜的圍牆是巨骨搭成。他起初以為是鯨魚骨，後來看見那些角邊如刀的白色三角形，才知道那是龍骨。

他們走到那地方。海上陽光穿透骨間縫隙，小屋的門楣是一根比人身還長的巨龍大腿骨，門楣上方安置一個髑髏，空洞的眼窩瞪著偕勒多群峰。

他們在屋前止步，正仰望那髑髏時，門楣下方的門口走出一個男人。他一身盔甲，是金銅色的古代樣式，宛如被小斧頭砍過似地破裂，鑲珠寶的劍鞘是空的。他面貌嚴肅，黑眉曲彎，鼻梁狹窄，眼睛深黑，眼神銳利但悲傷。他的兩臂、喉嚨和身側都有傷，雖已不流血，但都是致命傷。他挺直不動，站在那裡注視他們。

格得上前一步，與那人面對面。兩人長得倒有點相似。

「汝為厄瑞亞拜。」格得說。

對方呆望格得，點頭，但沒說話。

「竟連汝……竟連汝亦得屈受其驅策。」格得的聲音難掩憤慨。「噢，吾輩大師——吾輩中最為驍勇、最為超卓者，請於尊榮及死亡中安息！」格得雙手高舉，一邊說著他曾對那些亡靈說過的話，然後把手放下。就在剛剛舉手的那處空中，有道寬寬的光痕停佇片刻。等那光痕消失，穿盔甲的男人也不見了，他站立的地方僅餘陽光在砂地上閃耀。

格得用巫杖觸擊這間龍骨屋，它轉瞬崩塌並消逝不見，只剩一根大肋骨突出在砂地上。

他轉向歐姆安霸。「歐姆安霸，是這裡嗎？這就是那地方嗎？」

那隻龍張開嘴，發出一聲巨嘶。

「好得很！就在世界最邊緣的這片海岸！」說完，格得把黑色的紫杉巫杖握在左手，展開雙臂，擺出施法姿勢，並張口說話。雖然他說的是「創生語」，但亞刃總算聽懂了——正如所有耳聞這法術的人必定會懂一樣，因為它是超越一切力量的法術：「此時此地，我召喚你——我的敵人——以肉身之軀現我眼前。我且用那『不到時間盡頭，不會有人說出口』的字綑綁你。出來！」

可是，這個法術中，應該講出對象名字的地方，格得只說：**我的敵人**。

靜默隨之——好像連海濤聲也消音了。太陽仍高掛晴空，但亞刃彷彿覺得陽光也變暗了。海灘上空一片陰幽，宛如一個人透過燻黑的玻璃看過去。格得的正對面變得非常暗，很難看清那裡出現什麼東西。又好像根本沒有東西：是一種無形，完全沒有東西可讓光線棲止。

突然，從中冒出一個男人，與他們先前在砂丘頂部見到的那個人影一樣，黑髮長臂，高大矯健。可是這一回他手中握著一根東西，大概是棒子或鋼條，由上至下刻滿符文，他將它刺向面前的格得。不過這回，他的眼神有些奇怪，像是被太陽眩花了，沒辦法看。

「我來了，」他說：「按照我自己的選擇，以我自己的方式。你要召喚我也召喚不來，大法師。我不是影子，我活著，唯有我是活的！你以為你是活的，其實你已垂死，垂死。你知道我拿的這是什麼嗎？它是『灰法師』的巫杖，曾使倪芮格不能言語。灰法師是傳授我巫藝的大師，可是現在我就是大師，我有很多遊戲可以跟你玩。」說著，他突然伸出那支鋼條碰觸格得。格得竟不能動彈似地呆立，也無法說話。亞刃站在稍後之處，他很想移動卻同樣不能移動，甚至無法伸手拔劍，他的聲音也卡在喉嚨。

那條巨龍卻奮力一躍，從格得與亞刃的頭頂上方，翻轉巨大身軀，猛地由上而下朝那人全力俯衝，以至於那支滿布咒語的鋼條整個刺進巨龍甲腹，而那人也因巨龍的體重而倒地、壓扁、燒焦。

歐姆安霸自砂地爬起來，扭著背，鼓著翼，吐出幾口火焰，號叫出聲。他想飛，但飛不起來。金屬鋼條冰冷且致命地插在他的心臟，他蹲伏著，嘴巴流出黑色滾燙的有毒鮮血，火焰已熄滅的鼻孔變成宛如灰燼之窟。他的巨頭橫陳砂上。

就這樣，歐姆安霸在他先祖歐姆龍過世的地方去世，在歐姆龍埋骨處謝世。

他將敵人擊倒之處躺著某種醜陋萎縮的東西，很像一隻巨蜘蛛在自己的網上乾枯的軀殼。牠已被巨龍的氣息燒焦、被巨龍的爪足壓扁。可是，亞刃看著時，牠仍在扭動，而後爬著離開那隻龍一點點。

牠抬起臉孔來看他們。那張臉原有的俊雅已蕩然無存，只餘殘敗萎頓，較諸年老的醜相更為醜陋不堪。嘴巴乾癟，眼窩空洞——而且空洞已久。這會兒，格得與亞刃終於目睹他們敵人的活面孔。

那張臉轉開去，燒得焦黑的雙臂伸展，招來一片陰暗聚集其間——那無形黑暗與剛才使太陽變暗的無形幽黑相同。這位「盡毀者」的兩臂間就如一道拱廊或一道門，只不過沒有輪廓且黑暗。貫穿這道門的不是淡色砂土或海洋，而是一道長斜坡，往下伸入黑域。

那個被壓扁的形影就是往那裡頭爬去，它一進入黑暗就好像突然站了起來，急速抖動一下之後就不見了。

「來吧，黎白南。」格得說著，右手放在男孩臂上，兩人一同向前，步入乾枯的旱域。

【第十二章】

旱域

The Dry Land

在陰沈的昏暗中，法師手中那枝紫杉巫杖散放銀灰色光芒。另外一抹微光的移動也吸引亞刃注目，那是他自己手上所執的出鞘短劍，刀身微光忽隱忽現。在偕勒多島海灘上，那條巨龍的義舉和死亡破解綑縛術時，他就是握著自己的劍。此時此地，雖然他不過是個影子，卻是活影子，而且有那把短劍的影子隨行。

別無光亮。這裡很像十一月末烏雲密布之下的向晚時分，空氣陰冷窒悶，雖然還可以看見，但看不清也看不遠。亞刃認得這地方，就是他夢中出現的不毛荒野。可是現在，他好像比每一次夢中所在的位置都到得遠——遠多了。他無法明辨任何東西，只知道他與同伴站在一座山峰的斜坡上，他們前面是道低矮不及膝的石牆。

格得右手仍放在亞刃臂上，他向前走，亞刃陪著，兩人一同跨越那道石牆。長長的斜坡在他們面前消失，陷入黑域。

亞刃以為頭頂上方會是沈重壓頂的雲層，但居然星斗滿天！他凝望那些星星，覺得心臟好像縮小，內裡發冷。因為那些星星與他生平所見的星星不同。它們毫不閃爍，動也不動地放光。它們是不升不落的星辰，從不曾被任何雲朵遮蓋，也從不曾被日升隱去光芒。它們就這樣在這個旱域綻放死靜微渺的幽光。

格得步上「存在之丘」的外側，開始下坡。亞刃亦步亦趨，他心裡實在怕得要命，但強烈的決心和意向不但使那股恐懼無法掌控他，甚至讓他沒有很清楚覺察到那份恐懼。恐懼於是深埋心底，有如被鎖銬且禁錮在房內的動物那般悲切。

這段下坡路好像走了很久，但也可能很短，因為在此處，時間不走，絲風不吹，星辰不移。他們如此走進了其中一座城市的街道，亞刃見到了從不點燈的房舍窗子，有些房子的門口站著面容肅靜、兩手空無的亡者。

好幾處市場也都是空的，完全沒有買賣、沒有進出。大家不使用東西，也不製造東西。格得與亞刃單獨穿越這些街道，偶爾看見另外一條街道的轉角有人影，但受限於距離和陰暗，看不太清楚。但第一次見到時，亞刃舉起短劍比指，但格得搖頭繼續走。亞刃再仔細一看，發現那人影是個女人，見到他們也不逃走，依舊緩步慢行。

他們見到的所有人，或靜靜站著，或漫步徐行，總數倒不多，因為亡者雖眾，這裡地域廣大。只是不見有人帶傷，不像那個被召喚到過世之處，在白日天光下出現的厄瑞亞拜。此外，也都看不出他們身上有什麼疾患，每一位都完整、都痊癒——不但痛苦痊癒，連生死大難也痊癒了。亞刃原以為他們會個個懷怨抱恨，使人畏懼駭怕，但不然。他們慈容和顏，一絲憤怒和欲望也無；一雙雙空洞的眼睛，一點希望也沒有。

亞刃內心的懼怕消失了，取代的是深厚的悲憫。假如那層悲憫之下仍有懼怕，也不是為他自己，而是為所有人。因為他見到一同去世的母子連袂來到這黑域，但那孩子並不跑跳也不喊叫，母親不抱孩子，其至也不注目。至於那些為愛而死的情侶，在街上也僅是擦肩而過。

陶匠的轆轆沒在轉動，紡織機空空如也，爐灶無柴無火，完全沒聽見歌唱。陰暗房舍夾峙的陰暗街道一直延續。他們走過一條又一條暗街，足下腳步聲是他們所聽見的唯一聲響。街上冷，亞刃一開始沒注意，但它悄悄鑽進他的心靈，也鑽進他的筋肉。他很疲乏，心裡想：肯定走不少路了，為什麼還這樣一直走個不停？想著想著，步伐漸漸有點慢下來。

格得突然停步，轉頭看那個站在兩街交叉口的人。那人瘦瘦高高，亞刃覺得見過那面孔，但想不起是在哪裡。格得張口對他說話——那是他們跨越那道石牆以來，打破沈默的唯一聲音：「啊，索理安吾友，怎麼你也在這裡！」

說著，他向這位柔克學院的召喚師傅伸手。

索理安完全沒有回應，依舊靜立不動，面容也依舊肅靜。可是，格得巫杖的銀光深深射入他那雙空洞的眼睛，總算讓那眼裡有了一點光亮——或者說是眼睛與光亮相迎。格得拉起對方沒有回應的手，又說：「索理安，你在這裡做什麼？你還不是這王國的一員，回去！」

「我是跟隨那位『不死者』來的，我迷路了。」召喚師傅的聲音輕柔單調，像夢中囈語。

「上坡，走回石牆去。」格得邊說，邊指著他與亞刃走來的漫長下坡路。

聽了這話，索理安臉上一陣抽搐，宛如獲得一點點希望，但那希望像利劍刺進心中，難以消受。

「我找不到路，」他說：「大師，我找不到路。」

「說不定你會找到。」格得說著，擁抱他一下，又繼續前行。後頭的索理安，依舊站在十字路口沒動。

繼續向前走時，亞刃似乎覺得在這個沒有時間的幽暗中，事實上沒有所謂的前進或後退，也沒有向西或向東。要是沒路好走，可有路好出去？他回想他們是怎麼走下山坡的，一路行來不管怎麼轉彎，始終一直下坡，也始終在這黑暗城市的下坡街道中。所以，倘若要轉回那道石牆，只要往上爬就是了，爬到山丘頂端，就會找到。但他們沒有回轉，而是肩並肩繼續向前。到底是他跟著格得走？還是他領著格得走？

兩人走出城市。亡者無數的這個鄉間，不沈的星辰底下石礫滿地，但光禿禿的，沒有樹、沒有荊棘、沒有草葉。

也沒有地平線——因為在陰暗中，肉眼無法看得遠。可是前方距離地面頗遠的天空，卻不見剛才那些不動的小星星。而這片沒有星星的空間呈鋸齒狀傾斜，看起來倒像一列山脈橫亙著。他們繼續向前，鋸齒形狀變得清楚了：是高聳的山巔沒錯，不曾經過風吹雨打的山巔。山頭沒有籠罩白雪輝映星光，都是黑色的。目睹這些山巔，一陣落寞淒涼襲上亞刃心頭，他認得這些山，但他先別過頭不看，之後卻又忍不住回頭注視。亞刃每看一眼山巔，就感到胸口有股冰冷的重壓，精神近乎崩潰。不過他仍繼續走，還是一直下坡，因為這個地帶全部朝山腳傾斜。最後他問：「大師，這些是……」他手指群山，卻因喉乾而說不下去。

「這些山脈臨接光明世界，」格得回答：「跟那道石牆是一樣的。它們沒別的名字，就叫『苦楚』。有條路橫越貫穿山脈，但亡者禁止攀爬。山路不長，可是很難走。」

「我口渴。」亞刃說。想不到他同伴答：「他們這裡，口渴都喝沙子。」

兩人繼續走。

亞刃似乎覺得他同伴的步伐不知何故慢了下來，偶爾甚至有點猶豫。而他自己，儘管疲憊感不斷擴大，倒是一點猶豫也沒有。他知道他們必須往下走，必須繼續走。

所以他們一直走。

有幾次，他們穿過別的亡者城鎮，那裡的屋頂都有角，抵著永遠不動的星星。走過那些城鎮之後，又是不毛之地，寸草不生。有一回，他們一出城鎮，城鎮就立刻消失在暗中，什麼也看不見，只有前方高聳的山脈漸漸靠近。他們右手邊，山脈斜坡照例隱逝於無形。從跨越那道石牆算起，不知有多久了？

「從那個方向過去，有什麼東西？」亞刃渴望聽見有人說話，便小聲問格得。但法師搖頭說：「我不知道。可能是一條沒有盡頭的路。」

他們所走的方向，斜坡好像愈來愈不陡，但腳底下的地面砂礫尖銳，像熔岩渣。他們依舊繼續走，亞刃這時雖然累透，卻已經一點也沒想到要回頭了。為了點亮沈寂的黑暗，也為了減輕內心的疲乏與恐懼，他有一次特別回想一下自己的家鄉。可是他竟然記不起陽光是什麼樣子，也想不起母親的容貌。除了繼續走，別無他途。所以他就這樣繼續走。

他覺察到腳下的地面變得平坦了，一旁的格得猶疑一下，於是他也停步。漫長的下坡已終止，盡頭已臨，前頭無路，不須再走了。

他們正置身「苦楚山脈」正下方的谷地。腳底踩的是岩石，四周是摸起來粗糙如熔岩渣的巨礫，好像這狹谷是乾河床，曾有溪河流經此地；也像是因年代久遠而冷卻的熔岩河道，熔岩來自火山，而火山高聳著無情的黑色山巔。

亞刃在黑暗中的這個狹谷裡靜立不動，格得在他身邊也靜立不動。兩人很像那些漫無目的的亡者，默默不語凝望空茫。亞刃略微畏懼地想：「我們走太遠了。」但他並不很害怕。

好像無所謂。

格得把亞刃的想法講出來：「我們走太遠了，回不了頭。」他的聲音雖然不大，但這巨大陰暗的空曠仍舊使它在四周稍微迴盪。迴盪聲讓亞刃的精神略微一振。

他們來這裡，不是希望與所尋找的那個人一會嗎？

黑暗中有個聲音說：「你們走得可太遠了。」

亞刃回答道：「惟有太遠才夠遠。」

「你們已經走到『旱溪』這裡，」那個聲音說：「沒辦法回石牆，沒辦法重返生界了。」

「雖然不走那條路，但我們總會知道你走哪條路。」格得在黑暗中這麼說。雖然亞刃與他並肩而立，卻幾乎看不見他，因為高山遮去半數星光，而這條旱溪的河道宛如「黑暗」本身。

對方沒有回答。

「在這裡相會，我們倒是平手。喀布，如果你目盲，反正我們身處黑暗中，根本看不見。」

沒有回答。

「在這裡，我們無法傷你，我們無法殺你，你究竟怕什麼？」

「我一點也不怕。」黑暗中那聲音說道。接著，藉由格得巫杖偶爾附著的光亮，一點一點接連起來，隱約可以瞧見一個男人站在格得與亞刃上游處那些石礫的陰暗巨塊之間。這人個子高，肩方臂長，與砂丘丘頂及偕勒多島海灘所見的人影相仿，但比較老。他的頭髮是白的，厚厚地覆蓋高額頭。原來他在這個死亡國度以靈體現身，沒被龍火燒焦，也沒殘廢——但也非完整：他的眼窩是空的。

「我一點也不怕，」他說道：「死人要怕什麼？」他笑起來，那笑聲在群山間的石礫狹谷迴盪不已，十分虛假可怖，這使得亞刃暫時停止呼吸，但他抓著劍，聆聽下文。

「我不知道死人要怕什麼，」格得回答：「肯定不怕死吧？但好像你怕死呢——所以你找了一個躲避它的辦法。」

「沒錯。所以我才活著：我的身體活著。」

「但活得不太好，」法師挖苦道：「幻象可能隱藏年齡。不過，歐姆安霸對待那身體倒不怎麼仁慈咧。」

「我可以修補呀。我知道治療的祕密，也知道恢復年輕的訣竅，那不純是幻象而已。你當我是什麼？就因為別人稱呼你大法師，你就把我當村野術士啦？舉世所有法師當中，我是唯一發現『永生之道』的人，從沒半個人發現！」

「或許是因為我們沒去尋找。」格得說。

「你們找過了，你們全都找尋過，但沒人找著，所以才編些聰明字眼，勉強說明生死之間的『接納』、『平衡』、『均衡』等等。但它們只是字眼，用來掩蓋失敗的謊言，用來掩蓋你們對死亡的恐懼！若有可能，一個人怎會不希望永生？而我能永生，我是不死的。我做到你們都做不到的事，所以我是你們的師傅，你明明知道這一點。想不想知道我是怎麼辦到的，大法師？」

「想。」

喀布靠近一步，亞刃注意到，這人雖然沒有眼睛，動作倒不全憑瞎闖，他好像知道格得與亞刃站立的確切位置，而且雖然好像沒轉頭看亞刃，卻能同時覺察兩人。他可能仍具備一些巫術的「代眼」，好比那些「派差」與「顯像」擁有的聽力與視力，雖然或許不是真視力，但多少賦與他覺察力。

「我在帕恩島時，技藝在你之下，」他對格得說：「當時你處於全盛期，以為教了我學到謙卑的一課。啊，你確實教了我一課，但卻不是你最初預期的那樣！我當時對自己說：既然見識了死亡，我決計不接受它。讓『傻瓜』自然而然去經歷傻瓜過程吧，但我是人，優於自然，勝於自然。我不遵循那條自然過程，我絕不止於做我自己！有了這個決心之後，我再把《帕恩智典》找來研究，但關於我想要的東西，那裡面只有一些暗示或淺薄知識，所以我不管那些東西，自己重新編造，結果編成一套新法術——有史以來最高超的法術，是最高超、也是最終極的！」

「就在施展那項法術時，你死了。」

「對！我死了。我有勇氣赴死，去找尋你們這些懦夫不曾找到的：死裡復生的途徑。我開啟了自有時間以來一直緊閉的那扇門，所以我現在才能自由來到這裡，也能自由返回生界。而且我打開的那扇門，不僅在這裡開啟而已，也在生者的心中開啟——在他們存在的深處與不知名處開啟，在那裡，我們是同處黑暗的一體。這點他們都明瞭，所以才來找我。而亡者也一定會來找我。不論是生是死，他們都會找我，因為我還沒喪失生界的魔法技藝。所以，只要我下令，管他是亡魂、王爺、法師、傲婦，都必定遵令跨越那道石牆。想來往生死兩界，就得遵從我的指揮。每個人不論死活，都要找我——一個死去但活著的人！」

「他們去哪裡找你，喀布？你平常都在什麼地方？」

「在兩界之間。」

「可是那裡既非生、亦非死。生命究竟是什麼，喀布？」

「權力。」

「愛是什麼？」

「權力。」那個盲者弓起肩膀，厲聲重複道。

「光明是什麼？」

「黑暗！」

「你的名字叫什麼？」

「我沒名字。」

「這塊地域內的一切，都有真名。」

「那麼，把你的真名告訴我！」

「我叫格得，你呢？」

盲者猶疑了一下，說：「喀布。」

「那是你的通名，不是你的真名。你到底叫什麼名字？你的『真實』何在？是不是遺留在你死去的帕恩島了？看來你遺忘不少事。啊，兩界之王，你已經忘了光明、忘了愛、也忘了自己的名字。」

「反正我已經知道你的名字，就擁有凌駕你的權力。大法師格得，就是那個『在世期間忝任大法師』的格得！」

「我的名字對你沒有用處，」格得說：「你根本沒有力量凌駕我。我的身體正躺在偕勒多的沙灘上、在陽光下、在運轉中的地表上。等那個身體死了，我會來這裡——但僅是名義上來，只有名義、影子。你不明瞭嗎？你由冥界召集那麼多影子，你把橫死的所有東主喚齊了——連最智慧的巫師，我的大師厄瑞亞拜，也不放過。幹了這麼多好事，你難道一直不明瞭嗎？即便是他，也不過是個影子、是個名字而已。他的死並沒有取消『生命』，也沒有取消『他』。他在那邊——在那邊，不在這邊！這邊除了塵土與影子以外，一無所有。在那邊，他是土地、是陽光、是樹葉、是鷹揚。他活著，所有曾經死亡的都活著。他們重生了，而且沒有終結——永遠不會終結。所有人都是這樣，除了你。因為你不肯死，你為了挽救自己而喪失死亡、喪失生命。為了你自己！你不朽的自我！那不朽的自我是什麼？你是什麼人？」

「我是我自己。我的身體永不毀壞或死去——」

「活著的身體會痛苦，喀布；活著的身體會變老，會死亡。死亡是我們為自己的生命、為全體生命支付的代價。」

「我不用支付那種代價！我可以死去，但死去之時又復活了！我不可能被殺死，我是永生不死的。只有我一個人永遠是我自己，永遠是！」

「這麼說，你是什麼？」

「永生者。」

「講出你的名字。」

「永世王。」

「講出我的名字。我一分鐘前告訴過你了，講出我的名字！」

「你不是真的。你沒有名字，只有我存在。」

「你存在，卻沒有名字，沒有形式。你無法看到白日天光；你無法看見黑暗。為了挽救你自己，你出賣綠色土地、太陽與星星。但你沒有自我。你出賣的那一切，才是你自己。你徒然付出了一切，卻只獲得空無。你現在拚命把世界拉向你，包括已失去的光明和生命，以便填補你的空無，但那是填不滿的。就算找來全地海的歌謠，找來全天空的星星，也填補不了你的空虛。」

在群峰下這塊冰冷的谷地，格得的聲音振盪如鐵，嚇得那位盲者瑟縮倒退，他抬臉時，些微星光照在他臉上，樣子彷彿在哭泣，但他沒有眼睛可以落淚。他的嘴巴張開又闔上，一團黑裡沒有跑出任何話語，僅有痛苦呻吟。他最後總算說出一個詞，但扭曲的嘴唇幾乎說不成。那詞是：「生命」。

「喀布，假如可能，我願給你生命，可惜我沒辦法，你畢竟是死的。不過，我可以給你死亡。」

「不要！」盲者大叫出聲，之後又連聲說：「不要，不要。」並伏地抽泣，只不過他的臉頰與石礫河床一樣乾枯，只有夜色，沒有水流。「你沒辦法。不可能有人解放我。我開啟兩界之間的門，結果關不上。沒有人能把它關上。它永遠不會闔上了。但它有拉力，會拉我過去，我非回去不可。我必須穿過它，再回這裡，涉身塵土、冰冷、與靜默。它一直吸我、一直吸我，我既不能丟下它不管，也關不上它。這樣到最後，它會把世界的光明吸盡。舉世河流都會變成像這條旱溪。無論什麼地方都不會有哪種力量可能關上我已經開啟的那扇門！」

很奇怪，他的話語及聲音，在在融合了認命與報復，畏怖與自傲。

格得只說：「那扇門在哪裡？」

「那個方向，不遠。你可以去，但你做不了什麼。你關不上它的，就算你集中全部力量於一次行動，也還是不夠。沒有什麼是足夠的。」

「說不定足夠。」格得回答：「儘管你選擇認命，但要記住，我們還沒嘗試。

帶我們去吧。」

盲者抬起面孔，驚懼與仇恨的掙扎明顯可見。最後，仇恨戰勝。「我不帶路。」他說。

聽了這話，亞刃跨前一步，說：「你要帶路。」

盲眼者僵持不動，這個死域的冰冷寂靜與黑暗包圍著他們、包圍著他們的話語。

「你是什麼人？」

「我名叫黎白南。」

格得說了：「你這個自稱為王的人，可曉得這位是什麼人？」

喀布起先依舊僵持不動，不一會兒，便有點喘息地說：「可是，他已經死了呀——你們都死了，回不去了。沒有路可以出去，你們被卡在這裡了！」說著，原本的微光漸逝，他們聽見他在黑暗中轉身離開，快速步入黑暗。「大師，快給我光亮！」亞刃高喊，格得於是高舉巫杖到頭頂上方，讓白光劃破既有黑暗，照亮岩石與黑影。在眾多黑影中，可以看見盲者高大駝背的形影夾在其間，迅速閃避，向上游走去。他雖然看不見，奇特的步伐卻毫不躊躇。亞刃手中執劍緊隨其後，格得則緊隨亞刃之後。

不久，亞刃便超前他同伴很遠，四周光線非常微弱，因為光線大都被礫石與河床彎道隱去了。不過，靠著追蹤喀布前進的聲音，以及知道喀布就在前方，已足夠指引。路徑漸陡時，亞刃也漸靠近。他們正攀爬一個兩側岩石挾擠的峽谷。這條愈近河源、河床愈窄的旱溪，在峭岸間蜿蜒。石礫在他們腳下啪噠響，也在他們兩手之下啪噠響——因為他們非攀爬不可。亞刃覺察出河岸最後一個窄口到了，便向前撲刺喀布，捉住他手臂，迫使他停步。現場有點像石礫凹盆，寬僅五、六呎，要是有河水流聚至此，很可能變成一個池塘。凹盆上方是岩石與熔岩構成的巔危懸崖。懸崖之中有個黑洞——是「旱溪」的源頭。

喀布倒沒嘗試擺脫。格得靠近時，雖然他正轉身面向亞刃，但他那張沒有眼睛的面孔被光亮照得清楚。「這裡就是那地方，」他終於這麼說，一種像微笑的表情在他唇際成形。「這裡就是你們要找的地方。看見了嗎？到那裡面就可以獲得重生，只要跟隨我就行。你會永生不死，屆時我們將一起當王。」

亞刃注視那個乾枯的幽暗源頭、那個塵土之口、那個亡魂爬著進入地底黑暗再生為「死者」的地方。它看起來那麼令他嫌惡，以至於他得拚命壓抑欲嘔的感受，才能以嚴厲的聲調說：「讓它闔上！」

「它終歸要闔上。」格得來到亞刃身旁說道。這時他兩手和臉孔都炯炯發光，彷彿他是一顆星，落入這無盡的黑夜。在他面前，那個乾涸源頭、那扇兩界之門大開。它看起來空盪寬闊，至於深淺如何，無從得知。只曉得裡面沒有東西可以讓光亮投射，好讓眼睛能看見。它是個空淵，既沒有光明或黑暗穿透，也沒有生命或死亡進出。什麼東西也沒有，只是一條哪裡都到不了的路徑。

格得高舉兩手施法。

亞刃依舊抓著喀布的手臂，而這個盲者另一隻可以自由動作的手抵著崖壁岩石，但兩人都被法術力量鎮服，動彈不得。

格得用盡畢生訓練所得的技藝、使盡個人修為而來的猛銳心力，奮力闔上那扇門，使天下再度整合。在他的法力之聲及塑形之手的指揮下，岩石痛苦地慢慢相會，努力併為完整。可是，正當慢慢合攏的同時，現場那道強光卻減弱再減弱，格得兩手和臉孔的光亮漸消，紫杉巫杖的光亮也漸逝，最後只剩一小抹微光附著。藉由那抹淡淡微光，亞刃看見那扇門幾乎闔上了。

在亞刃押制下，那盲者感覺到岩石在動，覺察到它們在漸漸併攏，也感受到巫藝力量正慢慢鬆弛，漸漸耗盡、用完——他突然大叫一聲：「不！」同時掙脫亞刃的掌握，一撲向前，捉住格得——他儘管眼盲，捕捉仍然有力。他用全身重量把格得壓倒在地，並雙掌合力扼住格得的喉嚨，想使他窒息。

亞刃高舉那把「瑟利耳之劍」，用力把刀鋒刺進那頭密髮底下的頸背。活靈在冥界是有重量的，而那把寶劍的影子也有鋒利的刀緣。刀鋒刺出一個大傷口，割斷喀布的脊骨。寶劍自己的亮光，照見大量黑血湧出。

可是，拚命殺掉「死人」是徒勞的。而喀布是死人，早已死去多年。所以傷口吞下黑血，又復合了。盲者站起身來，高頭大馬，揮舞長臂意欲攻擊亞刃，他的面孔因憤怒及怨恨而扭絞，彷彿到現在他才明白真正的敵人及對手是誰。

最恐怖的是目睹致命劍傷的復合，那種「沒能力死」的情況比任何垂死都駭人。一股嫌惡的怒氣充塞亞刃內心，那是一股發狂般的暴怒，促使他揮舞寶劍再刺下強勁的一刀。喀布頭殼裂開，滿臉污血，但亞刃不讓傷口復合，緊接著再刺一刀，一直刺到他死去……

一旁的格得掙扎著跪立起來，唸了短短幾個音。

亞刃立刻住手，彷彿有隻手緊抓著他握劍的手。剛要起身的盲者也完全被鎮住不能動彈。格得有點搖晃地站起來，等他終於站直時，走去面向懸崖。

「願汝完好！」他聲音清晰，講完，舉起巫杖，在岩石門上用火光線條畫出一個形狀：是「亞格南符」，「終結符文」。那是修補道路、畫在棺蓋上的專用符文。這一來，河床石礫之間便完全沒有縫隙或空洞。那扇門闔上了。

整個「旱域」在他們三人腳下震動。頭頂那片永遠不變的單調天空，一道長長的閃電劃過而後消失。

「藉由『不到時間盡頭不會有人說出口的話』，吾召喚汝。藉由『創造萬物時所講的話』，吾釋放汝。自由去吧！」格得欠身，在雙膝跪地的盲者耳邊、在那些纏結的白髮底下，小聲對他說話。

喀布站起來，先慢慢用看得見的雙眼四顧，再看看亞刃，然後看格得。他沒有說話，只用深黑的雙眼凝視他們。他的面容已經沒有一絲憤怒、怨恨、悲悽。他慢慢轉身，沿著旱溪河床走去，不久就看不見了。

格得那支紫杉巫杖已完全沒有光亮，臉上也全然無光。他站在黑暗中，亞刃走過來時，他抓著年輕人的臂膀，穩住自己。一陣無淚的抽咽撼動全身。「完成了，」他說：「全部完成了。」

「是完成了，親愛的大師。我們得走了。」

「噯，我們得回家了。」

格得宛如一個惶惑無措或氣衰力竭的人，尾隨亞刃走下河道，在岩石與熔渣之間跌跌絆絆，吃力前行。亞刃陪他。等到旱溪河岸較矮，地面也較平緩時，他轉身朝向來時那條漫長、無形，直通黑域的斜坡。接著，他轉向。

格得沒有說話。等他們一暫停，他頓時跌坐在熔岩渣地面上，疲憊不堪，頭也垂了下去。

亞刃知道他們來時的路已經封閉，所以只能繼續往前走，必須一直走。「即便太遠，也還不夠遠。」他心想。他仰頭望，黑色山巔寒寂地背襯不動的星星，教人駭怕。他心中再度出現那個譏諷的、挖苦的聲音，正毫不留情地說：「你要半途停下來嗎，黎白南？」

他走向格得，非常柔和地說：「大師，我們必須繼續走。」

格得沒說什麼，但站了起來。

「我想，我們得橫越這座山脈。」

「照你決定的道路走吧，孩子。」格得啞著嗓子小聲說：「扶扶我。」

兩人自泥土及熔渣的斜坡起步，開始往山上爬。亞刃儘可能拉扶同伴。這片群峰夾峙的深谷及峽谷一片漆黑，所以他得在前頭摸路，如此還要同時攙扶格得，實在困難。而光是步行已夠蹣跚難行，等到斜坡漸陡，必須手腳並用攀爬時，困難更是加倍。這裡的岩石粗糙，像鑄鐵般灼手，又冷，而隨著他們爬得越高，四周就越冷。手腳接觸這裡的地面苦不堪言，宛如接觸燒燙的煤，宛如山脈內部有烈火燃燒。但空氣一直很冷，而且黑暗。四野無風，寂靜無聲。尖銳的岩礫在雙手雙腳的重壓下裂開滑走。幽黑險峭的山脊與山隙在他們面前向上展開，也向兩側伸入黑暗。後方和底下，那個亡魂國度已消失不見。前面和上方，石壘背襯星星矗立山巔。整片黑壓壓的群山，不管它有多長多寬，只有這兩個塵世靈魂在移動。

疲乏無力的格得老是絆倒或踩空，他呼吸越來越沈重，兩手按壓岩礫時，就痛得喘息吸氣。亞刃耳聞法師哀吁，心疼如絞，一直努力讓他別跌倒。但這條路常窄得沒辦法並肩同行，亞刃總要在前頭先找到踩腳的位置。最後，爬到一處直逼星辰的高坡時，格得滑了一跤，向前仆倒，爬不起來了。

「大師，」亞刃在他身旁跪下，呼喚他的真名：「格得。」

格得沒有移動或回答。

亞刃兩手扶他起來，背著他爬上這段高坡。爬到盡頭時，前方有好長一段平坦的路面。亞刃把重負放下，自己在他身旁臥倒，氣衰力竭，既痛苦又絕望。這裡是兩座黑色山巔中間的隘道頂部，也是他一直拚命要爬上來的目標。這是隘道，也是盡頭，前方無路了：平地的盡頭，就是懸崖邊緣。而懸崖再過去，是無邊的黑暗。不閃的繁星高掛在天空的黑淵中。

耐力可能比希望撐得久。亞刃一俟有力氣爬動，便狠命向前爬，去察看前頭那塊黑暗邊緣。懸崖底下僅一點距離之處，他看見象牙色的沙灘。白色間雜黃褐色的海浪捲上沙灘後，碎為泡沫。越過海面，則見太陽在金色暮靄中下沈。

亞刃重返黑域，全力攙扶格得起來。兩人一起奮力前進，直到他再也走不動為止。至此，一切告終，包括口渴、疼痛、黑暗、陽光、澎湃的汪洋之聲，盡皆不存。

【第十三章】

苦楚石
The Stone of Pain

亞刃甦醒時，灰茫茫的濃霧隱去海洋，也隱去偕勒多島的砂丘與山峰。海浪宛若悶雷，由濃霧中釋出，轉眼再呢喃著退回濃霧中。由於漲潮，這片海灘比他們剛到時窄得多。浪峰的泡沫線湧上來舔著俯臥沙灘上的格得橫伸的左手，他的衣服與頭髮全浸濕了，亞刃的衣服則像冰一樣貼著身子，看來，海水至少曾一度打上來把他們兩人濡濕。喀布橫屍的所在已了無痕跡，可能已被海浪捲進海洋了。亞刃回頭，看見歐姆安霸那副巨大暗沈的鐵灰色身軀龐然倒臥霧中，狀似傾頹的塔樓。

亞刃站起來，不但冷得全身哆嗦，還僵麻暈眩，幾乎無法立定，有如醉漢踉蹌——大概是動也不動躺臥太久所致。他一等四肢能操控自如，立刻走向格得，拚了命把他往岸上拉一點，免得繼續受海浪沖刷。但他也只能做到這樣。拉動格得時，他感覺格得的身軀異常冰冷沈重，如此看來，他背負格得跨越生死兩域界限之舉，恐怕是徒勞了。他把耳朵湊到格得胸前，可是由於無法抑制自己四肢的顫抖及牙齒對撞的格格響，根本無法細聽格得的心跳。他只好站起來設法踏步，替兩腿取點暖。最後才像個老頭似的，發抖著拖曳兩腿，四處去尋找他們的背包。他們的背包扔在一條由山脊流下來的溪澗旁。那是很久之前，他們剛到那間龍骨搭蓋的小屋時拋置的。他這時想找的就是那條山澗，因為現在除了水——可以喝的淡水以外，什麼也無法想。

出乎意料，他看到了溪澗。它彷彿從天而降，曲曲彎彎如同銀樹，一直蜿蜒到海邊。他撲通跪下，大口喝起來。臉孔和兩手都浸入這山澗溪水中，把清水吸入他的嘴巴、與心靈。

他終於喝完站起來。想不到，瞧見遠遠的對岸有條巨龍。

巨龍的龍頭正好與他面對面——幾乎就在他頭頂上。龍頭是鐵礦色，鼻孔、眼窩與下顎夾雜宛如鐵鏽的紅色，龍爪深埋岸邊的柔軟濕沙中，收摺的兩翼部分可見，看起來像船帆，但深色軀幹被濃霧隱去。

牠文風不動，可能已蹲坐在那裡幾個時辰、幾年、或幾世紀了。牠是鐵鏤石雕之作，但亞刃所不敢直視的那對眼睛，像是水面漂浮的油圈，也像是玻璃後面的黃煙。那雙不透明、深邃的黃眼睛正望著亞刃。

亞刃沒別的辦法，只得站起來。要是這條龍想殺他，牠自然會殺；要是不殺，他就要設法救格得——如果能救得回來。他站起來，開始沿溪澗上行，尋找他們的背包。

那條龍沒有任何行動，依舊文風不動蹲坐並觀看。亞刃找到背包，把皮製水袋都裝滿溪水，轉身橫越沙地朝格得走去。剛走沒幾步，龍便消失在濃霧中不見了。

他讓格得喝水，但搖不醒他。他鬆垮冰冷地躺著，頭部沈沈垂在亞刃臂彎中，黝黑的臉龐槁灰如土，鼻子、顴骨與老疤顯得特別突兀。連身子看起來也是瘦而焦黑，有如燒去一半。

亞刃坐在那兒的濕地上，同伴的頭靠著他的膝蓋。濃霧在他們四周打造一股迷茫的柔和氣氛，頭頂上方更是加倍柔和。濃霧中的某處橫著歐姆安霸的死屍，而小溪邊有一條活龍窺伺著。橫越偕勒多島的某處，小船「瞻遠」停在另一處海灘上，船內完全沒有糧食。然後是大海，向東。距離西陲任何一塊陸地可能要三百哩，距離內極海則有一千哩，路程遙遠。英拉德島的人習慣說「遠得有如偕勒多島」；家鄉人對孩子說故事、講神話時，開頭總是：「如同『永遠』那麼悠久以前，如同偕勒多島那麼遙遠的地方，住著一位王子……」

他就是王子。不過，在諸多古老的故事中，那是開頭；而眼前這一切，則是終結。

他倒沒有意志消沈，只是太疲乏了，而且為他同伴悲傷。他一點也不感到苦澀或懊悔，只不過再也沒什麼他能做的事了。已經全部做完。

他心想，等他力氣恢復時，他要用背包中的釣線去試試海釣。因為口渴解決之後，他開始感到被飢餓啃嚙。可是食物早已吃完，只剩一袋硬麵包。他要留著，用水濡濕軟化之後，大概可以餵格得吃一些。

現在就只剩這點事好做了。此外他再看不出什麼可做，濃霧仍在四周包圍。

他與格得抱成一團坐在霧裡時，隨手摸摸口袋，想看看有沒有什麼東西可用。上衣口袋有個堅硬銳角的東西。他拿出來一看，大惑不解。那是一顆小石子，黑色、堅硬、有透氣小孔。他差點把它扔了，但又握在手中，感覺它的邊緣，粗糙灼熱；再掂掂重量，終於曉得它是什麼：苦楚山脈的一顆小石子。大概是爬山、或與格得翻越隘道山脊時掉進口袋的。此時握在手中：好個不變不易之物，好顆苦楚石。亞刃合起手掌握緊，居然微笑起來，那是兼含沈鬱及歡欣的微笑。終於，在世界的這個盡頭，生平第一次體認勝利——而且是獨自一人、未蒙誇讚。

霧靄趨薄，飄動起來。透過薄霧，他看見開闊海遠方有了陽光。由於霧氣遮掩，砂丘及山峰不斷變化，時而黯然失色，時而變形擴大。陽光照射歐姆安霸的屍首，真是壯烈不凡之死。

那條鐵黑色的巨龍仍在溪對岸那裡端坐，文風未動。

中午過後，太陽變得清朗燠熱起來，把空中最後一抹霧氣烘乾。亞刃攤開濕衣曬乾，全身光溜溜，只配掛寶劍及劍套。他同樣曝曬格得的衣物。溫度及陽光投射在格得的身體，該有治療的安定作用，但格得依舊躺著沒動。

忽然有個宛若金屬相碰、或是刀劍交錯的刮擦聲——原來，那條龍伸直盤曲的腳，站了起來。牠越過小溪，狹長身軀在這一岸的砂地拖行時，輕輕發出吁嘶的鼻息聲。亞刃清楚看見牠肩窩部位的皺紋，與側腹傷痕累累的鱗甲——如同厄俄瑞亞拜的破損盔甲，此外長長的牙齒也已發黃、磨鈍。根據這些，以及牠富於自信及氣度的動作，還有牠特有凝練駭人的沈靜，亞刃看出牠的年齡：高壽，高得超乎記憶能及。所以，牠在距離格得躺臥處僅幾吋的地方停下來時，亞刃在兩者之間站穩，開口用地海赫語問——因為他不會說太古語：「汝係凱拉辛？」

那龍沒說什麼，但好像在微笑。然後，牠把巨頭放低，拉長脖子，俯視格得，並叫格得的名字。

牠的聲音很大，但柔和，而且有股鐵匠熔爐的氣味。

牠又叫一次名字，再叫一次。叫第三次時，格得張開眼睛。好半晌之後，他掙扎著要坐起來，卻坐不起來，亞刃跪在他身邊撐起他。「凱拉辛，」他說：「**散法尼賽恩．亞．柔克**？」講完，他半點力氣也不剩，把頭倚在亞刃肩膀，閉上眼睛。

龍沒回答，依舊像先前一樣蹲坐，文風不動。霧又來了，籠罩落日。

亞刃穿上衣服，用斗篷把格得包妥。已退的潮水轉回來，亞刃想把同伴抱到砂丘比較乾爽之處，因為他感覺自己的力氣已漸漸恢復。

但他彎腰想抱起格得時，那龍伸出一隻鱗甲巨足，幾乎碰到他。那隻腳有四爪，像一般公雞的腳爪後面有肉距一樣，這條龍也有，但牠的是「鋼距」，並且鋒利像鐮刀刀片。

「叟比歐斯。」龍說道，宛如正月寒風吹彿凍結的蘆葦。

「放過我大師吧。他救了我們大家，結果耗盡自己的力量，可能連性命也賠上了。放了他吧！」

亞刃半是凶暴、半是命令地這麼說，實在是因為他畏怖恐懼過頭了。這麼長久以來，他一直滿懷恐懼，早就不適到極點。這條龍的龐大體型及雄厚力量代表「蠻狠與不公平」的優勢，讓亞刃忿忿不平。他現在已經目睹過死亡，也品嚐過死亡，再也沒有什麼威脅與力量能逼迫他了。

老龍凱拉辛睜著狹長恐怖的金黃眼睛端詳他，在那隻眼睛的深邃之中，自有歲月之外的歲月——連天地創始的黎明曙光都深刻在裡面。雖然亞刃沒有望進那隻眼睛，但他曉得那隻眼睛正用深奧又略帶嬉逗的神色看他。

「阿兀·叟比歐斯。」那條龍說著，鏽紅色的鼻孔擴掀，可以望見裡面深埋及壓抑著的熊熊火光。

亞刃的手臂本來扶持著格得的肩膀，準備背他，凱拉辛的動作讓他暫時停止。這會兒，他感覺格得的頭略微轉動，並聽見格得出聲說：「他意思是說，爬上背來。」

亞刃呆了一呆。這可太荒唐了。不過他卻見那隻有爪的巨足擺在他面前，狀如階梯，足爪的上一層是彎曲的肘關節，再上兩層是突出的肩膀，以及肩胛骨延展出來的多肉翅膀。全部合成一道四級階梯。而且，翅膀與第一座堅鐵般的大脊刺前面，也就是頸背窩的地方，可容一、二人跨騎——假如這一、兩人已經發瘋，又沒別的希望，只好荒唐一下，要跨騎倒是剛好。

「上來吧！」凱拉辛用「創生語」說。

亞刃於是站好，也幫忙同伴站好。格得把頭挺直，並在亞刃手臂導引下，登上那幾級奇特的階梯。兩人在龍頸背的粗鱗甲之上跨騎坐好，亞刃坐後面，準備必要時扶持格得。他們觸及巨龍鱗甲下的皮膚，感到一股溫熱，一股彷彿日溫的可喜熱度，那是「生命」在鐵甲底下燃燒。

亞刃看見法師那枝紫杉巫杖遺留在海岸，半埋沙中。海水悄悄掩來，要將它帶走。亞刃想下去拿，被格得制止。「別管它了，黎白南。我在乾涸泉源那裡已經耗盡全部巫力，現在已經不是巫師了。」

凱拉辛轉頭，斜眼瞧這兩人，眼裡有份亙古的笑意。凱拉辛到底是雄、是雌，難以分辨；凱拉辛到底在想什麼，也無法得悉。牠的翅膀慢慢舉起，張開。這對翅膀不像歐姆安霸的金色翅膀，而是紅的，深紅，那種沈暗的深紅，像鐵鏽、或血液、或洛拔那瑞的棗紅絲。巨龍小心揚起翅膀，以免把虛弱的乘客翻下座位，然後小心以後腿立起半身，接著有如一隻貓躍入空中，翅翼向下一撥，就把兩名乘客載到漂浮於偕勒多島的濃霧之上了。

暮色中，凱拉辛划動那對暗紅色的翅膀，飛越開闊海上空，轉向東方飛去。

仲夏那幾天，烏里島有人看見一條巨龍低空飛過。接著，在烏西翟洛島和昂圖哥島北方，也有人看見一條巨龍。西陲人雖然普遍怕龍，但當地人對牠們知之甚詳，所以，等這條巨龍飛走之後，看見的村民紛紛從躲藏處跑出來，說：「我們以為龍全死了，但牠們還沒全死。或許巫師也還沒全死。看那條巨龍翱翔的姿態，那麼壯闊雄偉，說不定是那條『至壽龍』喔。」

凱拉辛究竟在哪裡著陸，沒人看見。那些遙遠的島嶼，島上森林曠野鮮有人至，就算有龍下降著陸，恐怕也無人瞧見。

可是，九十嶼卻出現一陣雜遝擾攘。男人拚命在眾多小島嶼間划船西行，爭相告知：「躲起來！藏起來！蟠多島那條龍打破自己的承諾！大法師死了，那條龍又回來搶劫吞人啦！」

那隻鐵黑色的巨蟲沒有著陸、沒有俯瞰，牠飛越這些小島嶼、小村鎮、小農場的上空，而且紆尊降貴，連一小枚火焰也沒噴出口。就這樣，飛越吉斯島、瑟得島，橫越內極海。柔克島終於在望了。

人類記憶中從不曾——在傳說中也幾乎不曾——有那麼一條龍，一點也不把防護周全的柔克島那些有形無形的護牆當回事。但這條龍就是毫無猶疑地鼓動沈重巨翅，直接飛越柔克島的西部海岸，飛越村莊和田野，直奔聳立於綏爾鎮的那座綠色山丘。直到飛抵，才終於徐緩俯飛著陸，揚揚紅翼之後收攏，蹲坐在柔克圓丘的丘頂上。

男孩們跑出宏軒館——沒什麼事擋得了他們。但他們儘管年少矯捷，還是比不上眾師傅，依舊比師傅慢了一步才抵達圓丘。他們到時，從心成林來的形意師傅已在現場，淡金色頭髮在陽光中閃耀。同在的還有變換師傅，他兩天前返回柔克，當時是大海鷗的形狀，羽翼受傷，十分疲憊。由於變形持續過久，已被自己的法術定在形狀中，一直到那特別的夜晚，「均衡」恢復，「損毀」重合的夜晚，他進了心成林，才回復自己的原形。召喚師傅剛下病床僅一日，憔悴虛弱依舊，但也來了。站他旁邊的是守門師傅。「智者之島」其餘師傅，也都在場。

他們都看見兩位騎客，一個協助另一個，先後爬下龍背。他們看見兩人環顧四周的神情，是一種奇妙的滿足、不屈、與驚嘆。他們自龍背爬下來，在牠旁邊立定。那龍一直像磐石般蹲坐著，大法師對牠說話，以及牠簡短回答時，才見牠微偏頭。在場旁觀的人都見到那隻黃眼睛的瞟視模樣，幽冷但充滿笑意。聽得懂龍語的人聽見那條龍說：「吾已將少王帶返其國度，也攜老者重返其家。」

「凱拉辛，尚差些微距離，」格得回答：「吾尚未返回該去之處。」他俯瞰陽光下的宏軒館屋頂與塔樓時，彷彿也帶著點兒微笑。接著，他轉身向亞刃。

亞刃站在那兒，是個衣著襤褸的瘦高個兒。由於兩腿長時間跨騎疲倦、加上所經歷之事尚教他感覺惶惑迷惘，故而未能完全站穩腳跟。

髮已灰白的格得在眾目睽睽之下，當場對亞刃雙膝下跪並俯首。

然後，他站起來，在年輕人頰上親吻，說：「吾王，摯愛的夥伴，你到黑弗諾登基為王後，願國土在你統理下長治久安。」

他再看看眾師傅、年少的巫師、學徒，與聚集在圓丘山腳及斜坡上的鎮民，面容平靜，雙目之內有一份類似凱拉辛雙眼所含的笑意。

他轉身背向大家，再次藉由巨龍的腳和肩爬上龍背，在隆起的兩翼間那個無韁繩的位置安然坐下。紅色翅膀發出有如擊鼓的拍打聲，壽龍凱拉辛躍入空中。火焰由巨龍兩頷間的煙氣中噴射而出，雷霆風暴般的巨響隨著翅膀的拍打傳送而出。牠先就著山丘繞一圈，即朝東北方向飛去。地海東北四分之一的海域中，聳立著弓忒山島。

守門師傅微笑道：「他已完成願行，返家去也。」

眾人目送那條巨龍在陽光與大海間飛翔，直到消失於視線中。

《格得行誼》歌謠中說，「諸島之王」在世界中心黑弗諾的「古劍之塔」加冕時，曾任大法師的格得曾到場。歌謠說，加冕典禮結束，吉慶開始時，他便告別眾人，獨自步向黑弗諾港。港口海水之上有條小船，她歷經歲月風霜，已甚殘舊。船上無帆，且空無什物。格得用船名「瞻遠」呼喚她，她就漂過來。格得背對陸地，由碼頭登船。那船在無風無帆無槳的狀況下啟動。她載他離開港口與泊口，穿行各島，跨海西去，再也無人知他下落。

可是，弓忒島民的傳說有異。當地人說，是少王黎白南親至島上尋訪格得，請他光臨加冕典禮，但少王未在弓忒港或銳亞白鎮找到他。無人能明確說出他究竟何在，只知他徒步上山，寄身林間。大家說，他常一去數月不返，無人知他獨行路徑。有人自告奮勇欲去尋他，但少王制止，說：「他統治的王國，比我的王國深廣。」於是，少王離開那山區，乘船返黑弗諾接受加冕。

■作者簡介

閱讀娥蘇拉・勒瑰恩：在多重疆界間起舞

本文標題，部分借用了娥蘇拉・勒瑰恩（Ursula K. Le Guin, 1929-）自己所寫的評論集書名《在世界邊緣起舞》（*Dancing at the Edge of the World*），因為用來形容她自己的確非常貼切。不只是因為她身跨奇幻與科幻創作兩界——確實有很多作家一手寫奇幻，一手寫科幻。當然，她在兩界都成就斐然，地位崇高，這點誠屬不易：她的奇幻代表作「地海傳說」系列，包括《地海巫師》（1968）、《地海古墓》（1970）、《地海彼岸》（1972）與《地海孤雛》（1990）等舉世矚目，名列經典，不僅創作至今三十多年來一直深受各年齡層讀者喜愛，凡探討奇幻文學或青少年文學的論文或評論，必提及「地海」的重大成就。她的科幻小說也是重量級，《黑暗的左手》（1969）與《一無所有》（1974）這兩部長篇巨著均獲星雲獎與雨果獎雙雙肯定，奠定她在科幻文學與性別議題上的地位，整體而言所獲獎項與榮耀更是不計其數。

但是，光舉出她在這兩種文類上的耀目成就，還不足以形容她的特別。很少有作家像她這樣，除了一手寫奇幻、一手寫科幻外，還擅長寫實小說，除此之外又生出好幾隻手寫詩、寫散文、寫遊記、寫文學評論、寫童書、寫劇本，又兼翻譯，可謂樣樣精通。

這是她跨越疆界的第一種層次：跨越創作類型的疆界。

勒瑰恩不僅跨越了創作類型的疆界，還打破了主流文學的藩籬。奇幻、科幻小說，甚至包括青少年兒童文學類型，有很長一段歷史處於文學界的邊緣位置，不受重視。勒瑰恩出身學術家庭，父親是人類學家，母親是心理學家及作家，均非常關注美國原住民文化。家中時常高朋滿座，除了知名學者、研究生之外，還有許多印地安人，套句勒瑰恩母親所說的話，他們家就是「一整個世界」。在這樣富有學術氣氛的環境成長，三位兄長都成為學者，她自己則攻讀法國與義大利文學，取得文學碩士，並在大學任教。儘管如此，勒瑰恩卻選擇了大眾文學為志業。她以令人讚歎的才華在奇幻、科幻與青少年文學界奠定名聲；作品的文學性更吸引了主流文學界的注意。

以她作品為分析對象的文學評論眾多，甚至出版專書探討。舉凡「地海傳說」的成長主題與道家思想、《黑暗的左手》的敘事方式與性別議題、《一無所有》的烏托邦與反烏托邦等，皆對主流文學界產生重大影響。西方文學評論家哈洛．卜倫（Harold Bloom）在專論勒瑰恩的評論集《*Ursula K. Le Guin*》（Chelsea House, 1986）中於序言盛讚她為當代幻想文學第一人，創意豐富，風格上乘，勝過托爾金與多麗絲・萊辛（Doris Lessing），並於《西方正典》附錄中將她列為美國經典作家之一。

這是她跨越疆界的第二種層次：跨越主流文學與大眾文學的疆界。

在性別議題上，勒瑰恩也沒缺席。她可謂最早探討性別意識的奇幻、科幻作家之一，諸如《黑暗的左手》與「地海傳說」等作品中，均可看到她以女性身分對奇幻、科幻文類的反省。

於此，她再一次跨越疆界：性別的疆界。

勒瑰恩除了創作，更投入老子《道德經》的英譯注解工作，耗時四十年之久，此版本推出之後獲得相當高的評價。她並將老子思想融入創作，在一向以西方文明為骨幹的奇幻、科幻小說中，發揮東方哲學的無為、相生與均衡概念。此外，「地海傳說」中的島嶼世界（相對於歐美的大陸世界）與骨架纖細、黑髮深膚的民族（相對於西方人種的外貌），以及隱喻西方文明的侵略與破壞性格，這種「去西方中心」的敘述觀點與一般西洋奇幻文學形成強烈對比。

這是她跨越疆界的第四種層次：跨越文化疆界，脫離西方主義。

女性、青少年兒童、大眾文學與東方思想，相對於男性、成人、主流文學與西方文化，都是位於邊緣。勒瑰恩正是「在多重世界的邊緣翩翩起舞」，織就了種種意象繁複、文字優美、意蘊深厚的故事。更重要的是，她不僅要傳達深刻的理念，她還是說故事的高手，能同時兼顧閱讀趣味、文學風格和哲思議題。她的作品被翻譯為許多語言，日本當代名作家村上春樹亦特別操刀翻譯她的短篇童話「飛天貓」系列，並坦言：「勒瑰恩的文字非常優美豐富，是我最喜歡的女作家之一。」很慶幸她選擇了奇幻、科幻類型來說故事，豐富了我們的視野；更慶幸有了她的努力，邊緣文學的發聲位置終於有了流動。

像這樣一位作家，絕對值得我們認識，並且細細咀嚼。

地海彼岸（地海六部曲之三）
The Farthest Shore

作者　勒瑰恩（Ursula K. Le Guin）
譯者　蔡美玲
總編輯　陳郁馨
責任編輯　李嘉琪
封面設計　蔡南昇
內頁排版　極翔企業有限公司

社長　郭重興
發行人兼出版總監　曾大福
出版　木馬文化事業股份有限公司
發行　遠足文化事業股份有限公司
地址　231新北市新店區民權路108之4號8樓
電話　02-2218-1417　傳真　02-8667-1891
email: service@bookrep.com.tw
郵撥帳號　19588272　木馬文化事業股份有限公司
客服專線　0800221029
法律顧問　華洋國際專利商標事務所　蘇文生 律師
印刷　呈靖彩藝有限公司
初版　2017年2月
定價　新台幣320元
ISBN 978-986-359-341-6

木馬臉書粉絲團：http://www.facebook.com/ecusbook
木馬部落格：http://blog.roodo.com/ecus2005

國家圖書館出版品預行編目(CIP)資料

地海彼岸 / 勒瑰恩（Ursula K. Le Guin）著；蔡美玲譯. -- 初版. -- 新北市：木馬文化出版：遠足文化發行, 2017.02
面；　公分. --（地海六部曲；3）
譯自：The farthest shore
ISBN 978-986-359-341-6（平裝）

874.57　　105023224